CONFLUENCIAS

HÉROES MODERNOS
53

Confluencias

Antología de la mejor narrativa alemana actual

Edición y selección
Cecilia Dreymüller

Traducción
Cecilia Dreymüller y Richard Gross

ALPHA DECAY

CONTENIDO

Prefacio   9

PETER HANDKE   19
El limpiabotas de Split   21
Epopeya de las luciérnagas   24
Una vez más una historia del deshielo   26

WILHELM GENAZINO   29
Si fuéramos animales   31

BOTHO STRAUSS   47
Habitar   49

ELFRIEDE JELINEK   63
Los hijos de los muertos   65

MARLENE STREERUWITZ   77
Entrecruzados   79

HERTA MÜLLER   91
Aquí en Alemania   93

REINHARD JIRGL   101
Foto 85   103
Foto 86   107

PETER STEPHAN JUNGK   111
La travesía del Hudson   113

SIBYLLE LEWITSCHAROFF   135
Killmousky   137

KATHRIN SCHMIDT	153
Brendel camino de Molauken	155
ILIJA TROJANOW	175
Retorno	177
Tepe	184
SHERKO FATAH	189
Pequeño tío	191
ANDREAS MAIER	205
El otro día estuve en el cementerio	207
El otro día en Wendland	211
MELINDA NADJ ABONJI	215
En el escaparate, en la primavera	217
GREGOR SANDER	239
La hija de Stüwe	241
DAVID WAGNER	265
Zorros en la isla de los Pavos Reales	267
TERÉZIA MORA	275
El tercer día tocan las cabezas «Lento. luego rápido»	277
ANTJE RÁVIC STRUBEL	297
En capas boreales del aire	299
CLEMENS MEYER	317
En chirona	319
XAVER BAYER	339
El espacio del no obstante	341

PREFACIO

Desde que en 1968 Hans Magnus Enzensberger proclamó la muerte de la literatura alemana, cada década ha contado con sus críticos agoreros. Particularmente, cuando se habla de la literatura del siglo XXI, nunca faltan legos ni profesionales que vaticinen el hundimiento definitivo de la literatura. A pesar de estos augurios, la literatura alemana actual está más viva que nunca y parece seguir gozando de un enorme reconocimiento, a juzgar por los tres premios Nobel que han merecido desde 1999 las trayectorias de Günter Grass, Elfriede Jelinek y Herta Müller.

No obstante, lo que se difunde actualmente de esta literatura corresponde sólo a una parte, generalmente la más comercial, de lo que producen los autores de Alemania, Austria y de la Suiza germanohablante, y, por desgracia, hace poca justicia a su riqueza y diversidad. Obras estéticamente innovadoras y políticamente comprometidas como las de Herta Müller o Elfride Jelinek ya no se difunden en el extranjero si no las avala un premio de gran prestigio. Las grandes y medianas editoriales, que antes competían entre ellas por contratar a las firmas más sólidas, ya no siguen la trayectoria de un autor por su excelencia literaria, sino que miran en primer lugar sus posibilidades de mercado.

De ahí que el problema de la literatura actual en lengua alemana no radique en su decadencia, que parecía inevitable con la desaparición de las grandes figuras de la generación de posguerra —Heinrich Böll, Ingeborg Bachmann, Max Frisch o Christa Wolf— y el envejecimiento de los autores del sesenta y ocho —Peter Handke, Elfriede Jelinek, Botho Strauss o Wilhelm Genazino—, sino que se debe a la primacía del mercado sobre el gusto del lector y a la subordinación de criterios estéticos, éticos y literarios a los intereses de la industria del libro.

Desde hace ya un tiempo, la opinión sobre el estado de la literatura en lengua alemana se crea a partir de la percepción que el lector tiene de la literatura comercial, una narrativa sin riesgos, escrita por gente formada en talleres literarios y tal vez con más ganas de triunfar que de labrarse un estilo propio. Véanse los productos narrativos ciertamente intercambiables de Daniel Kehlmann, Julia Frank, Arno Geiger o Nora Bossong, que se presentan en la forma de un realismo descriptivo de consumo fácil. Con éxito la cultivan también curtidas figuras del mundillo literario con pretensiones de estilo, periodistas, críticos, profesores o *vedettes* del libro especializados en el toque de humor irónico como Martin Mosebach, Elke Schmitter, Hans-Ulrich Treichel o Sibylle Berg, aparte de los autores de *bestsellers* infantiles como David Safier o Tania Kinkel.

Las propuestas audaces o sustanciosas que participan de lo que ha definido desde sus orígenes a la literatura alemana contemporánea —crítica del lenguaje, pensamiento filosófico, análisis social—, se han visto relegadas a los márgenes, donde también prosperan a pesar de la frenética actividad de agentes y promotores literarios. En España y Latinoamérica las amparan principalmente el entusiasmo y el esfuerzo de las pequeñas editoriales jóvenes. Muchas de estas propuestas provienen en buena parte de autores educados en un entorno cultural distinto al saturado ambiente teutón, o bien bajo el sistema represivo de la RDA o en alguno de los países del Este. Aunque, naturalmente, también continúan esta tradición escritores como Andreas Maier o Thomas Lehr (de la Alemania occidental), Erich Hackl (de Austria) o Arno Camenisch (de Suiza).

Esta antología de la narrativa actual se dirige a los lectores interesados en esta otra literatura alemana, a aquellos que deseen conocer la evolución del trabajo de los narradores después de la caída del Muro y que quieran indagar en las perspectivas que ofrece en este momento el mapa literario en lengua alemana.

Entre una multitud de autores significativos se han escogido veinte, siguiendo un estricto criterio de actualidad y novedad. Es decir, en la selección de textos se han incluido sólo narradores vivos no mayores de setenta y cinco años y se ha insistido en obras no traducidas en lengua castellana (uno de los textos, el de Sibylle Lewitscharoff, es incluso inédito). En la presente antología figuran tanto relatos como capítulos independientes o pasajes de novelas de extensión variable. Se ha procurado respetar una distribución nacional que corresponda a la realidad del panorama de la literatura en lengua alemana. La presentación de los textos es cronológica, empezando con los autores mayores y cerrando con los jóvenes.

El propósito de esta antología ha sido dar a conocer a los narradores que formarían el canon del primer cuarto de siglo y a los que posiblemente lo harán en el futuro. Al mismo tiempo se ha intentado ofrecer una visión de las diferentes generaciones de escritores que hoy confluyen en este vasto y fértil terreno.

La pertenencia activa a su sociedad y la profunda conciencia de la responsabilidad del escritor son dos rasgos distintivos comunes de la generación de posguerra y la del 68. Autores como Peter Handke, Brigitte Kronauer, Botho Strauss, Elfriede Jelinek, Wilhelm Genazino, Peter Schneider y sus compañeros de profesión crecieron en un entorno dependiente de la palabra poética, de la intervención del escritor. Sin embargo, sus proyectos creativos enfocan sobre todo la interioridad; indagan en el vacío afectivo y el desamparo del individuo en la sociedad de consumo. Los autores citados crearon sendas escuelas y cuentan con muchos adeptos entre los jóvenes escritores. Handke, con su poética de salvación del mundo a través de una percepción integradora, y Strauss con sus agudos análisis de la relación de pareja y sus parodias de la burguesía intelectual, como muestra la insuperable *Los torpes*, de 2007. Wilhelm Genazino, formula con irónica sabiduría una especie de ontología del rechazo al éxito, con esos melancólicos urbanitas contemplativos que encontramos de nuevo en el primer capítulo de su novela más reciente, *Si fuéramos animales*, que reproducimos aquí. Elfriede Jelinek, cuyo furor antiaustriaco es inquebrantable, lleva al paroxismo ese malestar en su parodia zombie *Los hijos de los muertos*, de la que traducimos un pasaje.

Continuamos con la generación de escritores nacidos en los años cincuenta, que se encuentra en la cima creativa y que define en este momento el rumbo de la literatura «seria». Es un rumbo bastante alejado de la Alemania media y acomodada, representada por el Gobierno de Angela Merkel, el que toman las obras de Herta Müller, Reinhard Jirgl, Eugen Ruge, Sibylle Lewitscharoff, Arnold Stadler, Marlene Streeruwitz, Peter Stephan Jungk, Kathrin Schmidt o Thomas Lehr. El enfoque de estos autores y sus temas son la periferia y la no pertenencia, ya sea desde la experiencia de la dictadura en Rumanía y el exilio en Alemania en el caso de Herta Müller (cuya obra está completamente traducida); de la vida no vivida en la RDA y la existencia quebrada por la reunificación alemana en el caso de Reinhard Jirgl y Kathrin Schmidt; de la cerrazón de la Alemania provinciana en la obra de Arnold Stadler (sin traducir al castellano); ya sea de la pérdida de identidad de la generación judía posterior al Holocausto, en las novelas de Peter Stephan Jungk, o de los mecanismos de explotación del sistema patriarcal sufridos por las protagonistas en la obra de la austriaca Marlene Streeruwitz, o de las brillantes sátiras sobre la *intelligentsia* alemana de Sibylle Lewitscharoff, que quizá es la más convencionalmente alemana de esta generación, a pesar de los orígenes búlgaros de su familia, rasgo que aprovecha para trazar algunos aspectos tragicómicos del malogrado aprendizaje patriótico (*Apostoloff*, 2008).

Los autores que ahora rondan los cincuenta años —Ilija Trojanow, Sherko Fatah, Andreas Maier, Feridun Zaimoglu, Zsuzsa Bánk, Michael Roes—, son los que abren la perspectiva de la literatura alemana, pues se ríen de los roles de género, miran con insistencia hacia los vecinos del Este, acercan con naturalidad culturas lejanas (Ilija Trojanow) y buscan modos de implicación política alternativos (Andreas Maier). En esta narrativa destacan los temas de la otredad, el choque de culturas (Sherko Fatah) y los conflictos de convivencia, se hayan generado a causa de la reunificación alemana o por la emigración. Zsuzsa Bánk, narradora alemana de origen húngaro, se dio a conocer al lector hispanohablante con un sutilísimo drama infantil de atmósferas inusualmente densas, *El nadador* (Acantilado, 2004), situado en la Hungría posterior a la revuelta de 1956. Feridun Zaimoglu, nacido en Turquía y criado en Múnich, retrata con ácido humor el crudo ambiente de los emigrantes turcos en Alemania. En su novela *Leyla* (451 Editores, 2008) relata la infancia y juventud de una mujer en Turquía. Michael Roes aborda en sus novelas la experiencia de sentirse extranjero siendo alemán y el difícil equilibrio entre la cultura occidental y la oriental, primero en el desierto arábigo a través del antropólogo protagonista de *Rub-al-Khali*, y recientemente en *Historia de una amistad* (2010), que trata sobre la relación entre un médico berlinés y un estudiante en Argelia.

En cambio, los autores nacidos alrededor de los años setenta son los que surgieron a partir del famoso sistema alemán de ayudas y promoción. En las obras de este grupo generacional tan numeroso es donde se observa la mayor diferencia entre el origen occidental y el oriental o el de otros lugares. Por un lado, el contacto con el aparato represor de la antigua RDA ha concienciado social e históricamente a los autores del Este, al mismo tiempo que les ha proporcionado experiencias de mayor alcance existencial, que naturalmente promueven otras inquietudes. Además, como se han criado en una sociedad en la cual la literatura representaba un medio de supervivencia mental, la formación literaria de los escritores germano-orientales —hayan pasado por el instituto literario de Leipzig o no— suele estar a años luz de la de sus colegas de la parte occidental de Alemania.

Por lo tanto, no es de extrañar que el hasta ahora único intento de conjurar la singular realidad cultural de la RDA en los años ochenta, *La Torre* (Anagrama, 2012) de Uwe Tellkamp, sea una novela épica con el más fascinante entramado de alusiones literarias. Juego que domina igualmente —incluso con mayor sutileza si cabe— la fulminante Terézia Mora, nacida y criada en la Hungría comunista, de la que presentamos un relato. Pero incluso un escritor tan deudor del realismo sucio como Clemens Meyer, oriundo de Leipzig, que en su libro de relatos *La noche, las luces* (Menoscuarto Ediciones, 2011) presentaba un muestrario de perdedores de la reunificación, se fía más de las posibilidades del lenguaje literario que un narrador de la parte occidental de Alemania. En su reciente gran obra *En chirona*, de la que seleccionamos aquí un capítulo, ha compuesto un escalofriante relato coral sobre el mundo de la prostitución y la reconstrucción económica de la Alemania oriental. Los temas controvertidos son también habituales en la obra de Antje Ravic Strubel, nacida en Potsdam. En *Capas boreales del aire*, novela de la que se puede leer aquí el primer capítulo, aborda el difícil legado psicológico de la socialización en la RDA: subordinación laboral, mentalidad de denuncia, homofobia y misoginia.

Estas novelas de atmósferas densas e intensas vivencias entran en abierto contraste con el vacío emocional y la deshumanización que caracteriza a tantos libros de sus muy premiados colegas germano-occidentales, austriacos o suizos. Aunque algunos de ellos también cada vez más se alejan de la trama perfecta, de la construcción de argumentos espectaculares, típicos de sus aclamados inicios —por ejemplo el de Juli Zeh con *Águilas y ángeles* (Siruela, 2001)—, y buscan espacios narrativos para una más diferenciada percepción y mayor reflexión.

Quien ha llevado esta búsqueda a las más altas cimas de la sofisticación es David Wagner, berlinés de adopción criado cerca de Bonn, del que presentamos una «miniatura en prosa» sobre un Berlín desconocido. Un saber diferente, el de los estados límite de la conciencia, explora también el vienés Xaver Bayer en sus cuatro novelas y su libro de relatos *Las manos traslúcidas* del que proviene el relato escogido, *El espacio del no obstante*.

Entre los narradores alemanes que en los últimos cinco años han pisado el escenario público despuntan varios que merecen atención: Eugen Ruge, nacido en 1954, quien ganó el premio del Libro con su primera novela, *En tiempos de luz menguante* (Anagrama, 2013), una saga familiar protagonizada por personajes tan contradictorios como convincentes, donde se explica nada menos que la historia del comunismo alemán, sus errores y horrores, a lo largo del siglo XX; la poeta Marion Poschmann, nacida en 1968, que en 2013 sorprendió con una atrevida novela parabólica sobre el tiempo, ubicada en un manicomio, *La posición solar*. Olga Grjasnowa, novelista de origen judío, nacida en Baku en 1984 y criada en Berlín, publicó en 2012 un desbordante drama de huida y exilio, *El ruso es alguien que ama los abedules*, que implica a la protagonista judía en un conflicto político tras otro, en Azerbaiyán, Alemania y en Palestina. Mariana Gaponenko, nacida en 1981 en Odesa, que causó sensación con *Quién es Martha* (2013), el burlesco canto de cisne de un nonagenario judío ruso que viaja a Viena para morir con estilo, pasando revista a una vida secuestrada por la guerra y el comunismo. O Nellja Veremei, nacida en Moscú en 1963, que acaba de debutar con la ya elogiadísima novela *Berlín está en el Este* (2012), donde relata en unas agridulces escenas berlinesas las peripecias de una profesora rusa emigrada a la capital, en su trabajo como cuidadora de ancianos.

La amplitud de miras, la pluralidad de acentos y voces, la profundidad de análisis y reflexiones que aportan todos estos narradores hacen de la literatura alemana actual un verdadero crisol de temas, estilos y sensibilidades, que, además, por su compromiso social y político se diferencia sustancialmente de las otras literaturas europeas del momento. Comprobar su valía atemporal y señalar sus perspectivas futuras es la intención de la presente antología.

PETER HANDKE

Griffen, Austria, 1942

Peter Handke, escritor y director de cine, desde la publicación de *Los abejorros* e *Insultos al público* lleva revolucionando la literatura occidental, como profanador de templos canónicos, crítico del lenguaje y «pensador de conjunto». En su obra, que abarca una cincuentena de títulos, cuestiona los modos convencionales de percepción del mundo, en una incesante búsqueda de alternativas literarias y salidas vivenciales para el hombre contemporáneo. Explora en cada novela nuevos terrenos narrativos, desde el relato autobiográfico, *Desgracia impeorable*, pasando por la intriga existencialista, *El chino del dolor*, el relato para niños, *Lucie en el bosque con esas cosas de allí*, hasta la elegía ecologista, en *El año que pasé en la bahía de nadie* y la crítica mediática en *La pérdida de la imagen o Por la sierra de Gredos*. Tanto sus incursiones en el campo de la poesía, *El mundo interior del mundo exterior del mundo interior*, como su extensa obra dramática, entre la que destacan *Gaspar* o *Sigue la tormenta*, fueron aclamados internacionalmente. Paralelamente, Handke ha desarrollado una amplia labor como traductor del inglés, francés, esloveno y griego antiguo. Vive actualmente en París. Su novela de más reciente traducción al castellano es *La noche del Morava* (2013). Parte de ella tiene lugar en España, país que representa en la obra de Handke un lugar originario de encuentro con el paisaje, con la naturaleza. Ése es también el marco en el que se desarrolla el segundo de los tres relatos aquí presentados, que forman parte de un pequeño libro titulado *Una vez más por Tucídides* (1990). En él reúne breves textos que oscilan entre el apunte de viaje y la contemplación filosófica. Al estilo de las magníficas anotaciones de *Ayer, de camino*, contienen lo mejor de la escritura de Handke, su visión cuidadosa del mundo, con un ritmo de lenguaje ralentizado, cargado de pensamiento y esencia poética. Toda su obra está traducida al castellano. Los siguientes relatos se publican por cortesía de la editorial Suhrkamp, Berlín.

EL LIMPIABOTAS DE SPLIT

Después de haber contemplado el viajero el 1 de diciembre de 1987 largamente las figuras talladas en el portal de madera de la catedral de Split, con el san Juan en la última cena apoyando otra vez la cabeza en el hombro de Jesús, mientras busca con una mano —variación— consuelo en la manga del maestro, bajó al soleado paseo marítimo, donde vio a un anciano limpiabotas que, al haber estado probablemente mucho rato desocupado, empezó a limpiarse las botas propias, aunque no lo necesitaba. Y lo hizo de forma tan cuidadosa como si fuera para otro, no lo podía remediar, lentamente, con meticulosidad, trozo de piel a trozo de piel. Y sus zapatos, acariciados al final con cariño, empezaron ahora a relucir y finalmente resplandecían debajo de la palmera donde estaba sentado el limpiabotas. «Ahora yo también me acercaré y haré que me limpie las botas», pensó el viajero. Así lo hizo. Ya el manejo del combado cepillo para el polvo, por parte del limpiabotas, era de una suavidad y firmeza a la vez que juntos se percibían como una bendición para los pies, el empeine y las puntas de los dedos. En su lata de betún sólo quedaba un grumo del tamaño de una uña, pero lograba con esto, puntada tras puntada, embadurnar despacio, por completo y profundamente todo el par de zapatos que con amplitud sobrepasaba los tobillos; usaba cada copo con sumo cuidado, no aplicaba dos en el mismo sitio. Al final dio la vuelta a la parte superior de la lata, pues esperaba encontrar allí todavía un resto de betún. Morosamente ajustó al viajero los cordones de los zapatos, con manos casi solemnes, y, antes de llegar a embadurnar las solapas, se los metió entre la caña y el calcetín. (Los calcetines del limpiabotas, en cambio, colgaban, unos calzoncillos largos, oscuros en los bordes, se asomaban por el pantalón, y del mismo modo, el completamente ennegrecido cuello de la camisa daba la imagen de un perfecto solitario o de un hombre que vive solo.) Cuando sacó los dos cepillos de abrillantar y los pasó con movimiento alterno por el zapato, su actividad se transformó en una obra de arte, y el roce de los cepillos penetraba el tumulto del paseo del puerto con una música muy baja, susurrante, entusiasta, como la escobilla de un batería de jazz especialmente concentrado y ensimismado; no, todavía mucho más sutil, más suave, más intensa, el inaudito acompañamiento del canto amonestador del muecín, arriba en el minarete. Las oscuras semillas caídas de la palmera se juntaban en los charcos de las lluvias invernales del día anterior, donde se congregaban para formar un gran archipiélago soleado; encima de ello, se meneaba la cabeza redonda y canosa del limpiabotas con la coronilla bronceada. Cada vez que el viajero debía cambiar de pie, el viejo daba unos toques fuertes y secos en su caja con un pequeño cepillo como reservado para este propósito. Los zapatos ahora ya relucían como nunca antes, sin embargo, él todavía sacó un diminuto paño negro de abrillantar para el gran final; antes sacudió el pañuelo en una pequeña ceremonia y, para la clausura, lo pasó por encima de las puntas de los zapatos —sólo por éstas— de modo que desprendían un último y nunca sospechado brillo adicional desde las más finas vetas y líneas de la piel. Entonces su obra estaba concluida y dio un breve toque de despedida. Al marcharse, el viajero se regocijaba como nunca del resplandor de los zapatos en sus

El limpiabotas de Split

pies. En el restaurante metía las piernas bajo la mesa para que nadie los rozara o manchara casualmente. Todavía en el autocar, más tarde, mantenía los pies junto al asiento, evitando cualquier postura suelta hacia el pasillo; ningún pasajero recién subido debía siquiera aproximarse a sus zapatos. En medio de la obra del limpiabotas, había tenido la visión de que éste era su retratista, completamente distinto al retratista turístico real del día anterior, incomparablemente más acertado, verdadero, idóneo al viajero. Por un momento vio en el limpiabotas de Split un santo: el santo del cuidado, o el «santo de los pequeños pesos». Al día siguiente, con lluvia, más al sur, dejó los zapatos en la habitación. En las semanas siguientes, no obstante, los llevaba en la nieve de Macedonia, en el polvo de las hierbas aromáticas de las montañas del Peloponeso, en la arena amarilla y gris del desierto libio y árabe. Y todavía meses más tarde, un día en Japón, bastó pasar brevemente un pañuelo por la piel, y el brillo original del paseo de Split volvió a aparecer, impoluto.

EPOPEYA DE LAS LUCIÉRNAGAS

Una epopeya falta todavía (no, muchas faltan todavía): la de las luciérnagas. Como por ejemplo ayer, en la noche del 29 al 30 de mayo de 1988, entre Cormòns y el pueblo de Brazzano en el Friuli, en un camino entre los sembrados, «de repente estaban allí»; no era un lucir, sino un destellar intermitente; dispersas en el camino, iluminando y despejando el suelo con su abdomen luminiscente. Después salían sus luces como si fueran pequeños aviones, también entre los altos tallos de hierba; más tarde, una ya posada en la mano del caminante nocturno, recortaba las líneas palmares, con un gran destello justo al lado de la línea de la vida; observadas de cerca, en forma de ligeros tractores de luz que los oscuros y delgados insectos llevaban como atados en su vientre; después, al levantar la vista, las luces intermitentes de los coleópteros, a lo ancho y largo de toda la llanura friulana, brillaban más intensamente que las estrellas en el cielo, como si fuera la primera hora de la aparición de las luces este año; la fiesta de su reaparición en el mundo... ay, la epopeya tendría que ser mucho más apremiante y prolongada: de cómo un grupo de luciérnagas estaba acurrucado en las hendiduras del pavimento del camino, formando con su regular destello una pista de aterrizaje en la que sus semejantes del espacio planeaban silenciosos; de cómo apresadas en la palma de la mano no dejaban de brillar sino que todavía reforzaban su resplandor; de cómo allí, en el interior de la mano, el destellar se convirtió en un lucir constante y silencioso, y de cómo yo ahora, al recrear los acontecimientos de

Epopeya de las luciérnagas

la noche de alguna manera, abría la otra mano; de cómo hablaba a oscuras con ellas, cómo les echaba el aliento para, de alguna manera, hacerlas arder todavía más —me imaginaba que así sucedería—; de cómo, además, me figuraba que la armadura ardiente quemaría, que incluso me estaba abrasando poco a poco la piel como una ascua (sin embargo, ahora, a la luz del día, desgraciadamente nada de quemaduras); de cómo me asusté al imaginarme que aquel pequeño destello se encontraba justamente en la línea de la vida y me la borraba ahora quemando, pero no, estaba sobre la otra, la de al lado, que en mi mente ahora llamo «línea de la suerte»; de cómo el bicho después, cogido suavemente entre el pulgar y el índice, para incitarle a seguir su vuelo en la oscuridad, resaltaba en la noche las huellas de mis dedos como una forma laberíntica; de cómo los lucidores, todos ganando altura con el tiempo, penetraban con su regular destello el ramaje de los manzanos y cerezos, y daban a los árboles de la noche, junto con sus frutas, en su devenir y madurar, su particularísima y tremendamente material silueta nocturna; de cómo yo pensaba con toda naturalidad —mientras a lo lejos pasaba el iluminado tren a Trieste— en un dios que me devolvía, tras una dura, huera jornada, una pauta, esta pequeña, querida, por la noche largamente ramificada pauta del destello de las recién nacidas y minúsculas luciérnagas, que a menudo todavía se tambaleaban en su camino, en la llanura friulana que paulatinamente iba creciendo hasta dimensiones gigantescas: una pauta móvil que, tras la jornada dura y huera (piensa en «el vacío desesperante de Casarsa» de Pasolini), me devolvió el alma. Y esto finalmente sería la pequeña epopeya de las luciérnagas en la noche del 29 al 30 de mayo de 1988 entre la ciudad de Cormòns y el pueblo de Brazzano en el Friuli.

UNA VEZ MÁS UNA HISTORIA
DEL DESHIELO

Era el 17 de febrero de 1989, en el enclave español de Llívia, en medio de la ancha llanura alta de los Pirineos que se llama Cerdaña. Tuvo que haber habido una tormenta hace poco en la zona: todas las hojas secas de los años pasados estaban amontonadas en las veredas de los caminos y a los pies de las casas en forma de talud, y de los árboles, pelados, colgaban oscuros jirones incendiados. Las vacas comían tumbadas junto a las vallas, con el pelo de la cerviz peinado por los alambres del cerco. Se hizo un silencio, tal como todavía era posible incluso en este siglo, ¿acaso únicamente estando en solitario? En el borde del pastizal, bajo el sol del mediodía en la meseta, había un manantial helado. Debajo del hielo, una gran burbuja serpenteaba sobre sí misma, clara, con luminosos y movedizos contornos. A medida que el hielo se derretía paulatinamente —una hora pasó como un instante en la contemplación— se iban formando más y más burbujas pequeñas que empujaban desde la profundidad hacia la helada y gruesa superficie; altas cúpulas, redondas, alejándose rápido; debajo, al fondo del manantial, el remolineo de las oscuras hojas. Poco antes del deshielo una burbuja grande bajo la capa se volvió espumosa, múltiple, como un desove, se sacudía en el mismo sitio; un pueblo entero de grandes y pequeñas burbujas apelotonadas estaban dispuestas a salir, cada una por su cuenta, mientras todavía reinaba el enjambre y el reflejarse la una en la otra. Encima de este suceso, un hervidero de diminutos pájaros con cabezas rojo crepúsculo. En el momento de liberarse y de salir navegando en el hielo derretido, de un disparo, las muchas burbujas pequeñas se convirtieron en una grande y advenediza, a la que de nuevo se unía un aro de varias pompas pequeñas, y así sucesivamente, hasta que, manantial abajo, se iniciaba un general reventar, y el manantial solo, justo en el lugar donde manaba, borbotaba claro, mientras sonaban las campanas de la tarde desde la aldea de Llívia. Donde la capa de hielo del manantial todavía era firme, se apreciaba la forma surcada y dentada de las hojas traídas por el viento, acumuladas y congeladas debajo, y los pájaros que delante y detrás pasaban veloces, muy cerca, sin miedo, jugando con el sentado, jugando también con el zigzag de sus sombras en la restante superficie de hielo, mientras los sexos de las flores de los alisos, a la altura de los ojos, parecían «así y asá»: los amentos masculinos negros, alargados, encerrados como en armaduras, en forma de bombas (bombas delgadas), por regla general en un equipo de cuatro, apuntando hacia las mucho más raras «canastillas frutales» femeninas abiertas, de color marrón claro; éstas, por regla general, estaban dispuestas en coronitas de a tres o a dos, meciéndose en tallos mucho más quebradizos; y abajo, entretanto, el campo helado todavía sin derretir había adquirido, con el reforzado sol, un mayor relieve de hojas, tallos y lanzas; sólo junto al poste de granito en el centro de la zona del manantial quedaba todavía rígido, liso, acababa de volverse granuloso, y la sierra, arriba, en la lejanía, se mostraba brumosa, el único vaho reinante —salvo el humo de las fogatas en los sembrados—, neblinoso como si se tratara de una tormenta de nieve, a la altura pirenaica de las anchas cumbres de la sierra del Cadí; y ahora también a mis pies descalzos había en el firme campo helado junto a la centelleante columna de granito una clara burbuja en forma de herradura que serpenteaba sobre sí misma, de la cual ahora de repente la mitad se deslizaba rauda hacia abajo, sin remolino ni espuma, ni multiplicación; ya había desaparecido y había pasado a ser agua de manantial de corriente libre, sin hielo, muy silenciosa, muy rápida, hacia el río Segre, que atraviesa el enclave, ¿y que en algún momento haría desembocar esta misma gota de agua recién liberada del hielo en el Ebro y el mar Mediterráneo? Entretanto, el baile de la otra mitad de la burbuja del manantial bajo el hielo, que al calor del sol se iba reduciendo de instante en instante, en un baile sobre sí misma, como si fuera una *majorette*. Entonces supe que semejantes momentos son la plenitud —o las cosas verdaderas—; sin embargo, si hubiese tenido que plantarme delante de alguien y hacérselo entender, no habría tenido nada que decirle. Metí los pies en el recién derretido manantial de Llívia y pensé: «¡Levántate y sigue andando!».

WILHELM GENAZINO
Mannheim, Alemania occidental, 1943

La poética de lo insignificante, la deliberada ausencia de trama y acontecimiento en las narraciones de Wilhelm Genazino lo convierten, junto con su escasa visibilidad mediática, en el más desconocido de los grandes novelistas alemanes. Tanto su obra como su persona destacan por una desafiante falta de apariencia. En su larga trayectoria literaria, que empezó en los años setenta en la revista satírica *Pardon*, y que arrancó propiamente con su celebrada trilogía sobre el neurótico oficinista Abschaffel, Genazino ha preferido enmascarar su aguda crítica social y los profundos contenidos filosóficos de sus novelas y piezas de teatro radiofónico con un sutilísimo humor, ambientes anodinos y personajes del montón. La profunda indagación en el vacío afectivo y el desamparo metafísico del individuo en la sociedad de consumo, se encarnan en sus personajes, urbanitas sin rostro que por ninguna razón particular están desviados del prefijado camino al éxito, algunos por objeción directa, otros porque cayeron del sistema del bienestar y viven a la deriva. Les une, sin embargo, la tendencia a la reflexión en prolongados paseos por la ciudad. Ya sea el cincuentón en búsqueda de una peonza de madera perdida en *Mujeres cantando suavemente*, ya el meditabundo probador de zapatos de lujo de la magistral *Un paraguas para este día*, sumido en una crisis por un fracaso amoroso; todos saben interpretar en las nimiedades cotidianas metáforas de su estado de humillación y angustia existencial, a la vez que poseen una sensibilidad especial para observar en la calle —un periódico levantado por el viento o la ondeante cabellera de una chica que pasa en bici— pequeñas epifanías de belleza.

Esta melancólica mirada de asombro, combinada con el lúcido análisis de los propios deseos reprimidos, caracteriza también al protagonista de *Si fuéramos animales* (2011), la novela más reciente de Wilhelm Genazino. Tras la muerte repentina de Michael Autz, su compañero de trabajo, un precario arquitecto autónomo hereda de aquél su mujer y sus chanchullos, y su antes regulada existencia se ve desbordada hasta el desastre.

La obra de Wilhelm Genazino está ampliamente traducida al castellano (Galaxia Gutenberg y Bassarai). El presente primer capítulo de *Si fuéramos animales* se publica por cortesía de la editorial Hanser de Múnich.

SI FUÉRAMOS ANIMALES

I

Era una tarde calurosa, casi tórrida, y me encaminaba a casa, a mi tranquilo piso de dos habitaciones. Si bien había visto mil veces las casas del entorno, siempre me gustaba volver a mirarlas, aunque sólo fuera de manera fugaz. La mayoría eran viejas y no pocas estaban destartaladas. Muchas tenían los marcos de las ventanas podridos, otras incluso carecían de puertas. Una parte estaba habitada, el resto ya no tenía moradores porque el ruido y el polvo de la calle habían rebasado los límites de lo tolerable. Eran pocas las personas a las que aquellas viviendas les suscitaban deseos de quedarse. Ya sólo vivían allí jubilados y viudas empobrecidas que se había quedado atrás. En algún lugar sonó una alarma defectuosa, lo que cada verano sucedía repetidas veces. Durante medio minuto sonó un rebato muerto sin que nadie se inquietara. A menudo me imaginaba que la alarma sólo tenía por objeto atraer la atención sobre la decadencia de la zona. Venía yo pensando en mi compañero de profesión y amigo (en los últimos años) Michael Autz, fallecido anoche de forma completamente inesperada. Sólo tenía cuarenta y dos años. Karin, su mujer, me llamó ayer mismo para contarme entre lágrimas lo ocurrido.

Michael, siguiendo su costumbre, se había dirigido al salón tras la cena a fin de descansar un rato. Al cabo de un plazo máximo de tres cuartos de hora volvería, fresco y reposado, a la vida conyugal. Después de transcurrida casi una hora, Karin se puso nerviosa y fue a echar un vistazo.

Lo encontró acostado en el sofá a la manera de siempre, tapado con una manta de lana. Ya no se movía. Llamó al médico, que no tardó nada y expidió la partida de defunción. Paro cardíaco, presumiblemente. Dentro de dos días tendría lugar el entierro en el cementerio central. Michael, al igual que yo, era arquitecto. Trabajaba en un despacho pequeño pero sumamente productivo, y me proporcionaba encargos. Ésta era (desde el punto de vista profesional) la única diferencia entre nosotros: él era arquitecto contratado, yo arquitecto autónomo. Así lo dice el letrero de la casa donde vivo. Más sincero habría sido poner «arquitecto dependiente». Yo dependía casi de forma exclusiva del despacho en el que trabajaba Autz, donde él era, además, el único que me hacía encargos. Más que consternado, la muerte de Michael me dejó preocupado. No tenía que inquietarme por el año en curso ni por el siguiente, pero tendría que pensar en algo para después.

Yo admiraba a Michael. Una persona vivaz, ocurrente, entretenida. Era el dominante de nosotros dos, un papel que nunca le discutí. Daba por supuesto que las personas dominantes necesitaban un ambiente más bien apagado para poder ir calentando motores y animar a los demás. La propia Karin, su mujer, era de perfil bajo desde cualquier punto de vista. Ella también lo admiraba, y él se lo agradecía con sincera atención, si cabe decirlo de esta manera. Mientras caminaba a paso tranquilo, me subió a los ojos una humedad extraña, casi dulzona. Estaba sorprendido y, en cierto modo, desbordado. Doblé hacia una calle transversal e inanimada, para que nadie pudiera ver mis ojos humedecidos. No hacía más de cuatro semanas que Autz y yo habíamos encontrado, durante un paseo, un carné de identidad extraviado. Lo vimos casi al mismo tiempo, y los dos nos agachamos simultáneamente para recogerlo, pero Autz lo pescó primero. Si aquella vez sentí rabia, hoy estaba contento de ello. Pues a los pocos días Autz no tuvo mejor idea que encargar a casas de venta por correspondencia mercancías en nombre del titular del carné haciéndolas enviar a la lista de correos. El empleado sólo comparaba el nombre del destinatario que aparecía en el paquete con el que figuraba en el carné, y deslizaba el bulto sobre el mostrador. De esta forma, Autz llegó a pedir y recibir una tostadora, una plancha y una cafetera automática. Su mujer desempeñaba un papel ambiguo en el asunto. Por una parte, le insistió en cortar esas bromas; por otra, disfrutaba comprobando lo pillo que era su señor marido.

Autz me alentó a aprovechar el carné, pero me negué, aunque, he de confesar, con no poca tibieza. En cierto modo, sentí alivio de que hubiera muerto. De hecho, intentó martirizarme en más de una ocasión y me costó esfuerzo resistir a sus tentaciones. Si no hubiera dependido de él, a veces simplemente habría dado media vuelta dejándolo plantado. Pero no me atrevía. Además, sufría una serie de inveteradas sensaciones secretas, de las cuales algunas guiaban disimuladamente mi comportamiento. Una de ellas consistía en la convicción de que la vida me trataba más bien mal. Demasiado mal. Durante un tiempo estuve a punto de ceder a la tentación, aunque al final siempre se imponía el miedo. Es decir, temía que tarde o temprano el truco fuera destapado y que entonces tuviese que vérmelas con la Justicia. En mi opinión, Autz habría corrido la misma suerte si no hubiera muerto a tiempo. Le advertí reiteradas veces pero él se reía de mis reparos. Con los cientos de miles de pedidos que reciben tardarán meses en investigar el destino de los envíos extraviados, si es que llegan a darse cuenta, exclamó.

Le contesté que muchos delitos funcionarían a prueba de bomba si los delincuentes no pensaran que sencillamente podían repetirlos. Es la repetición la que convierte el delito en algo mezquino y, por lo tanto, peligroso, añadí. Autz quedó impresionado por mi razonamiento, pero estaba demasiado enamorado del éxito de su truco.

Entretanto se me habían secado los ojos. Contemplaba a ancianos huesudos con piernas ridículamente flacas asomando por los bajos de sus pantalones cortos. Una mujer joven pasó en bicicleta comiendo helado mientras le daba a los pedales; la seguí con la mirada. No había en esos momentos nada más bello que ver pasar como una exhalación a una mujer en bicicleta, erguida de cuerpo y con cabellera rubia flotando al viento. Mentira, sí que lo había. Y se podía ver en la Friedrich-Ebert-Platz. Era un pato grueso y pesado descansando en un solo pie y con los ojos cerrados, al parecer durmiendo. Quedé entusiasmado. ¿Podía ser eso cierto? ¿Un pato durmiendo de pie en plena ciudad? Me acerqué al animal y vi que todo era correcto. El bípedo había levantado una pierna y la había pegado al cuerpo y no obstante mantenía el equilibrio. Compartía mi asombro con un hombre mayor. Llevaba una camisa deportiva hecha un asco que le caía sobre el pantalón. Levantó la mano izquierda para contemplar sus uñas maltrechas. Fijó la mirada largo rato en la del pulgar, alabeada y de color morado. Se trataba de un hematoma que iría remitiendo paulatinamente. De pronto, vi un cepillo de dientes tirado en el hormigón, junto al pato. Perdí el interés por el animal cuando ya me había imbuido de la imagen. Es más, deseaba poder imitarlo. Poder estar dormido sobre una pierna en alguna parte de la ciudad sería el colmo de mis deseos. De hecho, me encontraba en una especie de aprieto. Si había entendido bien a María, tenía que comprarme un traje negro para pasado mañana. María había dicho que con mi vieja chaqueta negra y el pantalón, poco acorde por ser no de color negro sino sólo azul oscuro, no podía ir a ningún entierro. Yo dudaba de que el rigorismo de María fuera justificado, pero al mismo tiempo me sentía desvalido. Había asistido ya a varios entierros, y siempre me habían gustado en éstos aquellas personas que se presentaban en atuendos si bien de luto no del todo impecables. Precisamente lo discordante de la indumentaria de luto era la señal de su luto. Recuerdo hasta el día de hoy algunos entierros particularmente impresionantes de mi infancia. Mis parientes no eran (no son) especialmente pudientes. De modo que mis tíos, y también mis padres, siempre acudían en atuendos compuestos más o menos azarosamente. La indumentaria expresaba el luto por medio de sus propias carencias, no podía haber cosa más acorde para un entierro. Porque lo verdaderamente conmovedor no eran los muertos, sino los vivos. Pero María antes que nada veía en el entierro de Autz una ocasión para obligarme de forma apremiante a una serie de compras. Aparte de un traje negro, se suponía que yo necesitaba con particular urgencia ocho pares de calcetines nuevos, una nueva correa para mi reloj de pulsera, una nueva pila para mi despertador, dos nuevas camisas y un nuevo hervidor. La frase «Necesitamos un nuevo hervidor» la pronunció María con un especial interés emocional, audible también para mí, porque la frase tocaba un problema que nos preocupaba desde hacía tiempo. Y es que no teníamos un hogar común, seguíamos viviendo en pisos separados. María deseaba que viviéramos en un piso común, preferiblemente el mío, porque yo no me oponía a una convivencia con ella (al menos, en principio).

En efecto, cohabitábamos, sobre todo los fines de semana y por lo general en mi casa, como una pareja ya muy rodada. Para insinuar siquiera mínimamente el conflicto, sólo señalaré el alivio que sentía cuando María volvía a abandonar mi piso los lunes por la mañana, después de un fin de semana pasado conjuntamente. Yo mantenía el conflicto en secreto porque no podía explicar en qué consistía mi alivio cuando María volvía a marcharse los lunes por la mañana. Sólo percibía una vaga sensación de libertad, la sensación de que por fin quedaba restablecida una especie de estado de ausencia de carga. Me parecía una sensación injusta, porque aparte de su afición al alcohol María no incurría en ninguna falta. Así que me callaba la boca y me tragaba el sufrimiento. Esto, a su vez, no me parecía nada insólito, pues estaba lleno de esas pequeñas insinceridades tan inherentes a la vida del progreso, como pueden ser los callos en los talones o una cuenta sobregirada.

Al borde de la Friedrich-Ebert-Platz estaban los grandes almacenes ELITE. Era un establecimiento pequeño de dos plantas con artículos de menaje, ropa infantil, calzado, delantales y una cafetería, además de un servicio de cerrajería y de reparación de zapatos atendido por una sola persona. Se me ocurrió que podría comprar el nuevo hervidor, así al menos me quitaría de encima una de las adquisiciones programadas. María decía que nuestro hervidor (se refería al mío) tenía tanta cal acumulada que debería tirarlo. En años anteriores me reía de la audacia de estos grandes almacenes para llamarse ELITE; hoy ya no. Llevaba mucho tiempo sin comprar nada allí, pero al pasear ahora por la planta baja quedé conmovido. No había casi nadie. Las dependientas estaban de brazos cruzados detrás de sus mostradores esperando que alguien comprara algo. Quizá me veían como una luz de esperanza. Me dirigí a la sección de menaje, ubicada en el otro extremo de la planta. Había leído mucho sobre la crisis de los grandes almacenes, pero nunca habría pensado que la situación pudiera alcanzar ese grado de dramatismo. Me pregunté si me tocaba asumir mi parte de culpa por la decadencia de los grandes almacenes, puesto que yo también acudía rara vez a estos lugares. En mi juventud estas superficies eran un diario hervidero de clientes. La gente estaba radiante cuando encontraba algo que comprar o cuando, montada en una de las nuevas escaleras mecánicas, podía subir a las plantas superiores. Deambular por unos grandes almacenes debía de ser una suerte en aquel entonces. Pues quién los vio y quién los ve. Hasta me detuve, admirado por el vacío que me rodeaba. El hervidor que compré sólo me costó 3 euros 50, lo que volvió a generarme una efímera sensación de culpa. Pensé si no debía aprovechar para comprar de una vez una nueva cama, pero camas aquí no había, sólo sábanas y fundas. ¿Debería desplazarme rápidamente a unos grandes almacenes más surtidos y comprar *hoy* mismo una nueva cama para poner de manifiesto mi buena voluntad?

Pero me era imposible pisar unos grandes almacenes más de una vez al día y, como mucho, una vez a la semana. María me encontraba demasiado poco lanzado en este sentido. Me había ofrecido en varias ocasiones ir a comprar una nueva cama juntos. Esperaba de ello una eficiencia mayor. Decía realmente «eficiencia». Era una de las palabras que se usaban habitualmente en su agencia de publicidad. Reconozco que mi falta de pasión compradora en materia de lechos tenía un trasfondo delicado sobre el cual no hablaba con María. Y es que había compartido mi cama durante muchos años con Thea, de modo que me ligaban a ese colchón numerosos y extraordinarios recuerdos. Si María lo hubiese sabido, se habría indignado y quizá habría tenido que meditar sobre las oportunas «consecuencias». Se trataba de otra palabra que provenía de la agencia publicitaria. Era bonito transitar por los años de la vida albergando en tu interior los recuerdos de una época cargada de detalles corporales. Si hubiera tenido audacia, me habría comprado un traje nuevo en ese momento. Pero no tenía audacia; más bien me sentía debilucho por el exceso de recuerdos. El entierro de Autz estaba fijado para pasado mañana, y era cada vez más probable que yo asistiera a él con mi ropa avejentada. Me gustaba a mí mismo con mis prendas no del todo lozanas. Parecía en ellas un caballero superviviente de otra época. María no vendría al entierro, según me dijo cuando se lo pregunté. A menos que yo me comprara un traje nuevo y de verdad negro. El cielo comenzó a poblarse de nubes, un ventarrón azotó la plaza y dobló los arbustos de los jardines. En el cine Excelsior daban una película titulada *Fuga sin fin*. Si decidía ir al cine, tendría que sostener en las manos el nuevo hervidor durante hora y media. No obstante, entré en el vestíbulo vacío. A través de una puerta doble abierta vi la sala de proyección, donde aprecié a seis o siete espectadores dispersos. ¿Por qué tantos hombres solitarios van al cine? No vi una sola pareja ni dos señoras mayores juntas. La vista de los hombres inmóviles transformaba la sala en un lugar de espera para menesterosos. Yo no quería ser considerado un menesteroso, ni siquiera en una sala de cine en penumbra. Los hombres solos recuerdan demasiado a pacientes de hospital. Seguramente, el dueño del cine esperaba a que comenzara la función para luego llamar al servicio pastoral protestante y decir: «Hay aquí siete sujetos de riesgo. ¿No quieren pasar?». Sumido en tales pensamientos, abandoné el vestíbulo. Fuera amenazaba tormenta. El cielo se había oscurecido y el viento se había vuelto más fiero. Un cochecito con un niño llorando pasó rápidamente de largo. Los pájaros volaban nerviosos aterrizando cada tres metros, y las pesadas palomas se parecían a mis tías, muertas hace tiempo. Un hombre abrió un contenedor de la basura tras otro pero no encontró nada. El verano estaba en su punto. Cuando todavía salía con Thea, nos íbamos cada año. Desde que Thea había desaparecido de mi vida, me deshabitué de las vacaciones. Mejor dicho, no hubo ya nadie que, año tras año, me impusiera la obligación vacacional. Bien es verdad que María también presionaba en este sentido pero, curiosamente, con ella lograba mantenerme firme.

Acababan de caer las primeras gotas de lluvia. Goterones pesados, de los que se podía inferir un chaparrón. En algunas ventanas aparecieron amas de casa que bajaron las persianas a medias. Un relámpago zigzagueó en la plaza y la lluvia arreció. Me apreté contra una fachada, que en realidad no me brindaba ninguna protección. Falto de ideas, volví al cine. Había ahora, sentada en el vestíbulo, una madre que daba de mamar a una criatura. No se molestó por mi presencia, ni siquiera levantó la vista, sino que miraba ininterrumpidamente al lactante pegado a su pecho. Evolución grata, pensé, el que los bebés puedan ser amamantados en lugares públicos. La estampa probablemente tenía un efecto educativo para los hombres. Les ayuda a comprender mejor que los pechos de la mujer, más allá de satisfacer el deseo del varón, tienen un sentido ético. Precisamente para mí esa lección era (es) absolutamente necesaria. Excepto yo y la madre con el niño, no había nadie en el vestíbulo. Empecé a mirar las fotos de películas expuestas en las vitrinas fingiendo que estaba a punto de comprar una entrada. Pero en realidad espiaba de soslayo, y de la manera más furtiva posible, los senos de la mujer amamantadora. Cuando veo los pechos (o partes de éstos) en el escote de una mujer, al instante tengo que luchar contra un impulso de atracción desmedida, incluso en el caso de mujeres embarazadas. La prominencia del vientre hace pasar los pechos de las embarazadas a un segundo plano, mejor dicho, se vuelven muy discretos pero al mismo tiempo (por así decirlo) más caseros y compañeriles. El pecho de la mujer amamantadora era grande y blanco y estaba casi por completo al descubierto. Mi alegría (mi placer) fluía libremente de ida y vuelta entre la mujer y yo, porque ella seguía sin hacer el menor ademán de ocultar la lactación. Aunque el cuadro me gustaba sobremanera, sentí un dolor en el tórax. Porque lo curioso de la belleza es que uno sólo puede contemplarla. No puede uno llevarse nada de ella a casa o guardar una pequeña parte en un lugar especial. Lo único que puede hacerse con la belleza es mirarla con los ojos como platos, no se le puede sacar nada más. Después de haberla contemplado largo rato hay que marcharse. Si ha visto mucha belleza de golpe (por ejemplo, Venecia o la amena comarca montañosa de Vordertaunus) y luego tiene que desaparecer con las manos vacías, el hombre se vuelve un tanto melancólico. Por eso era sensato conformarse con dosis de belleza reducidas. El problema de ese momento consistía en que no acababa de ponerme de acuerdo conmigo mismo en si un pecho de mujer ampliamente descubierto era una belleza pequeña o mayor. Mientras reflexionaba sobre el asunto, la lluvia había remitido de forma considerable. Me puse detrás de las puertas basculantes de la salida y miré a la calle. Al parecer, el lactante había mamado lo suficiente y su madre volvió a acomodarlo en el cochecito. También en mí surgió la idea de que podía tener hambre. Había llegado la primera hora vespertina, y la ciudad se fue vaciando. Pensé en si tomarme una sopa en la barra de la cafetería de unos grandes almacenes o comprarme una ensalada preparada en una charcutería y llevármela a casa.

Apenas terminó de llover, se posaron en la acera unas cornejas muy orondas para buscar alimento. Algunas se paseaban en mitad de la calle, y a mí esto me gustó. La mujer abandonó el vestíbulo con el niño y el cochecito, y los seguí con la mirada sintiendo de nuevo el consabido dolor torácico. La cercanía del cine entonces me hizo pensar en mi difunta madre. De cuando en cuando solía anunciar que próximamente se haría actriz de película. Que se harían actrices de película era, en mi infancia, un decir típico de muchas amas de casa. Mi madre era bella, además de lectora asidua de la revista *Cine y Mujer*, una publicación curiosa que mes tras mes informaba sobre la vida de actrices del celuloide, y que era leída casi exclusivamente por mujeres que todavía no estaban en el mundo del cine. Pasó un perro con una pata vendada. La mantenía estirada hacia delante. De hecho podía andar bastante bien con sólo tres piernas. Yo conocía una charcutería que estaba cerca, aunque era un tanto pretenciosa, excesivamente cara, donde pedí una ensalada preparada (con queso y huevo). Apenas me la dieron, sentí vergüenza de mí mismo. Justamente yo, que tanto me preciaba de mi individualidad, me iba a casa con una ensalada preparada como cualquier ser del montón. En realidad, quería comprarme un traje nuevo o quizá incluso una cama nueva, pero sólo alcanzó para una ensalada preparada metida en un abominable envoltorio de plástico. Llevaba mi destino preparado a mi piso preparado, donde pasaría una velada preparada ante la televisión. A menos que me llamara María, cosa altamente probable. Con María me vinculaba una sensación desagradablemente compleja. En el fondo, deseaba desde hacía tiempo una mujer distinta, pero tal mujer no estaba a la vista. Más en el fondo, sin embargo, estaba satisfecho con María, y puede incluso que ya la amara. Buscaba a una mujer cuya presencia pudiera soportar tranquilamente sin pensamientos de fuga. Y María no era esa mujer. Ella tenía un problema que poco a poco se iba convirtiendo también en el mío: bebía demasiado. Hacía años que se traía una o dos botellas de vino cuando venía a verme por la noche. Tuve la sospecha de que deseaba que algún día viviera exactamente de la misma manera que ella: que pasara la velada más o menos alcoholizado para después dormirme un poco atontado a su vera. Pero no lo consiguió, pues yo no tenía alma de bebedor. No debía decirle que contemplarla yaciendo a mi lado con sus facultades mermadas me producía cierto placer. Además, apreciaba el hecho de que, debido al alcohol, nuestras veladas de amor no se prolongaran en exceso. Me parecía muy bien no tener que hablar demasiado. La mayoría de las personas tenían, en estado ebrio, una elevada necesidad fabuladora pero escaso aguante. María se cansaba rápidamente y a menudo se quedaba dormida durante su vehemente discurso.

Y cuando ella dormía como un tronco, yo a veces me vestía y salía para encontrarme con uno o varios compañeros en un bar. Era una conducta que María odiaba particularmente. Tenía la idea de que dos personas, tras el coito, vibraban en la misma sintonía aunque estuvieran durmiendo. Mis escapadas poscoitales me hicieron ver que no me era fácil soportar a María. Aunque lo nuestro podía llamarse ya una relación estable, tenía cada vez más la sensación de volverme un solitario a su lado. Naturalmente, la culpa era mía. Debería haberme confesado a mí mismo que María no casaba conmigo. Pero no avanzaba en mi desligamiento. La manera en que esta mujer se aferraba a mí no sólo me conmovía, sino que me sugería, además, la idea de que tenía una misión que cumplir con respecto a ella. Sólo que no me creía esa misión. Esta certeza tocaba la capa más profunda de nuestro problema: mi falta de talento para la llamada vida normal. Valga como ejemplo el estar sentados quietamente juntos el hombre y la mujer en una sala. La mujer contempla los botones de su rebeca de lana, el hombre lee el periódico o mira la televisión. Cuando se prolongaba entre nosotros una situación por el estilo, yo no tardaba en sentir la obligación de decir algo. Y, en efecto, comenzaba a hablar: en contra de mi voluntad y a menudo también en contra de mi capacidad. Si no quería o no podía hablar, abandonaba la sala con sentimiento de culpa y me iba al baño o tomaba una ducha o le sacaba brillo a los zapatos en el balcón. Cuando después volvía a la sala, María preguntaba: «¿Fuiste a ducharte?». Entonces tenía que controlarme para no perder los estribos. María notaba nuestra falta de sintonía y en numerosas ocasiones callaba, cosa que le agradecía mucho. Por otra parte, en esos momentos se sentía culpable y bebía aún más.

Ya desde la escalera oí sonar mi teléfono. Eso sólo podía significar que María atravesaba una crisis y estaba convencida de que yo podía ayudarla.

—¡Es la tercera vez que te llamo! —gritó en el auricular.
—Había ido de compras —dije.

—¿Tú de compras?
—Imagínate: ¡he encontrado un nuevo hervidor!
(No mencioné la ensalada preparada.)
—¿Ya tienes planes para esta noche?
—No —dije—, estoy agotado.
—¿Otra vez?
—Y lo estaré todavía más. Tengo que terminar los planos de ampliación de un supermercado que ha surgido a última hora.
—¿Y qué significa eso?
—Que voy a acostarme temprano y, si puedo, dormiré largo y tendido.
—Suena como si no quisieras verme nunca más.
—¡Pero qué dices, María! Apuesto a que nos veremos mañana mismo. Si no, pasado.
—¿Cuándo y dónde?
—Por ejemplo, después del entierro.
—¿No estarás también agotado?
—Sí —contesté—, pero como habré dormido mucho, aguantaré el agotamiento siguiente.
—¡Qué complicado y enrevesado eres, para variar! —Se rio—. ¿Sabes que con esto me zambulles en una velada de vino tinto?
—¡María! —exclamé—, no puedes chantajearme diciendo esas cosas.
—Es cierto, retiro lo dicho.
—¿Tienes una idea de adónde podríamos irnos el fin de semana?
—Por ejemplo, a la inauguración de una exposición de pintura, tengo una invitación —dijo.
—¿No te parece aburrido?
—Yo tengo que ir porque es de un compañero que expone sus propios cuadros.

—Ya. ¿Y tengo que acompañarte?
—Tener no tienes que hacerlo, pero sería bonito.
—Venga, voy.
—Qué simpático eres. Entonces voy a plantarme delante de la tele.
—Lo siento.
—No te preocupes. —Suspiró, y colgó.

La llamada me hizo sudar. Me quité la camisa y me lavé el torso. Después abrí la ventana, encendí la radio y me dediqué a la ensalada preparada. Estaba levemente compungido. Recordé que ya de niño a menudo tenía la sensación de que la vida de las personas era irremediablemente anticuada. Vertí la ensalada en una fuente y le añadí un poco de sal, aceite y vinagre. Poco a poco fui deslizándome hacia un estado de ánimo más agradable. De la radio salía música de piano de Chopin. Medité acerca de por qué no me había sido posible mencionarle a María la ensalada preparada. No quería ser la persona que era. Cenar a solas una ensalada preparada era algo imposible. Con el ruido de la lluvia, el volumen de la radio había ido bajando. La apagué y encendí la televisión. Daban un documental sobre la pobreza de la población rural en Colombia. En algún momento vi como una niña de doce años daba a luz contrayéndose de dolor. Cuando terminó de parir, le acercaron el lactante al pecho. La voz del realizador decía que la joven madre no podía amamantar por falta de leche. Una enfermera le quitó el lactante, y la adolescente se echó a llorar. Entonces apagué también la televisión, fui a la ventana y miré a la calle bañada por la lluvia mientras me comía la ensalada preparada.

BOTHO STRAUSS
Naumburg, Alemania oriental, 1944

La escritura de Botho Strauss es fundamentalmente reflexiva, exploradora, ensayística y proyecta espacios estéticos para el pensamiento en forma de «esbozos de prosa». Reconocido tanto como dramaturgo como autor de relatos y novelas, es el máximo exponente de una poderosa tradición de la literatura alemana que se halla en peligro de extinción: el pensamiento narrado; además es uno de los pocos escritores alemanes capaz de enfrentar al público con los retos y dilemas intelectuales de la época. Con extraordinaria lucidez y un enorme poder argumentativo toma el pulso del sujeto posmoderno y lucha contra la confusión de valores, la difuminación de conceptos y la pérdida de la capacidad de (auto) definición del hombre contemporáneo. Sus análisis de la sociedad alemana son tan incorruptibles como certeros.

Libros como *La dedicatoria*, una reflexión melancólica sobre el amor como estado voluntario de disolución del sujeto, o las breves escenas de *Parejas, transeúntes*, su gran éxito internacional, donde indaga los recovecos más intrincados del yo, expone a la discusión pública un inventario de fenómenos culturales y desentraña —ésa es la gran especialidad de Strauss— el complejo mecanismo psicológico de las relaciones amorosas. Exquisitez y gracia, un lenguaje estilizado, altamente lírico y un pronunciado elitismo son las señas de identidad de una obra que reacciona alérgica al democratismo y a la austeridad estética de los años setenta. Contrapone a la multitud sin rostro de los transeúntes, el individuo superior, con deliciosa ironía en su apología del genio, *El hombre joven*, o, con potente vena satírica, en la novela erótica *Congreso. La concatenación de las humillaciones*. Strauss ha sabido incorporar en su discurso problemas de la ciencia, de la técnica o de la economía, y se aparta cada vez más de la narración a favor del apunte ensayístico, como ocurre en su libro más reciente, *Luces del necio* (2013), donde revisa la figura del «idiotes» como guardián de la privacidad, y formula una vehemente crítica contra la era digitalizada.

El relato que aquí se presenta, ambientado en el Berlín de la época de la caída del Muro, forma parte del libro *Habitar. Dormitar. Mentir* (1994) y se publica por cortesía de la editorial Hanser, Múnich.

HABITAR

Simplemente, se había quedado parado. Desde la interrupción, como solía llamarlo, de sus estudios universitarios hacía ahora casi veinte años, vivía en casa de un amigo que hace mucho tiempo había dejado de serlo. Al principio, cuando juntos habían abandonado la universidad, eran cuatro en el gran piso. Sven, el arquitecto, y su mujer, además de él mismo con Elsa, su amor de juventud, que se había suicidado allí. Después de esto, se había mudado a la habitación pequeña, el antiguo cuarto de la criada, no sólo porque no le quedaba más remedio por falta de dinero, sino también porque no quería quedarse él solo en la habitación que había habitado con Elsa. Ésta era ahora el cuarto de los invitados, ya nada recordaba que una vez había sido su habitación, donde pasó la desgracia, donde su vida anterior había llegado a su fin.

Más de una cosa le había salido mal. No consiguió hacer la esperada carrera académica como historiador de arquitectura. En algún momento perdió toda ambición, ya se acercaba a la mitad de la cuarentena y vivía de trabajos auxiliares que esporádicamente realizaba para arquitectos de rehabilitación o arquitectos urbanísticos.

Sven Breuer, que había ascendido a funcionario del senado, vivía con una nueva mujer más joven y distribuyó con ella el piso de forma distinta, lo modernizaron y renovaron a fondo, también el cuarto del inquilino, sólo a él mismo lo dejaron sin cambiar. A las ocho, cada mañana, los ocupantes principales abandonaban la casa y habitualmente no volvían antes de última hora de la tarde. Los dos hombres ya sólo coincidían de pasada en el pasillo, apenas el uno dedicaba al otro una palabra personal, en el mejor de los casos había que ponerse de acuerdo sobre algún asunto objetivo. Jörg Helty vivía ahora al lado del amigo como en una pensión, le hacía sufrir el creciente distanciamiento, el extrañamiento entre las paredes de siempre, ¡entre las que habían convivido antaño de forma tan distinta! No podía explicarse por qué todavía los dos le toleraban en el piso. Tal vez era por consideración hacia su pobreza —no sin secretamente mandarlo al diablo—, tal vez eran razones sentimentales las que impedían a Sven echar definitivamente al ya bastante marginado compañero de piso.

Durante dos horas por la tarde, entre las cuatro y las seis, llevaba la silla al pasillo, arrimándola a la puerta de entrada del piso. ¡Escuchar subir la escalera! Era la hora en la que poco a poco todos los inquilinos y subarrendados, hombres, mujeres y niños, paulatinamente iban llegando a casa, volviendo para cenar y ver en la televisión el programa de la tarde. No se trataba de espiar con curiosidad en la puerta, se trataba de encajar los diversos pasos en la escalera. Ajustar la percepción siempre de nuevo a la individualidad, la inconfundibilidad de cada secuencia de pasos, de cada tipo de paso, ejercitar a diario la percepción, discernir con el oído, agudo como un cuchillo, no cesar... Nunca más debía ocurrir, como ya pasó una vez, que perdiera el control de la sutil percepción y oyera a muchas personas precipitándose escalera abajo en un indiferenciado alud de pisadas. ¡Memorizar los rasgos distintivos! A cada cual adjudicarle ya desde abajo, al principio del pasillo de la entrada, la planta correspondiente, la puerta adecuada. Y acompañarlo hasta allí como un compañero de camino avizor y perseverante.

Stella, de la cuarta planta, la de los ojos un poco saltones, cabello liso, rubio oscuro, con un peinado a lo paje, vivía sola con su hijito Sylvio de tres años; debía dejar el piso a finales de año. Su marido, lingüista, había conseguido un trabajo en Austin/Tejas, y no le permitía ir a vivir con él, ya no se entendían muy bien. Los agentes de las inmobiliarias colgaban el teléfono nada más empezaba ella a formular sus deseos sobre la vivienda buscada, y ahora empezaba a entrarle pánico. Psicolingüista, doctorada. Había aceptado un trabajo en la oficina de salud pública, evaluaba formularios de encuestas, el niño a veces se quedaba siete horas al día en casa de la cuidadora. No tenía dinero, su marido debía hacerse cargo de otra hija de un primer matrimonio, no sabía a dónde ir. Stella tenía que pasar y presentarse personalmente, tal como había exigido una agencia inmobiliaria que todavía disponía de pisos vacíos. Ella naturalmente mentía todo lo que podía. Estaba forzada a mentir, de lo contrario ya de entrada hubiese sido inútil. Su marido volvió dos semanas antes de Navidad de EE.UU. para ver al chico. Fue tan amable de hacer de familia feliz con Stella durante la búsqueda de piso.

—¿Jamás hubiésemos imaginado esto? Siempre supimos que no iba a ser fácil, nada fácil encontrar un buen puesto. Pero que nunca llegásemos a ejercer la profesión que estudiamos... al menos yo no me lo imaginé. Dios mío, qué felices estábamos con nuestros primeros éxitos, felices por el examen aprobado, y no teníamos la más remota idea de que todo esto no iba a servir de nada. Pero una vez al menos... en aquel entonces fuimos increíblemente valientes, y todavía estábamos enamorados, mucho incluso. Y éramos inteligentes. Y guapos. Sí, éramos guapos, Hannes, sobre todo tú, y también yo era un poco más guapa que ahora, ¿no es cierto? Si sólo pudiera ir allá, a vivir contigo.

—Pero ya te lo he explicado muchas veces: allí hay tan pocas posibilidades para ti como aquí. Yo tuve mucha suerte. Nada más. Y el puesto no deja de ser bastante modesto.

—Sí, lo sé. Ni siquiera puedes aportar algo para el alquiler. Sería mucho más barato si allí alquilásemos una pequeña casa, estoy pensando en algo en las afueras, tal vez. Por mí, tu hija podría vivir con nosotros, si quisieras.

—Si ella quisiera, disculpa. Pero no quiere. Sería más sensato si me dejaras llevarme a Sylvio. Ella podría cuidar de él.

—¿Tu hija... de nuestro hijo? Pero, si él no estuviera conmigo, si no compartiera cada día algo de su alegría y calor, entonces yo no tendría apenas la fuerza...

—Seguro. Suena duro, puede ser, pero la vida de mi hijo me afecta más que la tuya. Tú ahora estás algo mustia. Me temo que le cargas anímicamente.

—No hay nada mustio, nada, cuando él y yo estamos contentos... te equivocas. Qué terrible. Qué mortecina. Qué apagada te parezco. Qué gris. ¿Ya ni siquiera nos queda la oportunidad de al menos intentarlo allí? ¿Ni... la más mínima oportunidad?

Seguía llevando los dos apellidos, el suyo y el de su marido, Frau Wagner-Riek, una entre seiscientos interesados para el mismo piso de dos habitaciones a precio reducido.

—... cómo iba a saber yo. —Ya la primera vez me habían llamado la atención sus dedos cortos, como amputados, de uñas inflamadas y mordidas, dedos rojizos, como quemados por la lejía de un detergente doméstico, cuando tocaron el vaso de cerveza, lo apretaron, cuando recogían, sacaban apresurada y pulcramente los granos de sal de los bretzel, ¡nada de sodio, nada de sal!, yo en aquel entonces difícilmente podía sospechar que en realidad se trataba de las manos de un desalmado…

Últimamente, Helty había subido algunas noches a la cuarta planta, para acostar a Sylvio y leerle algo, mientras la madre iba por allí, a ver a conocidos que habían oído de algún piso, quizá, eventualmente, tal vez. Cuando volvía tarde por la noche, Helty estaba sentado en la butaca del salón, leía y escuchaba madrigales de Gesualdo. Ella ya pensaba en esto cuando aún estaba de camino, le alegraba la idea, mientras todavía estaba hablando con otras personas, de que en casa alguien la esperaba, que estuviera sentado indefectiblemente en su butaca cuando regresaba a casa.

Entonces ella sacaba una cerveza de la nevera, y, como Helty no podía tomar alcohol, le preparaba un batido de fruta o un helado con frambuesas calientes. A continuación había aún una o dos horas en las que hablaban, y se escuchaban cada vez más el uno al otro, lo que se decían, antes de que Helty bajara a su habitación. Ambos se dieron cuenta de que en sus conversaciones las quejas paulatinamente decaían, y la mutua atención ya no se basaba exclusivamente en el contenido de las comunicaciones que intercambiaban. Helty, en todo caso, se percató con alivio de que volvía a estar dispuesto a unirse a una mujer, tanto más al tratarse de alguien que todavía llegó a conocer a Elsa. Pues esto satisfacía su profunda necesidad de permanecer donde estaba, de que los decisivos avatares de la vida y del afecto tuvieran lugar todos bajo un mismo techo. De que no necesitaba abandonar la casa para seguir hasta la cama a una persona que conocía de encontrársela durante años en la escalera. Una noche se quedó, salió de madrugada, no obstante, de puntillas de la cuarta planta, ella se lo había pedido para que Sylvio no lo viera.

Fue el primer verano tras la apertura de la frontera, y Berlín volvía a ser una ciudad libre, libre hacia los alrededores, hacia el antiguo, calmo paisaje de la Marca de Brandenburgo. Libremente, sin controles, molestas advertencias, se podían descubrir los desconocidos barrios orientales de la ciudad, y Helty, él mismo como liberado, abandonó su habitación individual, salía cada día con los trenes de cercanías o con el bus hacia Grünau, Strausberg, Ferch, y siempre de nuevo al parque de Potsdam. Sólo aquel inimaginable pasaje, ¡pasando a pie por el puente de Glienick! Durante décadas había estado allí, en su legendario estado de cerramiento, como lo contrario simbólico de un puente, por no decir como la elocuente señal de las señales del final muerto de la historia, en el que había desembocado el poder en el Este. Nadie que pisara en aquel verano el puente probablemente habría creído que jamás en su vida se abriría el seto de alambre de espino, tras el cual este hermosísimo país estaba sumido en su nefasto sueño de bella durmiente.

Pasaron las vacaciones de verano de Sylvio con excursiones a los cuatro puntos cardinales, dieron vueltas en bici por el Havelland y la Uckermark. Y cuando encima Stella encontró finalmente un piso nuevo, abrazó a Helty con más ímpetu todavía, reforzada en todo su cuerpo por la felicidad. Un deseo que le sorprendió un poco, pues parecía aumentar a pesar de su aspecto, de la conformación de su ya bastante colgado y torcido cuerpo.

La única sombra que caía sobre esos días libres de preocupación, fue el extraño pesar de Helty por no tener una relación desenvuelta con el hijito de Stella. Simplemente, no sabía tratar a los niños, dijo de sí mismo. Y Stella lo miraba con asombro: ¡cuántas veces no había estado sentado junto a la cama de Sylvio, le había leído algo y había jugado con él! ¿Cómo puede hacerlo esto un hombre al que en realidad no le gustan los niños? Demasiada maldad residía dentro de él, confesó en un arranque autorrecriminatorio, demasiada vida podrida para poder realmente acercarse a un niño; y puesto que Sylvio sufría ya bastante de la ausencia del padre, al menos había que preservarle de los lóbregos estados de ánimo de un fracasado... Podía decir lo que quisiera, inculparse como lo deseara, Stella no le creía. Estaba convencida de que con sus torpes palabras en el fondo planteaba una única cuestión: ¿quién ha de ser en el futuro el padre de Sylvio? A esto, sin embargo, ella por ahora no podía darle una respuesta. En cambio, intentó vencer sus dudas respecto a sí mismo y procuró crear situaciones, un poco demasiado intencionadamente, donde debía manifestarse el afecto del muchacho hacia él.

En la peor fase de su alcoholismo, cuando ya no lo podía ocultar, Helty volvía a su pueblo natal. Un hombre harapiento y prematuramente envejecido se alojaba entonces en casa de su anciana madre.

—Alguien ha dicho algo desafortunado. —Fue la única razón que dio para su repentina visita. Alguien había escogido una palabra equivocada, y él se había levantado de la mesa, humillado había salido corriendo en la noche y durante quince días había estado bebiendo hasta la inconsciencia.

—Simplemente, tenía ganas de caer. —Como lo expresó. Y realmente cayó y se hirió en la cara. Le pusieron unos puntos y siguió su ronda por los bares.

La madre oía barullo arriba en el cuarto y un estrépito. En plena noche el borracho se levantó e intentó llamar por teléfono. El aparato se cayó al suelo, lo dejó allí y se volvió a meter en la cama.

Por la mañana estaba sentado recto como un palo junto a la mesa y cogía el periódico. Mucho tiempo sin leer nada. Antes, demasiado. Ahora estaba orgulloso de saber leer todavía, como si leyera todo de corrido. De entender en parte. De poder seguir contextos. Luego se repetían los pasajes sin contexto alguno. Sólo había huecos, un trecho con un número incalculable de huecos, a través de los cuales había que pensar en otra dirección.

Con el bus subió al bosque, hasta la taberna de la casa del guardabosque, para aplacar la primera sed. Vio las laderas con prados y árboles frutales y tuvo que susurrar en voz alta:
—¡Qué bonito! ¡Mi querida tierra!
Como en un sueño que había empezado hacía treinta años, caminaba por los altos, donde en cada curva del camino, entre el endrino y el saúco, todavía colgaba un pensamiento que el veinteañero, en este mismo lugar, con *esa* vista, había tenido: aquí pensaba en un coche que no se podía comprar; allá, en una enunciación de Sartre que había comentado con Elsa. Difícil de entender que aquí brotara a deshoras la siembra de incontables miradas descuidadas, lanzadas a los árboles y campos; donde antaño no hubo sentido alguno para la belleza del paisaje, ahora

esta belleza se convertía en un escondite guardián de los comienzos, cuyos susurros escuchaba por doquier entre las ramas. Y de repente, en este profundo aislamiento del retorno, casi parecía que era lo mismo si entonces había hablado con una y ahora hablaba con otra: sendas veces hablaba a partir de apetencias que nada tenían que ver con las palabras, con el habla, y ellas solas le hacían desbordar de alegría, le volvían impertinente en un paisaje de sonrisa paciente, bajo las hojas de los alisos y su hablar parodiado, con su rumor mucho más acelerado, excitado. El trébol violeta, el acónito, la centella, las panículas de las hierbas que una mano desgranaba al pasar de largo conversando...

Cuando, tras días enteros de búsqueda y desesperadas pesquisas, su nueva novia finalmente lo localizó por teléfono, él hablaba en un dialecto local incomprensible y sólo balbuceaba cosas toscas. Stella no podía reconocerlo, confusa le preguntaba una y otra vez por Helty. Simplemente no quería creer que allí hablaba el mismo hombre con el que había pasado un verano entero contentos y al que se había unido firmemente sólo hacía poco tiempo.

Tres semanas más tarde volvió a la ciudad, sentado nuevamente a solas en su habitación individual, y haciendo como si las visitas a la cuarta planta se le hubiesen borrado de la memoria. Ordenaba su material, como había hecho siempre, antes construcciones industriales, ahora graneros e iglesias de pueblo en Brandenburgo. Durante toda su vida se había ocupado de material suelto, nunca dejaba de recopilar, siempre encontraba nuevos enfoques para posibles aunque nunca estrictamente necesarias investigaciones. Tras tres o cuatro días de escuchar los pasos en la escalera, reconoció a Stella y Sylvio que se paraban en el rellano y aguzaban el oído en la puerta de su piso.

Él no se movió, pero le dio un respingo en el corazón. Esa tarde subió a la cuarta planta. No mostró ninguna incomodidad ni vergüenza, no vino cabizbajo, ni siquiera pidió perdón. Simplemente allí estaba de nuevo, y —salvo la herida abierta encima del pómulo derecho— era el mismo hombre tranquilo y atento que los había acompañado en los claros meses de verano, ninguna belleza, pero, a pesar de sus hombros torcidos, alguien que poseía la fuerza suficiente para sostener y abrazar fielmente. La alegría de Stella, cuando le volvió a ver, fue grande, pero no total.

Naturalmente, como es costumbre, había que sincerarse sobre todo lo sucedido. Pero, como se hizo con palabras y de una manera que era profundamente sensata y comprensible, lo propio y poderosamente oscuro no fue tocado. Por eso, la transformación de Helty no parecía tan peligrosa y, gracias a los sólidos conceptos, en todo caso reversible para mejor.

Sólo tras algún tiempo se dio cuenta de que ella se dirigía a él de una forma ligeramente más descuidada y despectiva que antes; el momento en el que lo había oído balbucear. Del mismo modo que acaso se contesta a un extranjero que sólo habla un alemán torpe, justo con ese matiz de impaciencia que necesariamente le tacha de retrasado. Le dolía a Helty, aunque también le proporcionó el empuje necesario para hacer todo lo posible para recuperar la confianza de Stella. En primer lugar quería pasar más tiempo con Sylvio, hacer más actividades entretenidas con el niño. A pesar de su lucha contra su abismal desidia y sus sinceros esfuerzos por recuperar el amor de ella, la relación despreocupada de antes no volvía a establecerse. Cuando la abrazaba, sus ojos mantenían una extraña expresión interrogante, y una sonrisa imperturbable no se borraba de su rostro. Al mismo tiempo, ella buscaba su proximidad y le aseguraba una y otra vez que para ella no había mejor expectación que oír cómo subía las escaleras y tenerlo en casa, y que para el niño hacía tiempo que ya le resultaba imprescindible.

Por primera vez, desde los días de su ajetreada búsqueda de piso, Stella reclamó salir una noche por su cuenta. Un amigo de su marido al que no conocía, la había llamado. Había vuelto de una conferencia en Austin (Tejas) y quería entregarle unas fotos. Ella se había arreglado con esmero, se había maquillado de forma llamativa, se había teñido el cabello y pintado las uñas con un esmalte verdinegro. Tras cambiarse varias veces, se quedó con un vestido escotado, se ató al cuello un pañuelo de color lila, y se la veía conjuntada, según la opinión de Helty, emperifollada con un gusto incierto y con un efecto demasiado barato. Él acostó a Sylvio y se comió en la cocina la pizza infantil.

Igual que en los primeros días de su noviazgo se sentó a continuación en la butaca del despacho de Stella. Intentaba leer el periódico, sin embargo, no fue capaz distraer sus pensamientos del dolor venidero. Lo que más le afectaría sería no poder seguir viendo al niño. Últimamente sentía que la influencia del muchacho, vivaz y apegado, lo había «mejorado» en toda regla en cuanto a su carácter, pero también en cuanto a su salud. Se sentía feliz cuando estaba con él, y a veces pensaba que la cercanía del niño era de una necesidad vital; que le volvía más estable y resistente contra la temporalmente gran tentación de volver a desaparecer y… perder el habla.

Para gran sorpresa suya, apenas pasada una hora y media la llave giraba en la puerta de la entrada y Stella estaba de vuelta. Lívida, consternada, llorosa. Se fue corriendo al dormitorio y se tiró sobre la cama. Él la siguió, intentó tranquilizarla, pero fue rechazado.

—¿Qué ha pasado? —había preguntado preocupado, aunque demasiado lento, el tono estaba desafinado, reverberaba algo de alivio en él, una sensación de contento, de modo que ella contestó especialmente brusca, incluso desdeñosa:

—¿Qué vas a entender *tú*?

Él regresó a su butaca. Finalmente, parecía que ella recuperaba el dominio sobre sí misma. Se sentó a su lado y habló con tranquilidad, si bien todavía meneando la cabeza y sin comprender.

—Nunca me ha pasado algo así.

Le relató el encuentro con «ese amigo» de su marido. A pesar de que en su relato no había nada que justificara la expresión de profundo asombro incrédulo en su rostro, repitió las palabras «Nunca me ha pasado algo así» varias veces.

—¿Pero qué es? —preguntó Helty tímidamente. Ella, en cambio, seguía con la sobria descripción de su cena que en nada revelaba alguna indecencia. Sólo que tal vez se detenía algo excesivamente en los detalles de la ropa, del aspecto agradable del hombre, su situación profesional y privada.

—¿¡Qué tipo de persona es *así*?! —la interrumpió, con una profunda indignación contenida. Helty seguía sin encontrar en su relato, por mucho que lo intentara, lo que le provocaba semejante suspiro fatal. Cuanto más seriamente la interpelaba sobre el carácter de este hombre, más insignificantes, parecía, se volvían los comentarios que ella hacía sobre él. No obstante, algo debía de haber sucedido. Una única, sin embargo, profundamente hiriente observación debía haberla ofendido o espantado. Pero de esto no dijo nada. Por un instante Helty dudó de si las muchas palabras que ella pronunciaba sólo tenían el objetivo de echar un velo sobre una experiencia realmente incisiva, de la que no se atrevía a hablar, no ahora, no ante el buen amigo… Pero entonces llegó a otra conclusión. Veía que lo inaudito que la exaltaba residía precisa y exclusivamente en esta insignificancia en la que había transcurrido el encuentro con esta persona extraña. Él mismo había podido observar largamente que ella había salido de casa con expectativas extravagantes. Y tratándose de un amigo de su marido, había soñado posiblemente con una ignominia especial que le inflingiría finalmente a aquél. Sin embargo, Helty notaba que simplemente no había sucedido nada y que esa noche malograda sería, sin embargo, la última para ambos. El prematuro retorno de una persona tan desenfrenadamente decepcionada significaba para él una despedida igualmente amarga que si ella hubiese pasado toda la noche fuera.

«Ha sido un verano hermoso», escribió un mes más tarde a Sylvio y Stella con motivo de su mudanza al nuevo piso, «ha sido una verano hermoso en el que hemos vivido inesperadamente en una ciudad abierta y en el que hemos hecho muchas salidas por el nuevo país. Hemos estado juntos; juntos en el parque de Babelsberg y en las solitarias dehesas del Oder. En Güstrow y Neuruppin. En Spreewald y junto al lago de Sarkow. En Rheinsberg y Chorin, en la Suiza de las Marcas y de Mecklemburgo. Dos veces junto al Müritz viendo cigüeñas, garzas y águilas marinas. ¡Y una vez en la iglesia de Jerichow en la cuenca del Havel!... ¡Cuántos comienzos!... De vuestra antigua casa sólo se pueden reportar cosas tristes. Están construyendo un edificio de oficinas directamente delante de mi ventana. Se terminó para siempre mi libre vista. Aquí he estado sentado, diecinueve años han resbalado de mi cuerpo, y estos días me están colocando delante de la luz grúas y torres de andamios, chillan brazos elevadores, gruñen cementeras (¡como mi cabeza!); siento que mi permanencia, mi, al fin y al cabo muy firme, permanencia no llega simplemente a su término sino que es violentamente acabada, incluso masacrada. De todos modos, he entregado a la familia Breuer mi carta de rescisión del contrato. Fin de una larga estancia. Unas pocas pertenencias se empaquetarán (mejor digamos que un montón de escombros se recogerán). No hay otro alojamiento barato a la vista. Las cosas —¡la fortuna!— se almacenarán transitoriamente en casa de la madre. Por lo pronto será de nuevo una vida poco sedentaria. A vosotros dos, en cambio, os deseo un habitar nuevo muy feliz.»

ELFRIEDE JELINEK
Mürzzuschlag, Austria, 1946

Una sonora carcajada sardónica estalla entre las páginas de los libros de Elfriede Jelinek, llenas de historias ejemplares nada divertidas, deformadas y expresadas con un humor grotesco que hiela la sangre. Una escritura destripadora que exprime al máximo el lenguaje y las trampas de sus convenciones; Jelinek juega con frases hechas, dichos y citas populares y al darles la vuelta, surge a menudo lo contrario del significado original (lo cual hace prácticamente imposible su traducción). Su propósito es cercenar y desmontar los mitos de la cotidianidad, «el amor», «la sexualidad», «la naturaleza», para lo que se sirve de un procedimiento narrativo completamente antipsicológico, de situaciones estereotipadas y personajes planos. Ahí no hay nada que interpretar, todo está a la vista.

El poder de irritación de la obra narrativa y dramática de Elfriede Jelinek le ha valido el premio Nobel de Literatura de 2004. Demuestra algo extremadamente raro en la narrativa europea actual: que la literatura todavía posee la capacidad de agredir y demoler. Desde su primera novela, *Las amantes*, donde penetra con mirada de documentalista en el mundo de las falsas proyecciones de felicidad de dos jóvenes obreras, ha plantado cara al *establishment* con su sistemática burla de los valores sagrados de la sociedad occidental del bienestar. Su segundo gran éxito internacional, *La pianista*, no resulta menos contundente: una estrafalaria historia de amor entre una masoquista profesora de música y su alumno libidinoso que realza el patetismo de la vida ejemplar de una mujer reprimida. Sus siguientes novelas, *Deseo*, una sátira matrimonial sobre la degradación del cuerpo femenino, y *Obsesión*, una comedia de horrores sobre la caza de dinero, la violencia machista y la corrupción, llevan el pesimismo inherente en la obra de Jelinek al límite. Su eminente dimensión política queda tal vez más claramente patente en *Bambilandia*, donde denuncia la connivencia de intereses internacionales que hicieron posible la guerra de Irak.

El humor abismal y el desparpajo tonificante de la autora enfrenta en su opus magnum, *Los hijos de los muertos* (1995) —la suma de sus temas y obsesiones—, con la negación austriaca sobre su responsabilidad durante el Holocausto, mediante un delirante baile de muertos vivientes. La publicación del presente fragmento del tercer capítulo de esta novela, ubicado en el célebre santuario de la virgen de Mariazell, se publica por cortesía de la editorial Rowohlt.

LOS HIJOS DE LOS MUERTOS

Esta iglesia tiene el período todos los días. Encaramados en la cresta del flujo, exultantes de que la fealdad de sus viejos y casposos regímenes esté erradicada, los recién hechos hacedores de leyes se derraman de los cubos de agua sucia dando con un chasquido en el suelo, y particularmente las mujeres, que andan sobradas de tiempo para esas cosas. Hagan ahora el favor de volver la mirada del tabernáculo al pórtico: esas mujeres, todas embutidas en lana batida a punto de merengue, ahuecadas cual polluelos con sus prendas tejidas en doméstica labor, cabalgando a horcajadas sobre las cataratas de agua bendita, efectúan su penetración en la basílica, como si los santos las hubieran convocado a limpieza mayor —al fin y al cabo, esa diligente peonada del cepillo y la bayeta consiguió arrancar y eliminar a sus viejos y córneos señores de la guerra debajo de su incisiva insignia de la hoz (aunque el martillo del Gran Juez sigue pendiendo sobre ellas). ¡Deténganse un momento! ¡Aquí pueden contemplarlo todo en detalle! Espeluzna esa indumentaria miserable que fácilmente habría podido mejorarse *in situ*, pero estas mujeres no tienen tiempo, han de hincarse ante la Madre de Dios para que la misma se muestre bondadosa y, al cabo de unos cinco segundos, desgaje de sus ubres a esa su reptante cría, más que echada a perder por un exceso de años uniformes, a fin de dar turno al resto de la camada. Boquean los peregrinos ansiosos de la luz que chorrea de los ropajes de la Excelsa Pareja en la hornacina cargada de electricidad; metal precioso mezclándose con fuego;

mas quedan eternamente a la sombra las áreas de descanso para los autocares, donde el verdadero objeto de este viaje, la pura basura, aquí los gallardetes de papel de alegre crujido, allá las pieles de salchichas animadas por la magia de la dulzura, se inclinan bondadosamente sobre las ilustraciones de los envoltorios estrujados que, bajo ellas, tratan de asomar, oprimidas, de las papeleras. Papel celofán, papel de estaño, papel de estraza, sufren los pensamientos y no levantan cabeza las propias personas, ¡pero, algo es algo, viajan y ven mundo! Y siempre hay por lo menos un impávido que manifiesta su franca aunque no gratuita opinión, cosa que antes, por desgracia, era impensable.

Otra sublime pareja, Karin amén de su madre, se abre camino por la marmórea vena porta de la que mana un viscoso reguero de humana carne hecha sopa instantánea. Hay un leve roce en la región de los muslos de la hija, en general las dos mujeres tienen un cúmulo de roces, ese máximo grado de intimidad mutua. La alfombra de individuos indivisos está desplegada en la nave de la iglesia frente al príncipe de los príncipes, llegado ya de niño y sentado en el brazo de su mamá amamantadora. Conviene aquí, de una vez, siliconarse las orejas para soportar los babélicos alaridos, la decibélica salsa besamel que vomitan sin cesar esas gargantas y cuya tufarada malquista a unos con otros. ¡Socorro! ¡Pero si la humanidad se ha olvidado de sus cuerpos! Qué va, allá fuera están tirados un montón de ellos. La ventaja de la muerte es tener tiempo: después de un breve segundo de susto en el envase al vacío, bajo el cual varios pueblos han mudado de piel aprovechando esa debilidad de los seres humanos para cebarse a dentelladas unos en otros hasta el punto de que sería menester arrancarles la piel para separarlos de nuevo. Ya revienta con un estampido la membrana de papel de aluminio, el médico da luz verde, el microondas escupe una ráfaga de espuma (llevaba demasiado tiempo encendido), y los cadáveres, mágicos en su desmesura y su simpleza, quiero decir, en su homeostática grandeza —porque si una forma ha dado buen resultado, la naturaleza la reproduce— se deslizan hacia la oscuridad, una pequeña pausa, por favor, y he aquí que los fiambres ya vuelven a increparse hasta que no queda más remedio que acallarlos con una fruta en la boca: por ejemplo, una manzana (*libera nos a malo*; MALUM: el mal, mejor dicho, la manzana), esa oferta especial de la serpiente que, dicen, tentó a la mujer, ser desparpajado por naturaleza (¡astuta olla de los pecados en la que el hombre oso cuanto más hermoso no para de meter la zarpa!), con esa fruta fresca y crujiente. Manzanas. Estupendas. Espléndidas. Estirias. La mujer humilla la mirada y reconoce su cuerpo. El hombre, en el fondo, hace lo propio pero reconoce en sí mismo su espíritu: ¡una auténtica historia de fantasmas! Pero ya vuelven a la carga liándose a hostias sagradas, a bastonazos reales y a tortas imperiales, de blanca oblea y oscura almendra, despanzurrando a sus vecinos más próximos para sacarles las vísceras, arcas de digestión que descansan en la amorosa vasija del cuerpo, y escudriñar cómo se puede mantener la esbeltez con tanta comida. En todo instante pueden llevarnos de calle a las mujeres, sempiternas novias del viento de la guerra, cual gañitante cortejo de ménades.

¿Y por qué son tan inseguros los humanos cuando el mismísimo Dios vela por ellos? ¿Acaso precisamente por eso? ¿Por qué se precipitan a las áreas de descanso y las dejan perdidas con sus excrementos y residuos alimentarios que tan visiblemente exhiben bajo el lienzo de la luz? Y no paran de embadurnarse con crema solar, cosa que tampoco me agrada en absoluto.

Ulula el viento y barre la nave central que se mece y se estremece bajo su acometida. Completamente al margen se encuentran nuestras dos protagonistas, las Frenzel, que se han apartado un pelín del resto del grupo (del microbús fletado entre todos tuvieron que separarse ya en el aparcamiento situado a varios kilómetros de distancia), porque Karin y su mamá quieren gozar solas de Dios y de la Madre, que las reciben hoy en su buhardilla inundada de luz. ¡Qué afectas y adictas son la una a la otra, madre e hija! ¡Hay que verlo para creerlo! ¡Es único! Karin F. se ha puesto en manos de su progenitora, éste es para las dos el estado natural que ambas reconocen plenamente. Dios y la Virgen respiran hondo, toman aliento, aire que al espirar se transustanciará en incienso. ¡Mira, Karin, esas hermosas sedas sobre este par de espíritus vitales de alto *standing*! ¡Santa perfección lograda con un poco de semilla y de eones inflados como velas, el Espíritu os levantaría en cualquier momento de vuestra insuficiencia con tal de que fuerais capaces de dar con Él! ¡Qué fervorosa efervescencia bajo el atavío de perlas donado por los Habsburgo (los más célebres de entre los espíritus parvos)! ¡Y, para remate, las coronas en las testas, también en miniatura! ¡Detalle caballeresco el de ese linaje, cuyo retoño incluso se casó aquí hace poco con un modelo humano de tamaño natural vestido de brocado color crema. Esta sagrada familia primigenia retoza ahora alegremente por las grandes superficies del europeísmo, donde gentes de su condición son muy bienvenidas

Los hijos de los muertos

—¡y mira por dónde, helos aquí de nuevo!— para impedir que los linajes de sus antiguos países tengan que seguir la corriente y clavarse *in aeternum* y a perpetuidad las bayonetas en sus cuerpos míseramente empapelados por ellos mismos. Quienes cantan aquí a Dios y a su Madre y se signan, y se persignan, y se resignan, no tardarán en volver a casa, donde suelen desempeñar una función preponderante cuando se trata de quemar a un gitano: uno de ésos que no brillan ni lucen precisamente cuando se les friega la cara con lejía. Las personas se mueven en amoroso oleaje que se lleva por delante cuanto se interpone en su camino, pues desean consumar su destino: estar cada uno solo en su propio Estado para poder manejar la luz y el mando a distancia como les da la soberana gana. De las familias de Jesús y los Habsburgo aprenden lo que la vestimenta y la desnudez hacen con las personas. De modo similar a la religión, sirven al desconcierto y a la discriminación. El hábito no hace al fraile pero le da el aire. Todos nuestros ministros de Asuntos Exteriores, a ratos perdidos aplauden atronadoramente, siendo el espacio de entre palmas el único lugar que les queda, por desgracia. Hay que presionar, entonces la gente podrá leer negro sobre blanco quién es, también entre nosotros, el indeseable al que se le debe pegar un matasellazos para enviarlo de vuelta a su casa. Inquietos como el azogue, los ojos merodean en su busca y la de sus semejantes.

Este sitio de peregrinación, esta palestra de las opiniones y culturas, unánimes todas, en que la exuberante y deslumbrante basílica católica repele a cuantos se niegan a elevar la mirada a su luz eterna, no es lugar para solazarse, sino para que uno esponje y erice el plumaje hasta caer, como de las nubes, cual lluvia mansa pues no puede ya con su alma teniendo como tiene sobre sí al único Dios que existe, a menos que suelte líquido. Los himnos han sido sopesados por la atmósfera y hallados faltos de compás, y el aire se torna sucio porque sobran pulmones que lo segregan. Los peregrinos se desgañitan, de pronto unos bultitos amuñecados suben por el gaznate y caen vomitados sobre la alfombra: cuerpos coniformes son, de mujer, encorsetados en recios trajes regionales y sostenidos por nada más que el almidonado esmero de sus enaguas. Deslízanse entonces sobre baldosas de frío mármol unas botitas húngaras no exentas de picantería, nuestra Márika Páprika, ¡caray! ¡Revélenos también usted, señora, su condición de europea! ¡Apunte con la linterna a la Madre de Dios, y no apreciará, bichillo de pocas luces, diferencia alguna porque ya ha clareado, y más claridad, imposible!

¿Quién va a probar la semilla si puede tener la manzana entera? Los que cantan llevan puestas las siguientes ataduras: tienen derecho a hacer de todo en esta iglesia, excepto pegarse mordiscos unos a otros. La luz gravita contenta sobre nuestras cabezas de pecadores. No debemos mirarla, porque entonces conoceríamos el mal que somos —un conflicto de intereses ya que es Dios quien quiere conocer precisamente ese mal en nosotros; démosle un poco de tiempo—. Es la razón por la cual decretó tal o tal mandamiento. Karin Frenzel porta en el dedo un minúsculo anillo de rubí, antaño su alianza de compromiso. Ahora está en el lugar hasta el que ha avanzado a codazos, admirada ante lo que ve: la desnudez de Dios ha desaparecido por completo detrás de un brocado blanco mezclado con otro discretamente teñido de oro. La madre le sisea que después irán a la lechería a libar con una pajita. A continuación uno se dirige a la capilla del agua sagrada, potable y envasable, siempre que uno haya traído el recipiente necesario. Usted se la lleva a casa después de haber contemplado la perfección, el mirífico surtidor que nace del mismo suelo, susceptible de ser recogido en tarros de mermelada por los miembros de la humanidad completa. Prefiero que los acreedores de esta Iglesia, a quienes ha prometido la vida eterna (aunque no la cuenta bancaria de validez perenne), estén agachados y entretenidos, así al menos no inventan Dios sabe qué dramatizadas leyendas de niños sacrificados según el rito judío (¡oh, Anderl von Rinn, tierno infante mío inmolado sobre la Piedra del Judío en el Tirol: el obispo mutado en águila te sacó de tu consuetudinario albañal y te barrió con toda la sangre, que sangre de sus propias manos era, de la mesa de disección! ¿Hacia qué dorados rayos de repujado metal vamos a extender ahora los brazos, después del gran encubrimiento y enmascaramiento colectivo, siendo como todos somos no muy grandes lumbreras?), cuya sangre ha sido vertida sobre nosotros y en la que hemos nadado guardando la ropa. ¡Para celebrarlo vamos a emborracharnos hoy con una sangría a base de azalea roja alpina. Y mañana volveremos a ser los cándidos *edelweiss*, difíciles de alcanzar por brotar en terrenos impracticables, y ninguno podrá echarnos el guante, es más: nosotros lo echaremos a quien se atreva.

¡Mira, mira! Las gentes, cual sombras de bestias en el pastizal, no cesan de desfilar ante la ondulante platería que encapsula al grupo formado por la Madre y el Niño como si de una excrecencia maligna se tratase. El metal todo se contrae, tigre presto al salto. El anillito de Karin proyecta un reflejo puntiforme sobre una argentina nube, espectáculo fascinante que cautiva la mirada. Bienaventurados aquellos que no ven y sin embargo tienen fe. Nosotros, empero, vemos cómo Karin, balanceando la mano, se regodea con el punto saltarín, como si un puntero del infinito quisiera seguir su melodía y su ritmo intrínseco, algo que los humanos sólo han hecho con Elvis, Mick Jagger u otra banda trompetera pasada de moda. Este anillo es la instancia de la imagen, la madre se postra de rodillas, es así, qué remedio. Hace falta que venga un ser más fuerte que Karin, o mejor dos, para que se note el impacto en la madre, esa peregrina, a quien la hija, eso sí, tiene que complacer. La luz es inalcanzable para Karin, pero ella realiza una pequeña contribución con su punto de rubí que con tanta delicia, casi ebrio de sí mismo, va triscando por la montaña plateada, esa dehesa resplandeciente. Difícil de custodiar, ese puntito. Esa flor del amor. Los velos de la muy santa pareja están echados, caen con revoloteo del vértice para levantar a las abyectas cantantes que, una sola carne y una sola razón, se encabritan y se apoyan unas en otras como olas rielantes de fúlgidas peinetas. Está también, paciente, la silueta de un águila que se ha colocado una segunda cabeza, ¡en efecto!, ¡es nuestra queridísima águila bicéfala!, que posa en la cúspide del tabernáculo, el sacerdote entona un himno y sostiene algo todavía mucho más pequeño, la sombra de Karin se desliza por última vez sobre las rocas argentadas, Yavé, la cara de oso, y Elohim, la cara de gato, justo el uno, torticero el otro. Fuegos y vientos brotan de las fauces y las vulvas de las mujeres, casi todas uncidas al desigual yugo conyugal, siempre subyacentes en el lecho y no llegando nunca al saque. Y de pronto el minúsculo punto rojo se detiene en el brinco de su apetito. Se había despertado, pero ha vuelto a caer en el sueño.

Karin Frenzel, ciegamente decidida a ofrecer su *dirndl* de día a las divinas llamas para que el algodón higiénico se inflame y su núcleo absorbente se funda liberando energías exorbitantes, mira fijamente la estela del reflejo tan de súbito desaparecido en el alpino lago de la plata. ¡Su parco tesoro, su pequeño anillo, simplemente engullido! ¿Adónde habrá ido a parar? ¿En qué grieta de glaciar, en qué tinieblas habrá caído? Karin se inclina hacia delante, en realidad incluso el rombo blanquiazul de su versión urbana de *dirndl* tendría que haberse llevado al menos una primera impresión en el altivo metal de los Habsburgo; en efecto, todas estas mujeres a su alrededor siguen depositando ante él sus cálidas manos y mejillas, y con furtivos codazos se apartan unas a otras de la suculenta perspectiva del oficiante. ¡Qué enérgicas son! Escriben y reescriben, tachando con vigoroso plumazo a todas las demás, apenas se ha secado la tinta con la que se han corregido a sí mismas *a posteriori*. Pero el monte se hace el sueco ante el reclamo de Karin, que en el fondo clama por primera vez por sus fueros. En ese preciso instante la madre se vuelve hacia ella, la busca con bruscos cabeceos y tuerce la férrea comisura porque no la ve, cuando debería estar ahí, muy cerca de ella. La madre comienza a entrar en barrena, hay que imaginárselo como cuando se tiene un perro atado a la correa y de pronto sólo queda la correa y, tal vez, el collar sin el animal dentro. La luz habla a través de Karin, como si ahí no hubiera nadie. Ante esa luz los sexos femeninos se tambalean, el espíritu les pasa revista, ¿quién sino él habría de asumir la tarea?, unas son demasiado viejas y el otro, el sacerdote, está demasiado ocupado en sus cálices, en sus cantos y sus cuentos y, ¡el colmo!, en Pisarse El Bordillo De Su Indumento. La madre gira en torno a su eje buscando la carne de su carne, siempre ricamente caldeada en el casero caldero. Una que es mujer saca fuerzas de flaqueza moldeando una forma femenina, plasmándola con orgullo ante sus ojos, ¡y de buenas a primeras desaparece así como así! No es fácil conocer su propia naturaleza, pero una vez que se ha dejado sentado para siempre que se es Dios —experiencia fructífera para la progenitora—, no hay contención posible; entonces ese ser de fabricación hogareña ha quedado al descubierto ante las costas de su madre observante, y uno puede establecer con toda tranquilidad una colonia simulada de limpieza en el lodo y la cochambre de la vida. Por más torrentes humanos que se arrastren y se revuelquen por el pasillo central de la basílica petrificada y petrificante, tras su paso la pota volverá a quedar lisa, como si jamás la hubiesen hollado.

El espíritu de la vida de Karin ha sido alzado de un tirón, pero ella, ligada desmadejadamente a la nada, permanece donde está y no está. La madre no sabe hasta dónde llevar su mensaje de búsqueda ante la Cruz Roja, de modo que empieza a unir tímidamente su voz suplicante al concierto de los resonantes himnos, una segunda voz que debe agachar la cerviz ante la primera, ese raudal crónico del Nuevo Mundo, ese poderoso Este que, provisto ahora de pasaportes, tiene que mirarse por fin, aunque tarde, a la cara en una ristra de minúsculas imágenes. Indolente, barroso, arrollándolo todo a su paso, puesto por encima de los reinos y los ricos. En adelante serán ELLOS quienes gobiernen, durante mil años por lo menos, junto al santo sepulcro, ese lugar desierto del que saltan, en un gran arco voltaico, los expulsados y los muertos que antaño fueron embutidos allí. Ha resucitado de la tumba, aun antes de haber recalado en ella, una figura que ya está fuera, frente al pórtico, parpadeando al sol: un fortín fluvial de fabricación casera en el que las gentes se hienden por un instante como el agua cuando choca en un par de pechos duros para luego volcarse sobre ellos con gran embate. A la larga es demasiado trabajoso rodear la nada que hemos creado, ¡más vale entrar! También los poetas debemos a esa luz nuestro talante desagradable, uno imaginado, porque sería terrorífico que alguna vez tuviéramos que ser personalidades.

MARLENE STREERUWITZ
Baden, Austria, 1950

Mirada penetrante, dureza de exposición y argumentos perturbadores: ésos son los ingredientes de los platos literarios fuertemente condimentados de Marlene Streeruwitz, una de las más radicalmente politizadas voces de la literatura alemana de Austria, que apuntan certeras hacia los mecanismos de explotación del sistema patriarcal y del capitalismo. Nacida en la exclusiva Baden, cerca de Viena, esta cronista demoledora de la alta sociedad austriaca y acérrima crítica de los roles de género, investiga las constelaciones de poder en el ámbito privado de la burguesía. Sea en obras de teatro tan populares como *Waikiki Beach* o *Elysian Park*, sea en una de sus diez novelas, Streeruwitz enlaza sutilmente historia colectiva e historia particular en escalofriantes escenificaciones de la dominación de unos sobre otros, con especial atención a la lucha de poder entre hombre y mujer.

Sus indagaciones en el lenguaje y la estructura de la novela añaden un elemento de experimentación formal a su obra; la marca de la casa es un estilo fuertemente ritmado mediante la puntuación, que adentra al lector en el flujo de conciencia de los personajes. Este efecto está particularmente bien logrado en el texto que aquí presentamos, el primer capítulo de su novela *Entrecruzados*, de 2008. Streeruwitz ha elaborado este estilo desde que se dio a conocer como novelista con *Seducciones* (1996), y lo desarrolló plenamente en *Posterioridad*, que trata de una periodista y su proyecto de realizar una biografía de Anna Mahler (la hija de Gustav Mahler, exiliada en Santa Mónica), que intenta desentrañar el pasado de los emigrantes austriacos judíos. El libro destaca por un marcado cosmopolitismo, como ocurre generalmente en la obra de Streeruwitz, que sobrepasa ampliamente los escenarios estrechos de la literatura local. Resulta muy patente también en su dramática novela *Partygirl*, donde se relata la desgraciada existencia de una hija de familia bien vienesa en la *jet set* internacional.

La serie de soberbios retratos de mujeres austriacas —al estilo de Egon Schiele— continúa con *Jessica, 30*, cuya protagonista es una representante de la «generación becaria». En *La creadora de dolor* (un bestseller en Alemania), Streeruwitz cambia de género, pues presenta un magnífico, lóbrego *thriller* de agentes sobre el fondo de los abusos de las empresas de seguridad privada. *Entrecruzados*, en cambio, se sale de la tesitura grave de la autora, pues describe con humor cáustico la interdependencia de sexualidad y dinero en la vida de un millonario vienés. El presente extracto se publica por cortesía de la editorial Fischer.

ENTRECRUZADOS

PRIMER CAPÍTULO

De espaldas, siempre de espaldas. Le gustaba verlas trabajar, esas espaldas menudas. Ya no quería ver otra cosa que el bombeo de esos cuerpecitos infantiles, su rítmico sube y baja. A veces tenía que sujetarlos y echarles el freno. Porque esas pequeñas asiáticas se pensaban que podían acelerar y despacharlo en un dos por tres. Muy equivocadas estaban. Él las quería prestas, no presurosas, y les enseñaba cómo. Se lo enseñaba cada vez de nuevo. Era de risa. Habría podido montar una escuela con tanta experiencia acumulada. Después se admiraba una y otra vez del placer que suponía agarrar esas solícitas espaldas por los costados. Porque cintura no tenían. En su lugar sólo había una parte blanda, entre las costillas y el hueso de la cadera, y el placer estaba en agarrarlas por ahí. Apretar las manos contra esa blandura, parar el sube y baja y marcarles el compás con el pulpejo del pulgar.

Lo del hermano pequeño no era más que la premisa de esa sensación táctil. El hermano pequeño, un espacio hueco alrededor del cual la chiquita tomaba forma. Las asiáticas se le convertían entonces en su hermano pequeño, y él podía sentirse completamente extraño por fuera, mientras que todo lo de dentro era suyo y sólo suyo. Claro que eso no podía hacerse sino con las asiáticas y siempre que no tuviera que verlas. Por eso mandaba tapar el espejo frente a la cama. Comenzaba a verles la espalda cuando subían a la silla y echaban la sábana sobre el espejo. Al fin y al cabo, él pagaba un extra. Siempre la misma habitación con aquel espejo. Tapable. Por caprichos así, en la Pagoda Azul lo dejaban a uno sin blanca. Cobraban con una sonrisa y él esperaba esbozando otra cuando la habitación no quedaba libre al instante. O volvía con cara risueña cuando había aprovechado la espera para comerse dos canapés de gambas en el *delicatessen* del Graben.

Había meditado acerca de si le convendría hacerles ponerse máscaras. Encargaría una de látex, así todas tendrían el mismo aspecto. Alguien de Londres se la conseguiría. Allí todos sabían cómo encontrar esas cosas. No tenía que molestar a nadie en Viena. Además, en Viena. En Viena ese alguien seguro que conocería a Lilli. O Lilli lo conocería a él. Porque Lilli los conocía a todos del teatro, ¿y no fue ella la que en una ocasión le habló de un maquillador que fabricaba máscaras tan realistas, y que ella se divertiría de lo lindo si pudiera andar por ahí con la cara de él? Claro que lo dijo pensando que volvería a acostarse con ella si adoptaba su aspecto. Hasta ahí lo había calado. Eso lo había comprendido. Lo había descubierto para él mientras a grito pelado estrellaba los floreros Lalique contra la pared. Y él en esos momentos la amaba. Amaba su cara y el lado frontal. Las espaldas de las pequeñas asiáticas le permitían conservar el lado frontal de su mujer.

Eran las tres partes de la imagen las que tenía que mantener en equilibrio. Hacía malabarismos con esas tres imágenes. La mujer que le gritaba y golpeaba presa de odio. La espalda de la asiática que lo satisfacía. Y la vista de sus pequeñas jugando ensimismadas en el suelo. Las tres imágenes juntas y se moriría. Lilli gritándole mientras él a la asiática, sentada encima de él, le gobernaba la espalda, y las niñas en el suelo. Las niñas no debían verlo. No debían verlo de ningún modo. Pero él querría verlas mientras la cara de su mujer estuviera a escasa distancia por encima de la suya y la rabia de ella se mezclara con su aliento en tórridas bocanadas; y la asiática en silencio. Lo mejor sería hacer una máscara sin cara. Bastaba con que pudiera respirar. Pero ya los ojos no hacían falta. Comprendía por qué era bello vendar la cara. Ocultarla entre bandas. No comprendía el interés que pudieran tener las máscaras de cuero. No comprendía esas mandangas sadomasoquistas del disfraz. Ya era lo suficientemente difícil mantener las distancias entre las tres imágenes a un nivel llevadero y seguir funcionando. Podía verse a sí mismo, de pie y sosteniendo las imágenes como globos. Los globos se convertían en lunas de espejo donde las imágenes se sucedían y él, no obstante, tenía que verse a sí mismo distorsionado por los diferentes espejos.

Esa sensación de descoyuntamiento lo acompañaba. Esa sensación era la tónica. Esa sensación era la premisa de su éxito. La monstruosa compulsión por conseguir el dinero. Tenía que conseguirlo a toda costa. Las cantidades para poder retener a Lilli eran cada vez más monstruosas. Se trataba de una carrera entre la monstruosa cifra que ella imaginaba poder reclamarle a cada rato y la capacidad de él para aportar esas cantidades. Y Lilli tenía en su haber los requisitos más poderosos. Ella y las niñas. Ella y las niñas en la constelación precisa que él necesitaba. No estaba en su poder cambiarla. En absoluto. Le había dado vueltas. Una y otra vez. Vueltas y más vueltas barajando todas las posibilidades. No podía cambiar nada. No podía cambiar esa constelación.

Cuando sacaba a relucir el asunto en las sesiones con la doctora Erlacher. En las sesiones con la doctora Erlacher hablaba casi exclusivamente de las niñas. Pensar que estas niñas crecerían lo llevaba a la desesperación. Pensar que estas pequeñas perderían sus cuerpos finos y delicados para transformarse en mujeres. Se ponía furioso cada vez que lo pensaba, y la doctora Erlacher no tenía ninguna solución. La doctora Erlacher no podía tenerla. La doctora Erlacher era su cómplice. Ella no lo sabía. Ella no podía saber que su función consistía en que él fuera capaz de estar sentado frente a ella y unirlo todo en su propio yo mientras le desgranaba sus penas. La rabia de su mujer y el crecimiento de sus hijas. Incluso podía hablarle de las asiáticas. Y mientras hablaba y la miraba. Mientras tanto, los tres espejos orbitaban en torno a él. Podía sentirlos. Se le convertían en presencia oscilante alrededor de la cabeza, y podía atender con ánimo completamente tranquilo la preocupación de la terapeuta. Ésta se interesaba cada vez más por la historia de las cantidades. En ello se parecía de algún modo a Lilli, quería saber qué le proporcionaba eso a él. No habría sabido entender que la clave estaba en el monto de las cantidades. Era el monto monstruoso de las cantidades el que la volvía tan indiferente.

Eso nadie lo entendía. Sólo lo entendían quienes eran capaces de embridarlo. Pero no todos poseían las riendas. Al dinero había que gobernarlo, como a un caballo. Como en un caballo, había que sentarse en él. Había que sentirlo, como el caballo que uno tiene bajo el cuerpo. Sentir cómo sus músculos se extienden y se contraen. Con las riendas en la embocadura había que guiar el dinero como un buen jinete. Erguido, con los estribos más bien altos y los muslos siempre ceñidos al cuerpo de la bestia. Siempre en contacto con las intenciones de ese cuerpo. Siempre dispuesto a parar el menor movimiento e interpretarlo. Para ello tenía que caminar. Caminar arriba y abajo. Dar vueltas. Pasear por la ciudad. Lo mejor para él habría sido mudarse al aeropuerto. Había pensado en una oficina en el aeropuerto para luego, en los vestíbulos. En los pasillos. Caminar arriba y abajo. Hacer cola. En general, tocar a la gente. Llegar. Rozar. Dejarse apretujar. Lo detestaba. Le reventaba eso. No soportaba que alguien rozara siquiera fugazmente el paño de su traje. Nada más terminados de confeccionar, mandaba los trajes a la tintorería. Tenía que hacer un esfuerzo para aguantar la última prueba. Con Oberwoller había logrado reducir las pruebas a una. Una sola. Habría renunciado también a ésa. Cedió al orgullo de Oberwoller. Comprendió que el hombre quería ver su obra. Que no le bastaba con recibir el dinero. Pero Oberwoller. Ése era aquel otro estado del ser humano. Era un grado de evolución anterior en el tiempo. Y digno de envidia. Él lo veía. Cuando Oberwoller lo miraba. Cuando miraba desde la imagen en el espejo hacia él. Y desde él hacia la imagen en el espejo. Su modo de comparar las dos imágenes. Su modo de ajustar las dos imágenes. Pero después, fuera del cuerpo y a la tintorería.

Eso lo hacía Milica. Milica lo hacía por él. Le miraba y ponía cara seria. Era canino. Canino, desde luego. Lilli en eso lo calaba. Lilli siempre captaba cuál era su debilidad. Milica también la conocía, pero Milica le quería fuerte. Milica quería que fuese un hombre fuerte y de éxito. Para que ella pudiera ganar su dinero y su hijo en Serbia, su casa. Milica quería trabajar con alguien así. Quería estar cerca de él. Quería comprender al hombre. Lilli quería comprender la cosa. Lilli nunca se había puesto del todo de su lado. Milica incluso se hubiera lanzado al vagabundeo con él. Por el aeropuerto. Tenían que ser aeropuertos. Las estaciones de tren eran otra cosa. Demasiado poco independientes. Ahí la gente conocía su destino. Ahí encontraba su camino. Faltaba ahí lo cambiante.

Todo permanecía invariable. Con el tren de Berlín se llegaba a Fráncfort siempre por la misma vía. Eso se podía aprender. En los aeropuertos. La gente estaba entregada. Se dejaba llevar. Incluso con el mayor ajetreo, con la máxima tensión. Ahí la gente era dependiente. Nadie con un billete de avión en la mano hubiera decidido renunciar al vuelo. Y voluntad propia, nadie. Eso sólo lo hacía la gente con *jet* particular. Para que luego los pilotos lo convirtieran en carne de anécdota. Para que contaran quién encargó un Learjet y después no voló. O lo mandó redirigir a otro punto de partida. Todo eso no tenía importancia para él. Todavía no la tenía. Si quería alcanzar ese mundo y no ser un muerto de hambre en él. Eso requería todavía algunas transacciones. Y para esas transacciones necesitaba las apreturas. De Heathrow. O de JFK. Donde todo se juntaba. Donde pasando o llegando podía olerse por dónde irían los tiros. Si los 30 millones los invertiría en el negocio con Mimeat. O mejor en la fusión de HSBC y JVC. Y si eso iba a ser una boda feliz. No se trataba de pérdidas. No era ésa la cuestión. La de los beneficios que pudiera generar el dinero. Hacía diez años que no fundía dinero. Sólo que no le alcanzaba para la categoría más alta. Lilli quería verla. Lilli quería que se la mostrara, y entonces tendría que reconocer que él había triunfado.

Pero quizá las cosas tomarían un rumbo completamente distinto. Quizá la doctora Erlacher pudiera ayudarlo a desprenderse de Lilli. A deponer uno de los espejos, por decirlo así. Por lo pronto. El de su lado frontal. El lado del pecho. Con la cara. Por eso los aeropuertos eran lugares tan perfectos. Esa multitud de caras expectantes. Y consumidas por el cansancio, inexpresivas de puro agotamiento. O de pura expectación. Que les confería esa textura extrañamente brillante. Caras apagadas en el brillo. Si hubiera sido jefe de una empresa de cosméticos habría escogido el brillo como objetivo de negocio. Crear una moda de brillos. Caras espejeantes. Cutis relucientes que acentuara los ojos rutilantes. Para todos. Damas y caballeros, rubios y morenos. Esa lucha contra el brillo. Las empresas de cosméticos la perderían, y por qué no ganar dinero con lo que satisfacía los deseos. Las personas querían brillar. Querían, brillantes de expectación, estar en los vestíbulos de los aeropuertos y partir. Era algo que se les podía regalar. Las revistas de mujeres sólo podían refrenar el brillo. Relegarlo al escote. Pero ya no les duraría mucho. La industria cosmética estaba a punto de perder la lucha. Piel aterciopelada. Eso quería decir vello. Vello diminuto, fino, que refracta la luz. Y quién quería vello. Pelos. Él no, desde luego. Piel infantil. Pero eso no estaba acabado. Como las caras. Eso era otra cosa.

Había confiado en que la doctora Erlacher le ayudara. A desprenderse de Lilli. A poder deponer el espejo con su cara. A dejar esos malabarismos que lo descoyuntaban. Cuando se imaginaba a sí mismo, se veía haciendo malabarismos con los tres espejos y acabando descoyuntado porque eran tan pesados. Cuadrados. Y porque eran movidos por fuerzas centrífugas. Sus malabarismos no consistían en más que en tirarlos hacia atrás. Un tirarlos hacia atrás con ímpetu. Hacia la órbita en torno a su cabeza. Marcos cuadrados y pesado vidrio de plomo. Tochos anticuados. Marcos de caoba y bordes biselados y un sólido fondo de madera para el cristal. Dos espejos. Habría sido capaz de sostener dos espejos. Como señales de tráfico. Los habría pasado de una mano a otra. Era esfuerzo suficiente. Pero que uno gravitara siempre sobre su cabeza. En el aire. Siempre con la esquina hacia abajo. Siempre dispuesto a clavársele en la cabeza. Podía verse a sí mismo con la cabeza partida y el espejo saliendo de la hendidura. No dolía. No era eso, dolor. En absoluto. Con el dolor se podía contar. Era la condición de ileso la que entonces desaparecería. Se resistía a verse lisiado.

En el trabajo. En los trabajos. De ahí no había nada que esperar. Ya no, hacía tiempo que no. Ahí no podía pasarle nada. Ahí lo había ordenado todo. Ahí todo estaba liquidado. Ahí habría podido deponerlo todo y echarse en una tumbona para no volver a levantarse. Pero a la doctora Erlacher no le podía hablar de los espejos. De lo contrario habría tenido que precisar lo que se reflejaba en ellos y confesar que los malabarismos sólo se ralentizaban. Que todo podía convertirse en un lento orbitar, como de planetas, si lograba imaginar de forma alucinatoria y plástica los otros dos en un contexto real. Eso sólo podía conseguirse en la Pagoda Azul. La asiática, alrededor de él. Y Lilli, delante. Y al lado. Jugando en el suelo, sus dos niñas. No era la paz propiamente dicha. Pero sí un orbitar pausado. Un orbitar en torno a él, y ralentizado. Con el Viagra, todavía más lento y eterno, quién habría pensado que aquello podía ser un tranquilizante. Del Viagra le podía hablar a la doctora Erlacher. Las horas con la doctora Erlacher. ¿Ya habían adquirido demasiada importancia? Él ya no quería nada que la tuviera. Había escogido a la doctora Erlacher. Había ido de una terapeuta a otra fijándose en ellas. Había buscado una que fuese idéntica a la de *Los Soprano*: *prim and proper and very intelligent*. Pero demasiado profesional como para hacerse una idea. Él se sentía casi bien. Con la doctora Erlacher. Era por saber que la había escogido.

Y en la consulta de la doctora Erlacher lo había hecho correctamente. No como con Lilli. Aunque ella se hubiera convertido en el centro de toda la falta de deseo que lo propulsaba. Que lo uncía al dinero. Lilli. Que le facilitaba la justificación. Ella ya no deseaba el amor. Se había despedido de toda idea de amor. Había abandonado cualquier término medio y ya sólo anhelaba el dinero. Anhelaba el brillo que el dinero pudiera proyectar sobre ella. Ya no anhelaba la expectación. Había abandonado la espera. Anhelaba un ahora en el que todo le perteneciera. Nada de promesas. Era más dura que él. Se le había adelantado. Sin compasión alguna consigo misma. Era mucho más perseverante. Estaba bien que él hubiera conseguido acumular tanto. Sin el acicate de Lilli. No estaba seguro. Seguro de si, deponiendo su espejo, le quedaría fuerza suficiente. Porque era eso lo que amaba en ella. Su dureza superlativa. Primero consigo misma, después con todos los demás. Y fue ella la que tomó esa decisión por él. Porque Lilli podría haberse marchado. Pero quería ser consecuente y presentar batalla. Quiso salvarlo y ahora quería destruirlo. Sólo era consecuente.

Y sentía que se ablandaba cuando pensaba en ella. Sólo en ella y en él y en cómo ella había estado, de pie, a su lado. El ardor de Lilli. Su cuerpo, tan prieto y encendido. Prieto y ardiente al tacto de la mano. Había sido necesario apretar el cuerpo propio contra el suyo. Apretar su cuerpo dentro del suyo. El ardor de Lilli envolviéndolo. Seguramente comenzó con ella. Lo de poder sentirse ya sólo por fuera. Y sobre sí mismo. Y eyacular desde abajo. Eyacular hacia arriba y sentir la humedad escurrírsele encima y metérsela frotando. El máximo tiempo posible. Hasta que todo se separaba de ella y chorreaba fuera de su vagina. Y cuando llegaba, lo expulsaba con su bombeo. Cuando lo había cabalgado con rabia el tiempo suficiente y se había frotado al propio tiempo ella misma. Al principio él le retiraba la mano. Le prohibía el clítoris.

Lo quería hacer él solo. Y empleaba todos los recursos. La poseía por dentro y por fuera. Penetrarla y ceñirla. Con ella lo había deseado. En aquel entonces. En aquel entonces nunca tenía suficiente. Sus pezones erectos contra él. Acariciándolo con sus puntas. Asediándolo con sus anchuras. Y siempre calientes. Estaba claro lo que quiso el destripador. Introducirse en todas partes. Penetrarlas. En aquel entonces él ya no sabía. A veces no sabía. En esa rueda de los cuerpos. Qué. Ni cómo. Ni dónde. El hermano pequeño entre los senos. Bajo la barbilla. En la axila. En la sangría del codo. La delicada piel de las corvas.

Fue un furor y estaba en el recuerdo. Se veía a sí mismo girar en redondo, como un perro que no sabe a quién saludar ni cómo. Y entonces se abandonó a ella. De puro frenesí. Al principio, porque lo tenía dominado y los ansiosos jadeos le quitaban el aliento. Las hijas. Las hijas. Lo habían desplazado. Lo estaban desplazando. Venían de aquellos jadeos y ahogos del frenesí para terminar desbancándolo. Antes, ella lo paría a él. A él sólo. Despedía su fofo hermano pequeño a golpes de cadera. Lo hacía renacer en la cama hecho una uve. Y él amaba a sus hijas. Pero se hacían grandes. Se hacían firmes. Ya no se quedaban horas enteras sentadas en el suelo jugando. Era cada vez menos capaz de imaginárselas. Sus cuerpecitos de sílfide sobre la alfombra azul. Hetty y Netty. En bañadores menudos sobre la alfombra. Éstas eran para él las imágenes especulares favoritas. En el extremo derecho. Ese espejo tenía que gravitar en el extremo derecho. Era debido a su posición yacente en el sofá. El gran sofá blanco del salón estaba colocado de tal manera que las hijas quedaban a su derecha. Él yacía mirando a la ventana y el Aubusson se extendía a la derecha.

Lilli. Debería haberle explicado el sistema. Debería

haber sido posible explicarle esa economía de las imágenes especulares y de sus estados. Con Lilli se habría encontrado un camino. Ella misma le habría llevado a la nueva mujer con la que hubiera tenido los nuevos hijos. Y entonces las imágenes se habrían renovado. Las imágenes especulares, renovadas de contenido. Eso no habría supuesto ningún problema. Sin miedo de perder a las protagonistas. Dejarlo confluir todo lentamente. Habría sido lo mejor. Sin pérdidas. Sin esfuerzo. Nada más que esa confluencia; y el beneficio, enorme.

En efecto, el beneficio habría sido enorme. Habría podido encauzar toda su fuerza hacia los negocios. Ése era, sin duda, el secreto de los grandes éxitos habidos a lo largo de la historia. La vida privada no costaba ningún esfuerzo. Todo estaba a disposición. Todo se sucedía. Todo se acoplaba. Todo alrededor de él y listo. Habría deseado tener uno de esos hogares romanos. Ahí podría habérselo montado todo a su manera. La esposa. Las niñas. La asiática. Y las actrices suplentes. Y después el imperio. Todo. Sin límites. Si todo hubiera estado montado así. El *jet* para Lilli no habría supuesto ningún problema. Con todo incluido. El problema no estaba en el *jet*. Estaba en lo que venía con él. Que costaba. Entonces Lilli habría podido desenvolverse y habría tenido el pago acorde a su rango. De hecho, era doloroso verla sufrir de ese modo. Le apenaba tenerla enfrente, con el siguiente florero Lalique en la mano y la cara mudada en pura rabia. En ira. En decepción.

Comprendía por qué le decía a todo el mundo que él la pegaba. Lilli tenía que imaginarse que la atacaba. Tenía que fantasear contactos. Los que fuesen. Golpeaba su brazo contra el borde de mármol del altar barroco que había puesto como aparador. Se precipitaba por la escalera de mármol desde el ático al recibidor. Nunca se lesionaba la cara. Él se alegraba de que no lo hiciera. Naturalmente eso lo hacía especular. Pero ésa era su profesión. No era culpa suya que ante sus ataques de rabia se preguntara qué ocurriría si Lilli se lesionara la cara. ¿Se derretiría él entonces? Si ella iba lo suficientemente lejos, ¿él? ¿Si el dolor que lo compelía hacia esas escenas? ¿Si entonces tendría que doblar la cabeza? ¿Apartar la cabeza de la imagen de su desesperación desencajada por la rabia?

¿Y si sacaba la cabeza de esa relación? ¿Si entonces habría sido capaz de confesar? ¿Si entonces habría sido capaz de decirle que todo eso constituía la base? Sus gritos y delirios. Sus rabiosos jadeos. Su voz chillante. Que eso era para él música de corneta y tambor. Que eso lo impelía a la batalla. Que siempre lo acompañaba como sonido de fondo. Cuando él avanzaba. Cuando daba los encargos. Cuando colocaba los pastones. Cuando esperaba. Cuando tenía que volver a vagar entre las masas y sentir el apetito. Tocar a las personas y su apetencia. La fuerza que las impulsaba. La energía que las catapultaba hacia delante. Alrededor del mundo. Las caras brillantes, erectas y en pos del brillo. Todos juntos sabían adónde iba la deriva. A veces él se detenía. En medio de uno de esos vestíbulos. De uno de esos pasillos. A veces pensaba que ya sólo viajaba para merodear por esos pasillos. Para vagabundear por esas salas. Para explorar los flujos de los aeropuertos. Las corrientes del transitar continuo de Fráncfort. Las vueltas a lo peonza de Hong Kong. Los paseos de São Paulo. Los pasillos cerrados del John F. Kennedy. Para atajar toda posibilidad de ver algo de Estados Unidos. Antes de pasar por Inmigración. En Heathrow lo mismo. El *jet*. Sólo Lilli lo usaría. Él seguiría volando con líneas públicas. Forzosamente.

HERTA MÜLLER
Nitzkydorf, Rumanía, 1953

Desde que recibió el premio Nobel de Literatura del año 2009, el desconcierto ha sido grande, pues la obra de Herta Müller, galardonada con todos los importantes premios literarios alemanes, ha pasado largamente apartada de los círculos de celebración de modas literarias y éxitos comerciales. Müller escribe con incómoda insistencia sobre la dictadura y el gulag, sobre persecución y tortura, sobre el miedo cotidiano y la destrucción de las relaciones humanas, y lo hace con una escritura de precisión cortante, cargada de tensión y de turbadoras metáforas.

Las historias que cuenta son tan angustiantes como extrañas resultan las imágenes que encuentra para corroborarlas. Y, sin embargo, esta extrañeza suscita en el lector un sutil pero decisivo cambio de perspectiva que, en definitiva, constituye la gran fuerza reveladora de su obra, que rompe con la lógica narrativa habitual del mismo modo que los sistemas totalitarios rompen con la lógica interior del individuo. Sus novelas, relatos, ensayos y poemas surgen de la experiencia de treinta años vividos bajo el régimen comunista en Rumanía. En su prosa «autoficcional», la desconcertante fragmentación de las historias, la superposición de metáforas, la crudeza de algunas imágenes y la belleza poética de otras, corresponden a la percepción del individuo perseguido por el miedo.

En 1982 se publicó en Rumanía una edición rigurosamente censurada de su primer libro de relatos *En tierras bajas*, considerado una profanación de la patria por la cruda exposición de la vida en la diáspora alemana. Tras la fuga a Alemania, publicó allí sus novelas *La piel del zorro* y *La bestia del corazón*, sendos ajustes de cuentas con la Rumanía de Ceaucescu. En su novela *Hoy hubiera preferido no encontrarme a mí misma* se narran sus experiencias con el servicio secreto rumano. Su novela *Todo lo que tengo lo llevo conmigo*, de 2008, versa sobre la deportación de la minoría germanohablante de Rumanía y su confinamiento en campos de trabajo soviéticos después de 1945. Sus ensayos de *El diablo está en el espejo* y *El rey se inclina y mata* exploran la relación entre lenguaje y dictadura. Paralelamente a su obra en prosa ha publicado tres volúmenes de poemas-collage, también traducidos al español. El presente texto se publica por cortesía de la autora.

AQUÍ EN ALEMANIA

Nada más llegar a Alemania, a los primeros tres días ya estaba invitada a una cena. El anfitrión tenía, cuando entré en la cocina, carne de cordero en el horno. Por primera vez veía un horno iluminado y con cristal. No podía apartar los ojos, la luz exponía la carne. Las burbujitas de calor reptaban de un lado para otro, respiraban y estallaban. Veía esa carne brillante y marrón como una película paisajística en un televisor a color: sol con bruma y la roca bovina habitada por animales vidriosos. El anfitrión abrió la puerta de cristal y dijo, mientras daba la vuelta a los trozos de carne:

—Canetti también es de Rumanía, ¿verdad?

Yo dije:

—Es de Bulgaria.

Él dijo:

—Ah, vale, siempre confundo los dos países, pero me sé las capitales: la de Bulgaria, Sofía; la de Rumanía, Budapest.

Yo dije:

—Budapest es de Hungría, de Rumanía es Bucarest.

Su manera de darle la vuelta a la carne con el tenedor se veía en mi película como si un cangrejo de río reordenara el paisaje. Y me daba la sensación de haberse confundido sólo por haber mezclado los trozos de carne en la bandeja. Cerró la puerta de cristal y dijo:

—Espero que te guste. ¿Has comido cordero alguna vez?

—En Rumanía se come mucho cordero —le aseguré—.

La epopeya nacional de los rumanos, su Cantar de los Nibelungos, trata de ovejas y pastores.

—Qué divertido —dijo él.

Le corregí:

—No es divertido, trata de engaño y de completo abandono en medio del miedo, trata de dolor y de muerte.

El alemán es mi lengua materna. Desde el principio lo entendí todo en Alemania. Todas las palabras eran completamente conocidas para mí. Sin embargo, los enunciados de muchas frases resultaban ambiguos. No sabía qué pensar de las situaciones, la intención con la que se pronunciaban se me escapaba. Seguía el rastro de comentarios desenfadados como «qué divertido». Los entendía como frases definitivas. No entendía que querían ser nada más que un suspiro secundario, que no significaban nada, simplemente: «ah, vale» o «pues». Me los tomaba como frases completas, pensaba «divertido» sigue siendo lo contrario de «triste». En cada palabra pronunciada tiene que haber un enunciado, de lo contrario no se habría dicho. Conocía el decir y el callar; sin embargo, desconocía ese juego intermedio del silencio hablado sin contenido.

En Alemania, a la gente le gusta decir (y eso se hace hoy sin verificación alguna): «La lengua es la patria». Especialmente a los escritores les gusta decirlo. Han adoptado ese dicho de los autores que fueron expulsados por los nazis y condenados al exilio. Pero los autores del exilio que huyeron de la muerte sintieron en su propia piel muy duramente lo contrario; esto se puede leer en cada una de sus frases. Los expulsados tuvieron que mantener en alza el brillo de esta frase para no perderse a sí mismos en medio de tanta pérdida. Dentro de su propia cabeza, para no extraviarse camino de la frente a la boca. Para mis oídos esta frase significa: «Todavía me tengo a mí mismo». La lengua como última posesión en el caso más extremo. Sin necesidad no debería uno aventurarse a pronunciarla. Puesto que uno no se puede llevar la lengua. Se la ha de llevar. Sólo si uno estuviera muerto, ya no la tendría, ¿pero eso qué tiene que ver con la patria? Incluso, si uno transporta la misma lengua de aquí para allá, no es la misma. Trastrabilla en la igualdad. Frases con palabras completamente conocidas se vuelven extrañas, porque no se puede descifrar su relación con el asunto en cuestión. Me irrita la frase «la lengua es la patria» cada vez que la escucho. No se toma en serio el exilio como la aniquilación de la existencia. Se ha tardado, pero finalmente en Alemania se ha reconocido el Nacionalsocialismo como el mayor desastre causado por culpa propia. Sin embargo, cuando las conversaciones pasan de las generalidades al detalle, existen huecos como esta frase, donde el pesar normalizado se convierte en irreflexión. «La lengua es la patria.» Si eso fuera cierto, cualquier exilio sería aguantable como una patria muy cercana e íntima. Naufragado en la nada, uno tendría una segunda patria debajo de su piel, hecha a medida y muy superior a cualquier geografía o familiaridad. Uno podría, con la esquizofrenia de esta lengua metida en la cabeza, seguir siendo alegremente «patriado».

Como contrapartida de la frase «la lengua es la patria», tomé nota de lo que dice Jorge Semprún, como de pasada, en su último libro sobre su época como ministro de Cultura: «La patria no es la lengua. La patria es lo que se habla». Y en un país se habla de lo que se hace con la cabeza, las manos y los pies. Llegado al resbaladizo parqué de intrigas y rituales de la alta política, el pensamiento del ministro de Cultura Semprún sigue retornando a Buchenwald, al exilio y a la clandestinidad. Él sabe que la patria es la concordancia interior con lo que sucede en el exterior. Y en la dictadura franquista, España no era una patria. Como tampoco era una patria el ruso para Sájarov durante su arresto domiciliario. En «la patria es lo que se habla» se expresa la persecución como un «no formar parte» agudizado hasta la amenaza de muerte, también sin exilio. La frase demuestra que para tantos chinos, paquistaníes, iraníes, serbios o cubanos, la lengua no constituye una patria, como tampoco lo hace el país. La frase de Semprún es precisa y no alberga sentimiento alguno; sin embargo, en Alemania se prefiere la antigua y sentimental con el consuelo incorporado. Un consuelo sinuoso que basta mientras uno no lo necesita, pues dispone de suficiente concordancia en casa y no tiene idea del sufrimiento ajeno.

Dos veces compré flores en la misma tienda. La dependienta, una mujer en la cincuentena, se seguía acordando de mí de una visita a otra. Así que, como recompensa por haber vuelto, escogió para mí los conejitos más hermosos del cubo, titubeó un momento y preguntó:

—¿Qué paisana es usted, francesa?

Puesto que no me gusta la palabra «paisana», yo también vacilé, y entre nosotras se colgó un silencio antes de que yo respondiera:

—No, soy de Rumanía.

Ella dijo:

—Bueno, no pasa nada.

Y sonrió como si de repente tuviera dolor de muelas. Sonó amable, como si dijera «eso le puede pasar a cualquiera, sólo es una pequeña tara». Y ya no levantó la vista, mantuvo los ojos clavados en el ramo envuelto. Estaba avergonzada, pues me había sobreestimado. Ya al pedir conejitos con el nombre de «boquitas de león», pensé: en mi alemán traído de allá, de Rumanía, estas flores se llaman «boquitas de rana»; en el idioma pueblerino de mi casa se decía directamente «croares», es decir, simplemente el canturreo que emiten las ranas. La diferencia entre leones y ranas no podía ser mayor; comparar los dos animales es absurdo. Las «boquitas de león» alemanas son boquitas de rana grotescamente sobreestimadas. De la misma manera me sobreestimaron a mí unos minutos más tarde.

Cuántas veces he tenido que decir en Alemania de dónde soy. En el kiosco, en la sastrería, en la zapatería, la panadería o la farmacia. Entro, saludo, pido lo que quiero pedir, los dependientes me atienden, dicen el precio y entonces, tras un trago vacío de aliento: «¿De dónde es usted?». Entre poner el dinero en el mostrador y guardar la vuelta digo: «De Rumanía». Dado que hay que hablar un poquito sobre el zapato o el vestido, sobre lo que se puede hacer y lo que no, hasta aclarar los procedimientos técnicos, pronuncio varias frases completas seguidas. Y me despiden con el comentario: «Ya habla usted bastante bien el alemán». No quiero dejarlo así y, sin embargo, no tengo nada que añadir. El corazón me late en los oídos, quiero salir a la calle cuanto antes y lo más disimuladamente posible, de modo que me equivoco en la puerta y llamo la atención: en vez de empujar, tiro del picaporte o en vez de tirar, empujo. Quiero desaparecer y ser invisible y soy el hazmerreír del día. Pues en la puerta de la sastrería o de la zapatería, además, cuelga una campanita que revela en música mi estado interior. El latido de mi corazón canta en todo el taller, antes de conseguir finalmente salir. Es una campanita señorial.

A menudo hay otros clientes delante que ladean un poco la cabeza y miran.

Inmediatamente después, al andar por la calle, me imagino cómo sería si todos los clientes anteriores y los que llegan después de mí tuvieran que decir de dónde son. Repaso nombres de lugares y rimas: «Buenos días, quiero jarabe para la tos y soy de Voss. Buenos días, quiero aspirina y soy de Tubinga. Buenos días, quiero dos barras de pan y soy de Aquisgrán. Buenos días, quiero cuchillas de afeitar y soy de Neuenahr». O al despedirse: «Hasta luego, soy de Colonia y volveré otro día». Me sonrío sabiendo que, en primer lugar, río demasiado tarde y, en segundo lugar, me río de mí misma, ya que este entramado de rimas no hace daño a nadie, y a mí no me servirá de nada la próxima vez. Me hago un poco de música contra la campanita en la puerta, pero no me hago una piel más curtida. Y la necesito como los zapatos necesitan suelas nuevas.

Cuántas frases empiezan desde hace años con las palabras: «Aquí en Alemania...». Quisiera ponerme a la defensiva, pero al final mantengo la compostura y digo: «Pero si yo también estoy aquí en Alemania». Ante una mirada incrédula y de ojos muy abiertos, me repiten entonces con aparente retractación: «Pero aquí en Alemania no se dice *bretzel* sino *breetzl*. La primera "e" hay que alargarla y la segunda, tragársela, ¿me entiende? No tiene importancia, pero ahora ya lo sabe». A continuación una sonrisa que significa, según pienso: «No pasa nada». Sin embargo, acto seguido, viene en tono de pregunta la frase: «¿Todo bien?». Yo asiento con la cabeza y supero todas las expectativas al decir Laugenbreetzl. Y el dependiente dice: «Toll» («genial»). Continúa sonriendo cuando el siguiente cliente pide un «pan de soltero». Yo ya estoy en la escalera mecánica y la palabra *toll* me ronda por la cabeza. Yo sólo conozco significados muy distintos de *toll*: *Tollwut* (rabia), *Tollkirsche* (belladona), *Tollhaus* (manicomio), *Atoll* (atolón), *tollkühn* (temerario). También tolerancia y ayatolá suenan a *toll*. Cada una de estas palabras es casi tan larga como Laugenbreetzl. ¿Debería habérselas enumerado al dependiente?, ¿o haberle cantado el anuncio de pan en el metro?: «Ante el altar la novia permanecía callada / un sabroso bocadillo de pan Pech[1] masticaba». Debería haberle dicho al dependiente cuánto me gusta la palabra *pan Pech*. Que pan Pech para mí expresa, de la manera más sucinta, todo lo que las dictaduras hacen a la gente. En los interrogatorios el agente secreto me decía a menudo que no debería olvidar que comía pan rumano. En aquel entonces no se me ocurría cómo llamar con una única palabra el suplicio al que me sometía. Tuve que esperar hasta el anuncio de pan en el metro de Berlín para averiguar la palabra correcta para el agotamiento de nervios. Estaba asombrada: la frase «He comido mi pan Pech» es tan desconcertantemente clara como aquella de Semprún: «La patria es lo que se habla». La expresión es tan adecuada para describir una dictadura que incluso se podría decir: «Puesto que Semprún comió su pan de brea, sabe que la patria no es la lengua sino lo que se habla».

De qué se habla cuando encuentro a mi vecina abajo, frente a los buzones, y me cuenta, al subir juntas la escalera, que por la noche no pega ojo porque su hijo de tres años viene entre las dos y las tres de la madrugada con un cordero de peluche a su cama y quiere jugar: «Esto es

---

[1] Pan Pech era el nombre de una marca de pan berlinesa de los años cincuenta, por el apellido del fabricante. La palabra *pech* tiene un doble significado en alemán: *pez, brea* y *mala suerte*. (*N. de la T.*)

el terror puro y duro», afirma, «ni el servicio secreto rumano podría haberse imaginado algo peor». De profesión es historiadora. ¿Debo decirle que el servicio secreto rumano no quería jugar conmigo a los peluches?

REINHARD JIRGL
Berlín, Alemania oriental, 1953

El programa literario de Reinhard Jirgl está formado por las grandes fallas sociales de la época contemporánea: totalitarismo, pérdida de la patria, quiebras generacionales y descomposición social. Es el único cronista de los traumas colectivos y tragedias individuales de la división y reunificación de Alemania que realmente merece este nombre, ya que toda su amplia obra, galardonada en 2010 con el premio Büchner, el más prestigioso de los premios literarios alemanes, gira en torno a la realidad de vidas abducidas por el sistema totalitario de la RDA que después fueron lanzadas a la nada por el capitalismo. El dolor y la rabia acumulados en ambos sistemas forman el caldo de cultivo violento del que surgen sus personajes, radicales e inadaptados. Sus novelas rebosan estallidos emocionales de hombres resentidos con su destino, de los que mana el furor del ego maltratado, de la existencia impedida.

La volcánica narrativa de Jirgl fascina por la fuerza de las imágenes, por la belleza de las escenas en la naturaleza y por la sensualidad de las descripciones. Su escritura es cerebral, alambicada y repleta de referencias cultas. Cuenta con un sistema ortográfico propio (extremadamente difícil de reproducir en la traducción), para la transcripción fonética del ritmo y el tiempo del lenguaje coloquial. Con los puntos dobles, flechas, guiones y signos de exclamación e interrogación invertidos corta el flujo de la lectura y obliga al lector a la máxima atención.

Sólo tras la caída del Muro, las novelas y relatos que Jirgl guardó en el cajón vieron la luz y fueron galardonados con una docena de premios. Una vez publicada en 1990 *Novela Padre Madre*, se ha revelado como un francotirador libro tras libro: la celebradísima parábola sobre la reunificación *Despedida de los enemigos*; la tétrica elegía del derrumbe económico alemán, *Noches de canícula*; una truculenta trilogía de la RDA, *Genealogía del matar*, o la epopeya generacional, *Los inacabados*, única obra de Jirgl traducida al castellano (Cómplices editorial, 2011) sobre el destino de los alemanes expulsados de Checoslovaquia. Tras el éxito internacional de esta última, Jirgl entra en la época actual con *Renegado. Novela de la época nerviosa*, sobre el tema de las inmigraciones ilegales; y lanza en 2009 su gran saga familiar *El silencio*, de la que presentamos una muestra. Mediante un álbum, cuyas 100 fotos encabezan sendos capítulos, despliega la crónica de una familia berlinesa, con raíces en Polonia y separada luego por la división de Alemania, a través de cuatro generaciones. Reproducimos por cortesía de la editorial Hanser los capítulos que corresponden a las fotos 85 y 86, en los que se relata el reencuentro de algunos miembros de la familia tras la caída del Muro.

FOTO 85

¡Hostia-tú: en los últimos años papá estaba cada vez peor. Mamá y yo ya pensábamos que lo iba a mandar todo a paseo: la agencia & todo lo que había logrado en los buenos años anteriores desde que se independizó con la oficina de agrimensura. Papá se había llevado a todos los empleados, antiguamente nuestros compañeros de trabajo, a su empresa como colaboradores. Eso fue a principios de los ochenta. Éramos 7 en la empresa —los 7 enanitos con una gran mira, jaja, así nos llamábamos entonces—. ¡Hostia, aquello empezó requete=bien: encargos & más de los que podíamos satisfacer. Fueron tiempos gloriosos, cuando los municipios todavía tenían dinero, tanto que podrían haber chapado en oro sus calles y aceras. Entonces, a mediados de los ochenta, se acabó. Encargos pingües ya no se daban. Pues como también las grandes empresas de construcción tenían ahora sus propias oficinas de agrimensura, ya no necesitaban a peces=pequeños como nosotros. Sólo nos quedaban los encargos insignificantes y, al final, ni ésos. Como si hubiésemos de ahogarnos. Papá me dijo entonces, muy apesadumbrado: —*Ralf, no podemos más*—. *Ya no sé qué hacer: tendremos que despedir a nuestra gente*. Primero 1, después 2, &cétera. Al final sólo quedamos él & yo. Iba todo el día con=la=cabeza=gacha, estaba cada vez más des-mejorado, las cartas Delbanco las tiraba sin abrir. —*¡Si yassé qué ponen!*—. Silencio & melancolía. También mamá estaba perdida. Lo cual debió de inspirarle a papá la idea de despedirse a sí mismo, por así decirlo. ¡Hostia, aquello no fue bonito! Es verdad:

todos lo pasamos de=vez=en=cuando=mal. Pero papá: se convirtió en su propio riesgo. 1 noche (a veces se quedaba hasta-muy-tarde acurrucado detrás de su escritorio en la oficina, un montón de papeles, facturas-sin-pagar, cartas-sin-contestar delante, con la mirada fija en la oscuridad), fui a verle, pues ¡esto! tenía que ¡acabar! Pero el ¡acabar! también debía de habérsele ocurrido a él esa noche. Es verdad: todos la=cagamos en=algún=momento, pero esto no-Esmotivo... desde luego. Aquella noche, pues, entré justo=a=tiempo en su oficina, enciendo la luz —: y ¡hostia: allí estaba en el suelo—. Enseguida le hice un torniquete en el brazo, lo vendé, la hemorragia cesó. Estaba pálido como un cirio de velatorio, su voz un mero susurro: —*Por favor, hijo, ¡no al médico. Por favor, no avises al médico. Esta ¡vergüenza, Dios mío, esta ¡vergüenza—.* Y con eso se desplomó. Me lo cargué en el hombro, lo llevé al coche & hala, a casa. Mamá soltó un chillido cuando nos vio. ¡Hostia, pensé, ahora tendré otro problema más. Pero mamá se recompuso enseguida, es una Mujer=valiente. Llevamos a papá a-la-cama. Allí yacía días-y-noches, con la mirada fija en el techo, sin pronunciar palabra. Todo este tiempo yo estuve solo en la oficina. Y 1camente para cubrir expediente, lo mismo podría haber estado allí una araña, pues no quedaba naapahacer, excepto tranquilizar y quitarnos de encima a los tíos Delbanco & Dehacienda. Y claro: esto también era cada día más-difícil-&-más-difícil. Mamá y yo ya no sabíamos ¿qué hacer. Así ¡no podíamos seguir. Eso era lo 1co que estaba claro. Pero ¿cómo tirar para adelante & sobre todo ¿con qué. Eso fue en otoño de mil novecientos ochenta y nueve. Entonces en noviembre se cayó en Berlín EL MURO: alambre=espino=franja-de-la-muerte, dispositivos de disparo automático; de hoy-para-mañana todo, como si nunca hubiese existido. ¡Hostia, ¡fue Laleche. Y de repente, como si hubiésemos chocado con otro planeta, Todoeleste estaba delante de nosotros. ¡Cuánto trabajo no habría para nosotros: encargos a tutiplén, ¡hostia, sería ¡el-nova-más. ¡Nos salvamos por los pelos. La-merde nos llegaba ya hasta el borde-inferior del labio-superior. Ahora ¡sí supimos cómo seguir. Y aunque tampoco ahora teníamos dinero, pero=almenos=papá se había vuelto-a-animar. Y, querida Dorothea, puedes decir loqquieras: Eldiablo u otro cabrón husmea a la gente: si huele miedo, encima te propina unapatada q no te vuelves a levantar... ; si huele coraje, te ofrece una tajada-de-las-grandes. No lo garantizo pero es posible. & ?qué hay ¡?mejor q la perspectiva de una posibilidad. −Las ¡cartas. Las cartas de la prima de mamá, Henriette, y de su marido, Georg, de Berlínoriental. Lo q durante=décadas había estado oculto tras el telón de acero, Ahora surgía, pues El-Telón había caído. Yo nunca antes Los había visto y creo saber q tampoco mamá y papá los habían echado de menos durante todos-estos-años; −nosotros estábamos aquí / ellos=Allá. Así eran las cosas. Pero ahora, en las cartas de Los dos La invitación & La oferta desde el-Este −para=nosotros; en el momento justo, & se referían a ¡mí.

Un domingo por la mañana, en agosto de 1991, partimos a-primera-hora de Bad Bentheim en nuestro viejo *van*, papá, mamá y yo, en dirección a Berlín. Papá había cargado el coche con todos sus utensilios de agrimensor como si fuéramos al trabajo. La fuerza-de-la-costumbre. Sólo cuando estábamos en ruta se dio cuenta de que Semejante=Pre-sentación ¿tal vez resultaría excesivamente aplastante. Aunque −tampoco quiso dar la vuelta− más bien se lo tomó como un buen augurio para todo lo venidero.

Una fría luz azul se derramó en la madrugada en la que nos pusimos en marcha. Papá de ninguna manera desistió: quiso conducir todo el trayecto hasta Berlín ¡él solo. Ni a mamá ni a mí me permitió coger el volante. Se puso realmente=pesao con esto. De modo que también mamá, que en un principio se había sentado en el asiento de atrás con la intención de dormir, permaneció despierta a causa de La-excitación, como si ya estuviéramos en La-tierra-desconocida. Con atención & concentrada miraba al frente entre nosotros dos, hacia las carreteras, como si tuviera que conducir ella el coche. Y nos leía cada letrero de pueblo que los faros arrancaban por unos segundos de la oscuridad, en voz alta&con tono serio cantaba los nombres hasta del último pueblucho, los pronunciaba como un conjuro. —Ojalá le sirva de algo—, susurró 1 vez para sí=misma. Yo hacía como si no hubiese oído nada (entendía perfectamente a Qué se refería).

Después de Schüttdorf subimos a la A30, pasamos por Rheine y nos acercamos a Osnabrück. Los coches pasaban silbando, como proyectiles oscuros, por nuestro lado, otros, más pesados, con las luces traseras extinguiéndose, con sus motores trabajando en la misma dirección que nosotros. El remolino de gases de los tubos de escape en un halo rojizo. El brillo azulclaro se hizo más intenso, el día poco a poco iba surgiendo. —Osnabrück: las últimas, escasas farolas en las calles nocturnas, con un choque *zegador* saltaba la luz de los escaparates a la oscuridad vacía, nadie quería mirar lo expuesto. Las superficies lumínicas cayeron al suelo y fueron recogidas por el asfalto reflector. Debió de haber llovido hace poco aquí, las superficies lumínicas se iban desfragmentando en soli-tario, chimeneas, campanarios, tejados cortaban ángulos agudos en la luz mojada de la azul mañana.

FOTO 86

Hice abrir un poquito la ventanilla; entró el frío soplo de viento, las ráfagas matutinas daban un golpe fresco a 1 figuras sueltas, puestas contra el viento como signos de interrogación. En Bad Oeynhausen tomamos la A2 en dirección de Hannover. A la izquierda se erigía pronto, como un cono negro, el macizo boscoso de la Porta Westfalica, elevado contra el horizonte, contra el aéreo azul del cielo, las montañas del Weser, negras campanas dentadas de oscuridad en hierro fundido, pautadas de luces aisladas, como si tras el hierro poroso llamease Laluz.

En el azul matutino vigorizado en 1 suburbio de Hannover: junto a la autopista en la pared de 1 casa iluminada con focos sobre la que habían pintado dos gigantescos ojos, cada uno tras un cristal redondo de gafas & encima en letra ancha:

¡EL GRAN TÍO TE ESTÁ MIRANDO!

Los ojos estaban pintados de una manera que parecían seguirle a todas partes al espectador a través de los imaginarios cristales de las gafas. Papá, que había fijado su mirada allí, seguía a marcha lenta, magnetizado, como si pudiera obligar incluso a nuestro coche a mirar en dirección a la pared hacia la mirada de los ojos de varios metros de altura. Noté que dentro=de=sí estaba incubando algo. (En su Malaépoca, cuando no sabía qué:hacer, papá se había inculpado: *—He perdido las agallas, hijo. Antes me consideraban en-el-negocio un tíolisto. Ahora me* *he convertido en un tíoacojonado.*) En este momento estaba delante del tíoacojonado El gran Tío (que resultó ser simplemente el anuncio de una óptica); pero Éste súbitamente lo había embobado, le pareció una exhortación de fuerza&ánimo.

Rodeamos Hannover hacia el norte; también Braunschweig, avanzamos bien&rápido. —?Estás ?cansado. ?Quieres que lo coja ?yo—. Pero papá declinaba decididamente. Yo lo entendía, no le insistí. (Mamá en el asiento de atrás al final sí q se había dormido.) Finalmente, nos acercamos por la A2 a Marienborn, antiguamente el control fronterizo.

También hoy seguían todos los barracones oficiales allí. Paramos. Papá hasta apagó el motor. Desde la apertura de la frontera no había estado más aquí. —!Fíjate en esto. Sólo dijo eso y a continuación se quedó callado. : Los barracones de onduladas y claras láminas de plástico a la espera & vacíos, muchos de los cristales machacados, las astas de bandera temblaban solitarias al aire libre. En la franja fronteriza todavía la estela de 20 metros de altura, donde, arriba, había estado el escudo del Estado de la ErreDeA, la oquedad acechando como un ojo arrancado. Lo q había quedado=lo que había sido: 1 podrida antesala del infierno con el atractivo del para-Iso-del-paso-de-la-oca. *?De dónde demonios viene esta peste en bloque a meada, como si aquí todos los átomos del aire fuesen de meada: el asfalto abierto meada meada los tejados abombados partidos en los barracones dispuestos en paralelo gasolineras de la burocracia & de la megalomanía los fantasmas con las picadas jetas de chapa ond-ulada peste a meada de tiesos cuellos de uniforme las órdenes fantasmales dale pega hunde meada en el aliento.* La mala hierba planta de sal cardo ortiga hierba cana atacaba desde-abajo — proliferaba — subía — y por las muertas cuadras de funcionario silbaba el viento. No fue una canción, por lo tanto, tampoco tenía final.

Pero silencio hubo. Silencio.

!Hostia-tú: ?qué pasaba ?aquí. : Todos los ruidos habían desaparecido, como si nos hubiésemos hundido bajo-elagua, en el mundo-de-los-peces pasaban silenciosos los coches de largo. Conducir. Conducir. Seguir en dirección Este en absolutosilencio.

—!Cómo nos han escarnecido Estos en-los-controles Todosestosaños—. Oí la voz de papá, caía de repente como un manojo de piedras en el abismo de ese grueso silencio. Después sólo negó con la cabeza, encendió el motor, nos fuimos. — Durante el viaje contaba alg1 episodios de los que se daban Enaquellosaños seguramente en todos los puntos de control fronterizo entre Occidente & Oriente: Pero esta vez, papá evitó el-tono-de-héroe, de 1 que había superado Todoaquello con humor & listeza & había burlado a los policías. Su voz, como si en su cavidad bucal ardiera un polvo ácido.

Más tarde ese día, calentaba el sol y había algunas altas nubes blancas, sus sombras flotaban sobre las carreteras y los campos. Finalmente, y poco antes de despedirse, la estación se había convertido en verano; madurado a escondidas, ahora salió a la luz del día desde el húmedo otoño prematuro. —

En 1 pueblo detrás de la antigua frontera paramos delante de 1 taberna. El aspecto era deprimente. La vieja & torcida casa de entramado de madera estaba tuneada a medias y al estilo=occidental, o lo que tomaban por tal (pintada la fachada a toda prisa en colores chillones, mientras que debajo se escondían los viejos muros cascados): el bar de Nobbi. De modo que la casa parecía duplicada por su propia apariencia espectral. Entramos.

«Allí-al-fondo, más o menos, hmm, allí-allí ¿? — ¡! donde acaba el bosque, sí: tras el cortafuegos ése; ¡no, o sí, o ¿a ver: no, un poquito más hacia la derresha ¡!: allí ¡! debe de haber estao», mascullaba tras nuestra pregunta el tabernero, un tipo gordote con mejillas sonrosadas, no muy mayor pero ya con ademanes de viejo, parecidos a los de los últimos=restantes habitantes del pueblo, de los cuales 2 estaban plantados alrededor de la mesa de la tertulia. Difícil de interpretar el orgullo en la voz del tabernero, como si él-en-persona hubiese levantado la mano contra La Frontera y hubiese decidido su destrucción.

«Pero ¿por dónde ¡exactamente pasaba La Frontera», insistía papá —el agrimensor lo quería saber—. El tabernero hizo un esfuerzo, dirigió una mirada interrogativa a sus dos clientes habituales (que permanecieron con la mirada vidriosa delante de sus cervezas, levantando únicamente las manos toscas ante la pregunta del dueño del bar). Fue entonces cuando nos dimos cuenta: habían ¡olvidado por completo dónde estaba La Frontera.

PETER STEPHAN JUNGK
Santa Mónica, EE.UU., 1952

Peter Stephan Jungk es el máximo exponente de la narrativa moderna —la del episodio palpitante, estructurado a la perfección, escrito con elegante soltura e ironía, rebosante de vivencias humanas— que desapareció con el régimen nacionalsocialista. Hijo de judíos vieneses exiliados en EE.UU., absorbió esta tradición desde la infancia. Se crió en el célebre círculo de emigrantes judíos de Santa Mónica, y tras sus estudios de cine en Los Ángeles, amén de una etapa como director, elaboró ese estilo en una decena de novelas (auto)biográficas.

Su obra gira en torno a la búsqueda de la identidad (judía) perdida y de un lugar de raigambre espiritual. Los personajes, dibujados con cariño y perspicacia psicológica, son peregrinos a través del espacio y del tiempo que buscan en vano sustraerse de la vaguedad de su existencia y de la carencia de un anclaje mediante la religión, el amor o el poder del dinero. Así ocurre con el joven estudiante de cine en *Bosque de acebo*, que acude a Los Ángeles para rastrear los lugares de su infancia. O con aquel joven judío austriaco que en *Ronda* se matricula en Jerusalén en una escuela de Torá, para conocer sus inexistentes raíces religiosas, y que sucumbe una y otra vez al encanto de las mujeres. La identidad del artista se tantea en la burlesca novela sobre la vida de Walt Disney, *El americano perfecto*, revisada desde la perspectiva —medio rencorosa, medio fascinada— de un ex empleado suyo. El libro se sale largamente de la novela biográfica para convertirse en un estudio del carácter y de reflexión sobre el poder. En su novela más reciente, la comedia ligera *El corazón eléctrico* (2011), Jungk rastrea la identidad de su protagonista a través de los amores de su vida: un dramaturgo judío dialoga con su maltrecho corazón, rememorando una agitada biografía erótica.

La travesía del Hudson, de 2005, en cambio, contiene un lúcido estudio psicológico sobre la relación paternofilial, envuelto en unos diálogos magistrales al estilo de Woody Allen. Jungk explota brillantemente los aspectos grotescos de esta irremediable constelación que condena a la segunda generación de supervivientes del Holocausto a aceptar su identidad de hijos y a emanciparse de los padres. Reproducimos el capítulo 6 y 7 por cortesía del autor.

LA TRAVESÍA DEL HUDSON

Una fuerte brisa soplaba desde el oeste por el puente Tappan Zee. Los conductores dejaron de tocar el claxon, ya no tenía sentido; el atasco había llegado a ser tan denso, la aglomeración de coches varados tan impenetrable, que había que descartar la idea de continuar el viaje. La gente se congregaba en grandes grupos para discutir la situación vial, a todo el mundo le extrañaba que no se oyeran ni sirenas de policía ni rotores de helicóptero. Gustav observaba a una mujer rubia, de cabello largo, que estaba sentada con la boca abierta y la mirada perdida. Las lágrimas bajaban como pequeños riachuelos por sus mejillas ruborizadas. Había gente jugando a las cartas sobre los capós, desenvolviendo sándwiches. Otros sacaban sus cámaras de vídeo, se filmaban entre ellos, filmaban la inmovilidad, grababan todo a su alrededor. Con gran alivio de Gustav, a nadie se le ocurría enfocar su cámara hacia abajo, sobre el río, sobre los pilares del puente, donde yacía el cuerpo del padre.

En un camión de transporte sin ventanas, vacas, terneras y cerdos mugían y chillaban desesperados, no se veía entrada de aire alguno, el conductor permanecía inmóvil en su cabina, como congelado en medio del calor estival.

—Tienes que buscar una caravana, nenito, es mi única salida —gritó la madre por la ventanilla abierta a su hijo—. ¡Y date prisa! No vuelvas a mirar ahora bajo el puente, al menos no hasta que esté solucionado mi problema. Una cosa después de la otra...

Se ponía a mirar por si descubría una caravana. Pasaba junto a niños que lanzaban una pelota de plástico color amarillo chillón por encima de varios coches, hacia allá y hacia acá, una y otra vez.

En un vehículo minúsculo ladraba un pequeño teckel de pelo duro. Las ventanillas estaban herméticamente cerradas. Sus dueños le habían dejado solo, sufría del calor, tenía la lengua fuera al máximo. El pequeño perro se parecía mucho a aquél de la casa junto a los viñedos de Grinzing, con el que Gustav había jugado a menudo cuando tenía seis o siete años. Mucki pertenecía a los porteros, que vivían en la planta baja. Tenía mucho afecto al animal y una noche, antes de irse a la cama le dijo a su padre, que en aquella época tenía poco tiempo para él: «¡Quiero a Mucki mucho más que a ti!». Ludwig se quedó callado, profundamente afectado. Gustav jamás volvió a repetir su comentario.

En cuanto hubo desaparecido el hijo del alcance de su vista, la madre se dirigió a la barandilla y echó un primer vistazo al cuerpo resucitado de su difunto marido. Le saltaron las lágrimas al verlo tendido así. Un señor quebradizo se paró a su lado, era mayor que la madre, pero la apoyó.

—¿Puedo hacer algo por usted? —le preguntó—. ¿Qué ocurre?

Le dio las gracias, y, por una vez, guardó silencio total.

6

Gustav avanzaba en lo alto por encima de las tibias de padre en dirección a las rótulas y cada veinte metros miraba hacia abajo. Se paraba junto a cada farola y lanzaba una mirada a lo hondo, su corazón latía, tan veloz, tan irregular, como no lo había hecho desde los años antes de la operación. Llegó a la altura de una muy espaciosa caravana de color beis, descolorida por completo en los lados. Las blancas cortinas de encaje estaban corridas en todo el vehículo.

Empezó a llamar a la puerta del copiloto. Sin respuesta. ¿Sus ocupantes habrían bajado? Miraba en derredor, intentaba adivinar quiénes podrían ser. Entonces sonó desde dentro una voz sonora de hombre.

—*Yeah? Whaddayawant?!*

Se disculpó por la molestia, cuando la puerta trasera se abrió: un señor mayor apareció, muy enjuto, con nariz grande y puntiaguda. El pelo, medio blanco, medio amarillento, se le pegaba pringoso a la cabeza. —*Whaddayawant?!* —repitió.

Uno de los cristales de sus gafas estaba rajado. Gustav se fijó en el impermeable azul que el hombre llevaba aun y el pesado calor estival. Sin embargo, debajo reconocía un traje gris oscuro con rayas claras en combinación con un chaleco de un intenso tono verde botella, lleno de bonitos botones de madreperla, y una camisa blanca como la nieve.

—*So? What is it?* —quería saber el hombre de nuevo, esta vez de forma algo menos ruda.

Gustav tenía la impresión de que hablaba con cierto acento, le preguntó si su lengua materna era el español. El viejo se sacudía como si las personas de habla hispana fuesen del todo inferiores. Su padre procedía de Estrasburgo, su madre había sido una *woman from Vienna*, respondía, *a weanerin, as one says in Austria. And my sister has a café in Vienna, near the Riesenrad, in the Wurstelprater, called Mozart.*

Gustav estaba exultante:

—¡Qué bien! ¡Mi madre también es vienesa! Nacida y criada en Viena. Podemos hablar alemán, si quiere. —Quería secundar el comentario con la petición urgente para que Rosa utilizara el lavabo.

—No me siento demasiado molesto por este embotellamiento. —Empezó el propietario de la caravana su discurso, antes de que Gustav pudiese lanzar su pregunta—. Cuanto más largo es un viaje en mi hogar rodante, tanto mejor. Para mí, los aviones son el más espantoso invento de la humanidad. Sólo con los aviones las guerras se han convertido en orgías de destrucción masiva. ¡Sin aviones el mundo estaría mejor! —Se sacudía, se tambaleaba, extendía sus manos gigantescas como alas, agitaba los brazos—. ¡No, todo menos volar! Con mi caravana viajo por EE.UU., y en Europa voy en tren. Es que puedo viajar gratis en tren por toda Europa, porque he trabajado para el *railway*, fui director de la Victoria Station de Londres.

—Discúlpeme, si le interrumpo —intentaba decir nuevamente Gustav—. ¿Me permite preguntarle algo...?

—Se lo permito, naturalmente, se lo permito. Realmente, era jefe de estación de una de las estaciones de trenes más grandes del mundo, de 1947 a 1988, nada menos que cuarenta y un años, ¿conoce la Victoria Station de Londres? Pero también en EE.UU. me gusta utilizar la red, una vez crucé treinta y siete Estados, ¡en un solo viaje del este al oeste! ¡Lo juro! ¡Por la vida de mi hermana! Esto aguanta un tren, como se suele decir en Austria. ¿Por dónde iba?

—Se trata del siguiente problema, si me permite interrumpirle un instante: es que mi madre es una señora mayor y necesitaría urgentemente...

—¡Qué bien, poder hablar con usted en alemán! Un placer, de verdad. Lo dicho: el único vuelo de mi vida, ¡un horror, de cabo a rabo! El despegue todavía lo soporté más o menos, incluso el vuelo fue llevadero, ¡pero el aterrizaje fue absolutamente insufrible! —Sus brazos, extendidos como alas, salían disparados y su cuerpo se balanceaba como un avión de fuselaje ancho que se dispone a aterrizar en medio de una tormenta—. ¡Estos aterrizajes! —repetía.

—Yo estuve a menudo con mis padres en la Victoria Station —dijo ahora Gustav, en lugar de plantear de una vez la petición de su madre. Su mirada se fijó en una ancha cama sin hacer en el interior de la caravana, unos fogones para cocinar y una mesa de comedor cubierta con un hule blanco. Encima había una botella de ginebra medio vacía. Reinaba un gran desorden, camisas, pantalones, calcetines estaban dispersos por el suelo, en medio de periódicos, revistas, papel higiénico—. Porque nosotros viajábamos solamente en tren de Viena a Londres para visitar a los amigos de juventud de mi madre, los hermanos Wasserstein, que eran propietarios de una librería de libros antiguos en alemán. Mi madre tenía un terrible miedo a volar, así que tomábamos el coche cama, vía Oostende, pasábamos el canal de la Mancha en trasbordador, el barco era una especie de puente gigantesco por el canal...

—El tren de Viena llegaba al andén dos, *track two, always* —se animaba el jefe de estación—, y los taxis se acercaban hasta el mismo tren, del coche cama se subía directamente al taxi, ¿lo recuerda todavía? ¡Deploro el final de la época en la que se podían hacer todavía viajes de lujo en tren! Algo así sólo existía en los transatlánticos, que ahora también ya están casi extinguidos. Aunque quiero añadir, por decirlo de alguna manera, *for the record*, que en un par de años tampoco quedarán coches cama, lo noto, lo presiento. Del mismo modo que hoy ya no hay rejillas portaequipajes, cuánto amaba esas rejillas, desde mediados de los años sesenta desaparecieron por completo, en toda Europa no queda ya ni un solo tren con rejilla portaequipajes, todo son barras metálicas fijas, qué horror. Entiéndame bien: para mí esto era, siendo yo un chaval, lo más bonito, una rejilla de éstas, ¿usted todavía las llegó a conocer en su infancia? No existen palabras para describir la felicidad que me producía entrar con mis padres en un compartimento de tren y quedarnos solos allí dentro, corríamos las cortinas del pasillo, nos poníamos cómodos los tres, padre, madre y yo, y a propósito montábamos un caos, esparcíamos todo, ropa, provisiones, libros, medicamentos, para que nadie se atreviera a entrar en nuestro compartimento, aparte del revisor, se entiende. Esto disuadía a cualquier intruso. Y apenas empezaba el viaje, yo me subía a la suave rejilla portaequipajes, ¡hasta que tenía dieciséis, diecisiete, incluso hasta los dieciocho años! Qué sensación: esa vista desde arriba, inmediatamente debajo del techo redondo del vagón, hacia abajo, a las cabezas de mis amados padres, y hacia fuera, a las vías, hacia los campos que pasaban...

—Si me permite un instante preguntarle algo... —insinuó Gustav desesperadamente.

—Prefiere saber más de mis experiencias en los grandes barcos, ¿a que sí? Mi más grandiosa travesía del océano la viví en el *France*, ¡Dios mío, qué barco enorme, uno de los más hermosos que existieron jamás! Yo estuve en 1973 en el último viaje. Cuando hubo que atracar en Le Havre, tras seis días de viaje, el personal del puerto hizo huelga, no podíamos bajar del barco. La tripulación se solidarizó con los trabajadores del puerto y todos los pasajeros que no necesitaban urgentemente bajar a tierra, podían quedarse a bordo. Viví diez días a todo trapo, el personal sacó las mejores comidas de los congeladores, y naturalmente abrió los mejores vinos, fue sensacional. Ha de tener en cuenta que en el *France* trabajaban ciento ochenta y ocho cocineros.

—Mi padre viajaba a menudo en el *France* y yo también, incluso hay una foto mía, tomada en el comedor. —Gustav pensaba que debía hacerse notar más decididamente, consideraba que era su única oportunidad para colar la cuestión del lavabo. El viejo, sin embargo, seguía inmutable.

—Tengo una gran relación con los jefes de cocina, pues mi padre era en la Viena prebélica un chef conocido, trabajó en los hoteles de alto copete, el Imperial y el Carlton. Usted, joven, no se puede hacer una idea de cómo adoraba yo a mi padre, incluso cuando ya tenía veinte años, la generación de ahora se relaciona bien poco con sus padres, ¿para qué negarlo, verdad? Pero entonces llegó la guerra, enseguida le llamaron a filas, justo a principios de la campaña de Polonia. Y a mí me tocó el frente oriental. Ya no vas al lavabo, se lo aseguro, sencillamente te olvidas por completo de mear y cagar. Al camarada de al lado le arrancaron la cabeza de un balazo, delante de mis ojos. Sólo porque un sonado hizo política y otro sonado, es decir Stalin, se opuso a él. ¡Los baños de sangre me llegaban hasta las tetillas! Si fuera posible que una época se diera la puntilla, este siglo habría cometido un suicidio...

El propietario de la caravana se sacudía en silencio, sus hombros se levantaban y bajaban a un ritmo veloz, como si riese. ¿Lloraba?

—A propósito del lavabo... Resulta que mi madre necesita urgentemente...

—¡Ni hablar! Si permitiese a su madre usar mi váter

químicamente regado, la gente vendría en manadas a mi puerta para pedir lo mismo que le permití a usted. —Su voz adquiriría un deje lloroso, doliente—. Desde que empezó el atasco, temía que alguien me lo pidiese, por eso estaba tan aliviado al encontrarme delante de mi puerta con una persona tan educada como usted, que no quería esto de mí para nada. Olvídelo. Definitivamente, no puede ser. ¡Nada de eso!

Pero allí ya estaba la madre frente a él:

—Gracias, es usted una buena persona —susurraba y subía, delante de sus narices, a su hogar sobre ruedas, abrió una puerta estrecha y la cerró desde dentro.

—¡Qué desfachatez más increíble! —silbó el atropellado.

Gustav se deshacía en disculpas, le daba las gracias con cordialidad, no servía de nada.

—Hay un límite, y ustedes dos lo han traspasado —gruñía el hombre—. ¡Esto es un atraco!

Gustav sacó un billete de diez dólares del bolsillo de su pantalón.

—De ninguna manera. Es una cuestión de principios. Reconozco que habíamos llegado a establecer cierto contacto entre los dos, usted y yo, pero una cosa no tiene nada que ver con la otra.

Se oía el rumor de la cisterna. Madre salió y sonreía como una ganadora de la medalla de oro en una disciplina olímpica.

—Muchísimas gracias. Mi hijo también necesitaría... ¿le permite...?

—Madre, vámonos, el señor ya está muy enfadado con nosotros... —Tiraba de la manga de la chaqueta de Rosa—. ¡Marchémonos!

—Pero ¡tú ya no podrás aguantarte mucho tiempo! Por cierto, tiene usted un increíble parecido con mi antiguo profesor particular de matemáticas, el famoso filósofo Karl Popper que, sin embargo, murió hace cinco años, ¿alguien le ha dicho esto alguna vez? ¿Es usted judío?

Con un fuerte golpe el antiguo director de la Victoria Station cerró la puerta tras ellos.

El atasco parecía disolverse ahora a poca distancia y moverse en dirección este. Los conductores saltaron a sus vehículos y simultáneamente todos ponían en marcha los motores. Madre e hijo volvían corriendo —todo lo rápido que Rosa podía— al Cadillac. El móvil se había quedado en el asiento, estaba vibrando cuando subían al coche. Gustav giró la llave de contacto.

La madre hablaba con Madeleine, la preparaba cuidadosamente para otra demora, mientras el coche, al mismo paso que los demás vehículos, avanzaba doce, trece metros. Mad, lo oían claramente, estallaba en lágrimas.

—¡Dámela, por favor! —Gustav alargaba la mano para coger el teléfono.

—No quiere hablar contigo. Dice que no puede más. ¿Quieres que le hable de padre?

Gustav negaba vehementemente con la cabeza; esto, temía, innecesariamente pondría a prueba su delicado estado nervioso.

—No, eh, no pasa nada con padre, nada. Te volveremos a llamar en cuanto sepamos algo más concreto. —Apagó el móvil—. Yo se lo habría contado tranquilamente, pero tú sabrás, como tú quieras, tú estás casado con ella, no yo. Cuando lo del padre es algo bonito, nada desmoralizador o aterrador...

Otra vez parados. Se encontraban no lejos del lugar donde la parte central del puente Tapan Zee se elevaba en lo alto. Gustav creía divisar, en la punta de la construcción, al lado de una pequeña bandera americana, una cámara, instalada allí para supervisar el flujo del tráfico. Se bajó del coche, saludaba con la mano en dirección a la viga de acero, largo rato agitaba la mano. Volvió a sentarse al volante.

—¿Qué ha sido esto? —quería saber madre.

—También tú deberías saludar, Amadee probablemente nos puede observar en casa desde su ordenador.

—¿Qué estás diciendo?

—¿Sabes lo que es una webcam?

Madre negaba con la cabeza.

—¿Qué se supone que es? ¿Qué tiene que ver esto con mi nieto?

Estaba demasiado cansado para explicarle cómo era posible que Amadee podía mirar el puente.

—¿Significa esto que puede ver a Ludwig?

—La cámara sólo ve la superficie del puente, no lo que sucede debajo.

—¡Gracias a Dios! Si no, gente en todo el mundo podría... ver a papá tumbado allí.

—¿O sea, que sí sabes qué tipo de cámara es?

—Déjame descansar un poco, Gustav, por favor.

La radio local informaba que los trabajos de recogida y limpieza se alargarían, según las previsiones, hasta primera hora de la tarde. Entretanto se había sabido que el camión siniestrado transportaba tolueno, una sustancia líquida e incolora, obtenida del petróleo y el carbón, que servía para la producción de sacarina, se usaba para tintes de pelo, en la fotografía y en la industria farmacéutica. Unos cuantos conductores que habían estado cerca del lugar del siniestro, habían sido trasladados a los servicios de emergencia del pueblo de Tarrytown, con sospecha de intoxicación. El tolueno tenía un efecto anestésico y el contacto directo podía provocar irritaciones de mucosa. No había motivo para que cundiera el pánico.

El viento soplaba del oeste hacia el este, apartando de madre e hijo los vapores.

—¿Que no hay motivo para que cunda el pánico? —despotricaba Rosa—. Este tipo de cosas siempre me provocan jaquecas y mareos horribles.

—¿Tolueno…? No me suena para nada.

—En general, sabes muy poco, tú. Ya me he dado cuenta de que, especialmente de cosas prácticas, tienes muy poca idea. Siempre fuiste de efectos retardados, en todo. ¿Quién, por todos los santos, se deja hacer los bocadillos hasta los once años? Pero ahora quiero por fin mirar a padre, antes no quería, con la vejiga a reventar, enséñamelo de una vez, entonces esta locura que has causado con tu consabido talento para perderte, al menos habrá tenido algún sentido.

Madre hacía como si no hubiese estado ya largo rato al borde del puente mirando hacia abajo; sin razón alguna, mentía. Así había sido siempre.

—¿Todavía no has ido a mirar? Esto no me lo puedo creer. —Le seguía Gustav el juego.

—¿Yo? ¿Con la vejiga llena? ¡Nunca! Tú me conoces.

La cadena de radio retransmitía un aria del *Don Carlos* de Verdi, cantada por Maria Callas en el papel de Elisabeth de Valois.

—¡Apaga esto enseguida! ¡Si ésa está sólo lloriqueando!

En cuanto padre escuchaba en la radio una voz aguda de cantante exclamaba cada vez: «¡Si ésa está sólo lloriqueando!».

Después de apagar la radio, bajaron del coche, con dificultad se abrían paso entre los capós, guardabarros y parachoques en dirección a la barandilla del puente. Le turbaba la idea de dirigir nuevamente la mirada hacia abajo, por un lado, temía no volver a ver a su padre tumbado allí abajo. Por otro lado, le daba miedo volver a ver al padre tumbado allí abajo, igual que antes.

Rosa le eximía de esta decisión:

—Déjame sola, por favor —le gritó—, no quiero que estés conmigo cuando mire hacia abajo.

Dio la vuelta, abrió el maletero y buscó en el equipaje de mano la botella de agua mineral que había comprado en Reikiavik. Estaba medio vacía, vertió el resto en la carretera y se metió a gatas en el maletero. Sus piernas quedaron colgando fuera por la mitad, la cabeza estaba muy metida en el interior. Se tumbó acurrucado de lado como un embrión, abrió la bragueta y meó en la botella de plástico. Sentía como irradiaba el calor de la orina en la palma de su mano.

¡Qué fácil es para nosotros, los hombres!, había constatado padre a menudo; en sus viajes en coche cama siempre se llevaba una botella vacía. En el compartimento, para no tener que bajar de noche y correr por el pasillo al escusado o mear en la bacía de porcelana bajo el tocador, prefería usar la botella de pipí, como la solía llamar. ¡No olvidéis —gritaba a su familia en todos los pisos de la infancia de Gustav—, meter la botella de pipí en el equipaje! ¿Y tengo todavía bolinches frescas? Los bolinches eran las bolitas de cera que se metían profundamente en los oídos, perlitas de color rosa de la empresa Oropax, que para los viajes nocturnos en tren resultaban imprescindibles.

Gustav volvió a enroscar la botella de plástico, la guardó en el rincón más recóndito del maletero. Cuando salió de su escondite, le observaba una tropa de gente. Intuían lo que habían sido sus quehaceres en el maletero. Un tipo musculoso con bronceados brazos desnudos se reía a carcajadas, le hizo saber que había tenido la misma idea. La única alternativa era plantarse en la barandilla del puente y dirigir sus necesidades hacia abajo, al río. Gustav asentía en silencio. La idea de que ahora mismo todos los hombres y muchachos en fila a lo largo del puente hacían sus necesidades sobre el cuerpo de Ludwig Rubin lo torturaba.

La madre volvió del borde del puente, lívida como una sábana.

—Una historia muy muy rara. Me da algo de miedo. Abordé a una joven bastante guapa que estaba cerca, le pedí que mirara hacia abajo y me dijera lo que veía. Porque pensaba que me había vuelto majareta, y el nenito y yo simplemente nos imaginamos cosas que no hay. Al rato, me clavó una mirada completamente aturdida y se alejó de mí corriendo, a toda prisa. Como si hubiese visto un fantasma; realmente, estaba completamente fuera de sí.

7

Padre había muerto once meses atrás, después de un año de tortura de día y noche. Un año en el que había estado tumbado casi completamente inmóvil boca arriba, pidiendo ayuda con un timbre, cuatro, cinco veces en una hora llamando, rogando que le ajustaran la almohada, lo recolocaran, lo empujaran hacia una posición más llevadera. Un infarto cerebral le había alcanzado con la fuerza de una guillotina. En las primeras tres semanas no era capaz de pronunciar palabra alguna. Y cuando volvió a poder hablar, luchando por cada sílaba, ordenó a su mujer y a su hijo que le devolvieran la pierna derecha que yacía allí, en la cama de al lado. Gustav le hizo saber que su pierna era parte de su cuerpo, como siempre lo había sido. Eso lo irritó todavía más, «¡no!», gruñía, «si yo la veo, está allí, devolvédmela! ¡Fijadla a mi cuerpo, no puedo vivir con una sola pierna, mientras dejo la otra allí en la cama de al lado!».

Para desviar su atención, Gustav le habló de un juego que antaño habían jugado a menudo, se llamaba «tienda de niños»: en una ciudad un poco más grande había tiendas donde se vendían niños. Si el comprador, tras un plazo de prueba, no estaba satisfecho con un muchacho o una muchacha, porque era maleducado, feo o tonto, o por la razón que fuese, podía, a cambio de un insignificante recargo, cambiar al niño comprado por otro. Y si todavía no estaba contento con este nuevo niño, existía una última oportunidad de cambiar otra vez al muchacho adquirido, al chico trocado, si bien en este caso por un recargo muy alto. Se imaginaban mil detalles de estos excesos de compra y cambio, el padre y el hijo, en sus excursiones, en sus regresos antes de dormir o después de levantarse, los domingos por la mañana. No pocas sucursales poseían un departamento de miembros corporales, donde reparar o comprar piezas de recambio de brazos, piernas, ojos, narices, manos y pies heridos. También se podían escoger nuevos modelos y acoplarlos al cuerpo infantil. Todo esto, naturalmente costaba mucho dinero, no obstante, siempre había bastante clientela que visitaba estas tiendas de niños para abastecerse de prole.

El padre permaneció en silencio. Intentaba comprender su mano izquierda, paralizada por la apoplejía, mediante su mano derecha; acariciaba la izquierda con la derecha como si fuese un gatito que ronroneaba en su regazo. En cada visita Gustav se esforzaba por mantener una conversación, «¡querido padre!», exclamaba para saludarlo, «querido hijo», gemía Ludwig con voz profunda, una voz que no le correspondía para nada. Cada vez se le ocurrían menos frases, materias, informes para recitar al padre. La lectura de libros informativos que padre había leído en otras épocas por pura curiosidad en un solo día, o el repaso de las noticias del mundo, tampoco provocaban reacción alguna. Estaba tumbado en silencio allí o sentado inmóvil en su silla de ruedas, la mirada puesta en la lejanía, y no pocas veces cerraba los ojos en estos momentos. Las últimas palabras que dirigió a Gustav —se le entendía con gran dificultad, farfullaba, tanteaba las letras, palpaba las consonantes y vocales—, la última frase rezaba: «hijito, querido nenito, dile a mami que no me proteja siempre tan terriblemente, sin parar, sin parar...».

Lo enterraron al lado de su madre, en el cementerio de Staten Island, la isla funeraria de New York City, que el hijo había visitado con el padre años atrás. Cuarenta grados a la sombra y no encontraron la tumba de la abuela de Gustav. Ludwig no recordaba dónde había enterrado a su madre; volvieron a la entrada del cementerio, bañados en sudor, se hicieron mostrar las listas de nombres, en el libro de registro estaban anotadas bajo la fecha del 8 de diciembre de 1948 la fila y el número de la tumba, llegaron a un sepulcro hundido en hierbajos, apenas podían descifrar el nombre de Selly Branden Rubin, nadie había estado aquí jamás desde el entierro. En cuatro décadas ésta era la primera y única visita a la tumba de su madre; depositó una pequeña piedra en la estela, diez años antes de que se convirtiera en su propia sepultura.

Durante once meses rezó Gustav Robert Rubin el *kaddish* para Ludwig Ilan Rubin, que solía llamar el compromiso religioso de su hijo un retroceso hacia la Edad Media. «¿La palabra Ilustración no te suena? ¡Precisamente tú, Gustav, como historiador, deberías darte cuenta de que tu giro a la devoción significa una traición de los ideales de tus antepasados liberados del yugo de la fe! ¡Hazme el favor de no volverte demasiado piadoso! ¡Hazlo por mí!»

Durante once meses decía tres veces al día las palabras Yisgadal, …¡*Veimru*, amén! Hasta las almas más infames, así está escrito en los libros de leyes, en el Talmud, en el Shulchan Aruch, no necesitan doce meses para lavar sus pecados y escapar del purgatorio, sino once como mucho. Pocos días antes de su partida de Viena, los once meses de *kaddish* habían tocado a su fin, y Gustav había rezado en una pequeña sinagoga en la Crünangergasse, en presencia de Lichtmann y de ocho hombres más, por última vez la oración de difuntos para su padre.

«Mi pasado no me interesa.» Padre no dejaba pasar ninguna ocasión para repetir su declaración de fe. «Miro al frente, siempre adelante, adelante, yo pienso en el momento y pienso en el futuro, no en lo pasado, en el ayer. Si algún día ya no estuviera, después de haber cumplido ciento veinte años, no me busques en un cementerio, por Dios, en el que no creo, visítame en el riachuelo que se precipita al valle cerca de Tarasp, allí arriba, en el bosque, donde construimos el dique cuando tenías once años. Hasta que cumpliste trece años nos deslomamos allí cada verano. O búscame en los lugares, en las regiones que cruzamos a pie, en nuestras excursiones anuales. Ve a los sitios en los bosques donde hicimos una fogata, ¡¡¡en la Engadin!!!, en Umbria, al pie de los Pirineos. Busca los lugares donde asamos patatas a las que luego limpiamos su dura piel carbonizada, quemándonos los dedos para poder comerlas. ¡Todavía echaban humo! Búscame allí donde encontramos arándanos, setas y bayas del bosque, las favoritas eran las fresitas, siempre las llamábamos *strong*, pues nos fortalecían especialmente. En todos estos lugares mencionados me encontrarás antes que en un camposanto.»

Y Gustav fue a buscar a Ludwig en aquel riachuelo encima del pueblo de Tarasp en la Baja Engadin, nada más pasados unos meses tras la muerte del padre. Durante tres veranos habían cargado allí pesadas piedras, habían trasladado rocas de tamaño mediano en fatigas diarias a lo largo de las semanas de las vacaciones escolares, con la meta ante los ojos de crear un puerto, una piscina ancha y larga, donde fletar barquitos de madera y botes de papel plegado. Para esto, sin embargo, había que domar un trecho entero del riachuelo, había que frenar la caída salvaje del agua hacia el valle con la ayuda de diques de la altura de una vara. Y consiguieron crear poco a poco una excavación, construir el puerto, el dique aguantaba, el penúltimo día antes de la partida del veraneo de Tarasp tuvieron por primera vez ocasión de enviar su pequeña armada de barquitos hechos a mano a lo largo de treinta, cuarenta metros por los cristalinos rápidos del arroyo y observar cómo los barcos y chalupas en miniatura, las góndolas de papel y cajetillas de cigarrillos echaban anclas en la dársena burbujeante, de blanca espuma, excavada por ellos, y cómo se arrimaban, dirigidas como por manos invisibles, a las riberas de la bahía que Gustav y su padre habían creado en un duro y feliz trabajo. En la estrecha, empinada senda del bosque que llevaba, según pensaba, a este sitio, tropezó, resbaló hasta el lecho del arroyo, escaló después rocas que formaban un vado pétreo, pasó a la ribera de enfrente y siguió escalando hacia arriba.

Un ciervo colosal se hallaba de repente delante de Gustav, alto, ancho y potente, con la cornamenta de diez puntas, no se dio a la fuga sino que humedecía el morro negro con su lengua grande y parecía estar sonriendo. El ciervo se quedó plantado allí, clavado con fuertes patas en el suelo, la cabeza, la cornamenta ligeramente inclinada, no en posición de ataque sino de saludo. Así permanecieron, hijo y ciervo, *tête à tête*, cara a cara, el hombre inmóvil, el animal inmóvil, durante un minuto. Y entonces, el ciervo le dio la espalda a Gustav, pataleando cuesta arriba, sin prisa alguna.

Tres meses transcurridos tras la muerte de padre, el hijo de nuevo intentó forzar un encuentro, en una ruta para excursionistas cerca de la ciudad de San Gimignano, tomando los caminos que atravesaban los viñedos de la Toscana donde antaño, cuando Gustav tenía doce años, había trotado desfallecido en pos del padre con sus vigorosas piernas. Padre Quijote, hijo Sancho Panza. Antes de la última hora de la tarde nunca sabían dónde pasar la noche, todo estaba dejado al azar. Y siempre encontraban un techo donde cobijarse, en granjas o pequeñas casas particulares en las lindes de los pueblos.

Buscaba y no hallaba nada allí, ninguna señal, ningún augurio. ¿O sí? Volvió a encontrar el camino de vuelta a Certaldo, la patria del poeta Boccaccio.

No lejos de la aldea de Certaldo habían arrancado, en aquel entonces, uvas de las vides, era un día muy caluroso de verano, las uvas estaban maduras y dulces, calientes por el sol, robaban cada vez más bayas, cada vez más embriagados por el hurto. Entonces oyeron el grito salvaje de un hombre, veloz se acercó el extraño, saltando cuesta abajo como una cabra. Estaba sin afeitar, sin peinar, la ropa manchada de tierra. Gesticulando, llamándoles a gritos fue corriendo hacia ellos. Padre susurraba asustado: éste es el granjero, el propietario del viñedo. Y cuando el hombre se hallaba a pocos pasos de ellos, arreó a Gustav un bofetón, como castigo por el hurto que juntos habían cometido. Todavía antes de que le saltaran las lágrimas a Gustav, oía como el granjero se lamentaba: «¡No!, ¡no!, ¡no!», y padre se disculpaba ante el propietario del viñedo, sabía bien italiano, al menos lo suficiente como para expresar convincentemente su arrepentimiento.

El granjero estaba fuera de sí. Pero no a causa del robo, no, de ninguna manera, al contrario, estaba fuera de sí porque el padre había dado una bofetada a su hijo. «¡Coja!, llévese cuantas quiera», eso fue lo que les gritó, «me ha malinterpretado, coja, se lo ruego, las que quiera.» E invitó a los dos a su casa, en la cresta del viñedo, allí vivía el *signor* Casertini con su mujer y sus cuatro hijos. Se quedaron a cenar, comieron un pollo asado con ramitas frescas de romero, tomaron el vino del granjero, también Gustav bebió, a pesar de su corta edad. Pasaron la noche allí, en la mullida cama matrimonial, en la parte trasera de la granja, con una imagen de la virgen encima de sus cabezas. Padre, sin embargo, nunca se disculpó ante Gustav por la bofetada.

—Ven, esta vez quiero que miremos los dos juntos hacia abajo —propuso Rosa y le sacó de su ensimismamiento. Se abrían paso entre los coches y las aglomeraciones de gente.

—¿Te das cuenta?: todos, todos pequeñoburgueses —despotricaba la madre.

—¿En qué lo notas?

—Yo esto lo noto simplemente. Sin más. Repugnante. Están comiendo con papelitos. Con las manos. Ni un obrero a la legua, los obreros tienen algo noble, hasta en América, y tampoco veo a ningún intelectual, y apenas niños y animales.

—Hace un momento he visto unos niños, madre, y el grito de los animales de matadero también lo has oído tú...

—Sólo miserables, feos pequeñoburgueses... ¡Dios, cuánto los odio!

—¿Y qué pasa con la *strech limo*? ¿No tienes curiosidad por saber quién va dentro?

—¡Seguramente también pequeñoburgueses!

Gustav se quedó enganchado a un parachoques torcido y se abrió de un tirón la parte baja de la pernera izquierda, pero ocultó su infortunio. Rosa seguramente pondría el grito en el cielo.

—¿Al final has ido a hacer pipí? —quería saber.

—Madre, tengo cuarenta y cinco años. ¿No crees que tengo edad suficiente para encargarme yo solo de estas cosas?

—No discutas conmigo, nenito. Padre nos escucha. Cuando ocurre algo tan increíble no debes criticarme. Está sucediendo un milagro ante los dos, ¿y tú me amonestas? ¡Si estoy todavía completamente confusa, al menos tanto como tú! Sé bueno. Trátame bien. O, al menos, un poquito mejor.

Estaban parados en la barandilla del puente y miraban hacia abajo, al Hudson. Allí yacía él, monstruo, ángel caído, hermoso varón, muerto viviente, fuente vital desaparecida. La funeraria de Nueva York ya había encerrado al pequeño cuerpo, lavado según el ritual, en un ataúd sencillo, cuando llegó Gustav, un día tras la muerte de Ludwig. Inmediatamente antes del entierro, la caja de madera estaba expuesta en un sucio galpón de herramientas del cementerio, junto a misales rotos y aperos de jardinería oxidados. El suelo enlodado se veía lleno de pisadas. Al lado, una plataforma gris de piedra, donde lavaban a los muertos, en medio un agujero, donde se colaba el agua. El féretro estaba cubierto con un paño negro de terciopelo que lucía una gran estrella de David bordada con hilos argénteos. ¡Cuán estrecho se veía el ataúd, como una caja de cartón! Era difícil de creer que el cuerpo de Ludwig cupiera en ella. Cerca de la plataforma había un banco donde estaba el pijama enrollado de padre, el de las rayas azules y blancas, en el que siempre había parecido el preso de un campo de concentración. Y junto al pijama, un gran pañal; los lavanderos habían olvidado tirarlo.

SIBYLLE LEWITSCHAROFF
Stuttgart, Alemania occidental, 1954

Sibylle Lewitscharoff junta novela histórica con historia familiar, mezcla lo trágico con lo cómico, la mística con la cultura pop. El ensayo filosófico le es tan familiar como la novela policiaca, géneros en los que ha destacado después de haber debutado en el teatro radiofónico. Su burbujeante imaginación literaria no va a la zaga de la sutileza intelectual ni del furor verbal; su humor satírico no está reñido con la reflexión teológica. Sibylle Lewitscharoff es probablemente la más excitante, la intelectualmente más fogosa autora de la literatura alemana de la última década.

Hija de madre alemana y padre búlgaro, estudió Ciencias de la Religión, antes de hacerse un nombre con obras de teatro radiofónico sobre las desgracias hilarantes del despiadado mundo laboral. Ya con su primera novela, *Pong* (1998), ganó el premio Ingeborg Bachmann. En *Montgomery* presentó un ejercicio de imaginación y lucidez narrativa, en el que un productor de cine de Stuttgart reflexiona en Roma sobre el amor, el mundo del cine y su nada amada patria. En *Consumatus*, despliega con desbordante ironía el monólogo de un profesor borracho que hace desfilar los muertos de su vida. Cargada de humor cáustico, *Apostoloff* (publicada en España por Adriana Hidalgo Editores en 2008) relata el viaje de dos hermanas alemanas a Bulgaria, la patria de su padre, en el que se abre un catálogo de prejuicios y miedos alemanes ante los países del Este y sus habitantes.

En *Blumenberg* (Adriana Hidalgo Editores, 2013), sin embargo, obra que le valió el premio Büchner, Lewitscharoff rompe el molde de la novela intelectual, añadiéndole animales imaginarios, monjas socarronas, amores irreales, enlaces trágicos y un nirvana en la selva amazónica. Presenta un sagaz homenaje al judío filósofo alemán, a la figura del pensador íntegro y solitario en general, que se completa con fascinantes personajes secundarios y deliciosas divagaciones metafísicas. El libro más reciente de la autora, *Pong redivivus* (2013), contiene una divertida continuación de las aventuras grotescas del megalómano protagonista de su primera novela.

Por cortesía de la autora reproducimos el primer capítulo de su novela policiaca inédita *Killmousky*.

KILLMOUSKY

Estaba tendido en la cama. A su lado dormía Killmousky. Ahora ya hacía algún tiempo, para ser exactos; había sucedido una noche de domingo en mayo de 2011: el comienzo de una gran amistad, como dicen al final de *Casablanca*. Lo que había entre Killmousky y él había empezado como una especie de amistad de película, y justamente aquel domingo de mayo, diez minutos después de medianoche. Ellwanger acababa de pulsar el botón de apagar del mando a distancia. Se desvaneció la imagen, envuelta en una blanca niebla con el logotipo naranja del segundo canal. Había estado viendo una serie negra inglesa que le divertía infaliblemente: *Inspector Barnaby*. Esta vez hasta había sido muy graciosa. Como siempre, la campiña inglesa estaba repleta de asesinatos absurdos. Le gustaban el fornido inspector y su fiel asistente, sobre todo le gustaban los fantásticos actores —que aparecían con el rústico atuendo de los habitantes de provincia ingleses—, sin olvidar la vida interior de las casas señoriales y *cottages*, con sus objetos curiosos y las escaleras estrechas que conducían a minúsculas buhardillas. Con este telón de fondo carecía de importancia que los asesinatos fueran surreales, y el móvil, generalmente bastante retorcido, especialmente por su reincidencia. En cada episodio había al menos tres o cuatro cadáveres. Todo falaz, pero ameno y relajante.

Esta vez, el inspector Barnaby tenía que vérselas con un pequeño gato negro, al que llamó enseguida Killmousky. Barnaby tenía alergia a los gatos, y también en todo lo demás era enemigo de las mascotas, al menos no las quería en su propia casa. Pero, a pesar de tener la culpa de la nariz enrojecida del inspector, parecía que Killmousky podía quedarse, suposición que los subsiguientes episodios desmentirían.

El nombre gracioso del gato no se le iba de la cabeza a Ellwanger, entretanto ya se le había borrado de la mente quién había muerto y por qué. Divertido, acababa de encenderse el último cigarrillo antes de acostarse, cuando delante de la puerta de la terraza se oyeron unos maullidos y lloriqueos. Abrió la puerta y entró un pequeño gato negro con la cola en alto. En serio: ¡Killmousky había ido a su casa! Como mucho diez minutos después de finalizar el programa.

Despreciaba a los animales domésticos tanto o más que Barnaby y no tenía la más mínima intención de acoger al bicho. Pero la coincidencia era tan sorprendente que no lo echó inmediatamente. Al poco rato hasta se vio que era gato y no gata. ¡Realmente, un verdadero Killmousky!

El gato primero inspeccionó las habitaciones, a fondo, aunque por lo visto sin miedo alguno, y después frotó la cabeza negra contra la pierna del habitante legítimo.

No pasó mucho tiempo hasta que el dueño de la casa vertiera un poco de leche en un cuenco y sacara un resto de paté de la nevera. Dos días más tarde ya sabía que era mejor servir a los gatos la leche diluida con unas gotas de agua y no dársela pura; aprendía rápido. Killmousky parecía hambriento. Era pequeño, de complexión grácil y extremadamente delgado, negro de los pies a la cabeza. Su pelo relucía. Y después de la comida, Killmousky no mostraba la más mínima intención de marcharse, repetidamente le abrió la puerta de la terraza para que saliera. Pero cada vez el gatito titubeaba en la puerta y se daba la vuelta de nuevo. La cosa terminó con el gato durmiendo ya la primera noche en la cama del dueño de la casa. Era, evidentemente, el comienzo de una gran amistad.

Killmousky era gracioso. Actor nato. A Ellwanger ya le resultaba imposible imaginarse una vida sin gato. Sí, y su amor por Killmousky era tan grande que ya no se podía decir que el propio dueño de la casa ejerciera sus derechos: pronto se había sometido por completo a los tics y costumbres de su nuevo compañero.

Hacia las seis de la madrugada (en verano), hacia las siete y media (en invierno) Killmousky se complacía en despertarle. Procedía con suma dulzura, pasaba un poco la patita por su pecho, le mordisqueaba los pelos detrás de la oreja y después tiraba de ellos con cierta determinación. Por la mañana, su programa común se llamaba: ¡a la alegre caza en el jardín! Ellwanger en pijama y con zapatillas, cuando hacía buen tiempo. En invierno, cuando había nieve, con el abrigo encima del pijama, calcetines gruesos en los pies, enfundados éstos en botas de agua. Tanto en verano como en invierno, Killmousky daba sus saltos de fanfarroneo en el jardín, con la cola erizada y henchida; hacía de —era difícil de determinar— león, pantera o tigre. La tarea de su amo consistía en perseguirle. El culmen era cuando Killmousky se subía disparado al árbol y hacía equilibrismos en las ramas, mientras Ellwanger, abajo, fumaba su primer cigarrillo, animando al gato. No tan rápido como había subido, bajaba Killmousky del árbol y entonces desaparecía en el jardín vecino, sin molestarse siquiera a volverse hacia él. Ellwanger aplastaba el cigarrillo, cerraba la puerta de la terraza y volvía a meterse en la cama.

Tras la primera aparición del gato había estado mirando en las calles de Solln, si había uno de esos anuncios en los árboles en los que se buscaban a veces periquitos perdidos, o gatos y perros desaparecidos. Pero, aparentemente, nadie echaba de menos a Killmousky. Apenas había pasado una semana, y Ellwanger ya había empezado a comportarse como su legítimo amo, había comprado un trasportín, había llevado a Killmousky al veterinario, le había hecho vacunar y había pedido consejos de alimentación. ¡Jesús, qué ajetreo para meter el gato en el trasportín! Killmousky, desde su cárcel, emitió un gruñido profundo y alterado, y luego se quedó ofendido durante horas.

Después de esto ya no habría entregado voluntariamente a Killmousky por nada en el mundo. El gato ahora le pertenecía.

Esta pertenencia se afianzó dentro de una gran libertad; pues mientras él iba a la oficina, Killmousky pasaba el día fuera, aunque se presentara puntualmente, cuando el dueño abría el pestillo de la puerta del jardín, acompañándole maullando a casa. Por la noche, Killmousky tenía hambre, de eso no cabía la menor duda. Sin embargo, el gato no era un gran comilón, sólo vaciaba su cuenco a medias. Si la comida no le gustaba, ni siquiera la tocaba.

Bien mirado, Ellwanger había tenido suerte con su casita en Solln, de una planta, con cinco habitaciones que, exceptuando la cocina y el baño, daban todas al jardín. Y el jardín era realmente encantador, porque se fundía con el de la propietaria de la casa, separado del suyo tan sólo por unas bolas de boj. Ella vivía más atrás, en una casa espaciosa. En la terraza de Ellwanger habían puesto losas de pizarra de Solnhofen, los árboles daban sombra. Se estaba bien. También porque se entendía excelentemente con la propietaria de las dos casas y del jardín.

Killmousky

Una mujer poco común, de su edad, o sea, en la mitad de la cincuentena; por un lado, una muniquesa de manual, a la que no se le caían los anillos a la hora de ponerse de tanto en tanto un *dirndl*; por otro lado, una mujer de mundo y al mismo tiempo excéntrica. A pesar de que no mantenían relaciones eróticas palpables, él no habría tenido reparos en afirmar que amaba a Frau Kirchschlager. No recordaba haber conocido jamás a una mujer con la que se entendía, de una forma discreta y a la vez lúcida, tan bien. Una y otra vez se iba de viaje durante semanas, trabajaba de restauradora en el Metropolitan Museum de Nueva York o para otros museos importantes del mundo. Conocía el mundo mucho mejor que él, provenía de una familia burguesa. En cambio él, hasta en Múnich, había seguido siendo un hombre de provincias que nunca había podido desprenderse de su origen humilde en la región de Hohenlohe. De Frau Kirchschlager admiraba el libre trato con todos y cada uno, su generosidad y, no en último lugar, su humor profundamente bávaro.

Esa mañana todo era distinto.

Killmousky había hecho grandes esfuerzos para persuadirle de salir al jardín. Ellwanger, sin embargo, se limitó a dejar fuera al gato y volvió enseguida a la cama. Era jueves, un día laboral como otro cualquiera, pero para Ellwanger era un tipo de jueves todavía desconocido. El día anterior había recogido sus cosas, ordenado su escritorio y había dimitido del servicio —como suele decirse— por voluntad propia. Con abundantes palmaditas y los mejores deseos por parte de los compañeros, que habían insistido en que tenía que celebrarlo como era debido el fin de semana. Frau Reidemeister incluso había llorado.

A Ellwanger no se le ocurría ninguna razón por la que debía celebrar su partida. No había motivos honorables para su despido, más bien algo enrevesado. La pensión probablemente le alcanzaría, él era austero, al menos mientras existiera Frau Kirchschlager, que le había dejado la casita por un precio módico, extremadamente módico tratándose de Múnich.

¿Pero por lo demás? ¿Cómo, por Dios, pasaría el tiempo? ¿Con qué? No tenía *hobbies*, despreciaba los *hobbies* con toda el alma. Su padre había sido uno de esos aficionados al bricolaje, una criatura de sótano, gruñón y violento, que regularmente daba palizas a la madre. Ellwanger odiaba los sótanos. Gracias a Dios, en su casa sólo había un sótano diminuto que servía de despensa, ya que allí abajo hacía bastante fresco.

¿Y ahora qué? ¿Mujeres? ¿Cigarrillos? ¿Fernet Branca? ¿Todo el santo día? En cualquier caso, no merodear por el jardín durante horas con Killmousky, el gato desaparecía cuanto antes para ir a lo suyo. Leer el periódico, pensó Ellwanger, a partir de ahora durante dos horas tomaré café y leeré el *Süddeutsche*, y con este pensamiento enseguida volvió a dormirse.

Cuando se despertó eran las diez y media y el problema seguía allí.

Ellwanger se levantó con movimientos más pesados que de costumbre. Al dirigirse a la cocina, para poner la cafetera y meter el pan en la tostadora, le daba la sensación de que arrastraba los pies como un jubilado decrépito.

Por lo visto había nevado. En el alféizar había una gruesa capa blanca.

No debo abandonarme. Fregar el suelo, lavar, tener la casa recogida, pensó Ellwanger, y decidió sacar la ropa de la cama y hacer una lavadora inmediatamente después de desayunar. Con la nieve que había caído durante la noche, de todos modos, no podía salir en zapatillas para sacar el periódico del buzón. No tenía ganas de ponerse otros zapatos, calzarse las estrechas botas de agua. Puso la radio. Un poco de música. Noticias de la ciudad y la región. No estaba del todo atento a lo que oía, pues estaba muy entretenido figurándose qué, por el amor de Dios, iba hacer ahora día tras día. Siempre había trabajado, había trabajado como una mula, irse de vacaciones le gustaba tan poco como al inspector Barnaby, sólo que Barnaby tenía mujer e hija, y a su devoto Sergeant Troy; él, en cambio, no tenía a nadie. Al menos ahora ya no tenía a nadie. Sus subordinados inmediatos, Pilz y Schott, tendrían que apañárselas a partir de ahora sin él, y, quién sabe, tal vez uno de ellos le sucedería en el puesto, Schott quizá, pero esto a él ya no le importaba.

Entonces dijeron su nombre. En la radio. Se levantó y subió el volumen del aparato. Una breve noticia: «... el comisario en jefe Ellwanger, tras las acusaciones levantadas contra él, ha dimitido hoy del servicio. No es de esperar que haya un juicio penal. No ha estado a disposición de la prensa para más información».

Así que esto fue todo. Era de suponer que sería una de las últimas noticias en este asunto. A partir de ahora probablemente se tranquilizarían las cosas. Cierto, había tenido un montón de ofertas de parte de las cadenas de radio y televisión en todo el país, podría haber montado la gran gira de programas de debate y contar con una enorme aprobación. Un par de preguntas peliagudas de abogados que se inflaban artificialmente, más resistencia no era de esperar. No obstante, estaba contento de haber rechazado cada una de estas ofertas. Un hombre no hablaba durante horas de las razones por las que había hecho algo. Al menos, no Ellwanger. Esto era para mujeres que tenían que chismorrearlo todo, como por ejemplo su ex, que al final se había pasado horas y horas en el teléfono. Aunque, tal vez fue un error haber sido tan tozudo.

Ahora estaba sentado allí en Solln y no sabía qué hacer. Las apariciones en televisión seguramente le habrían tenido ocupado un rato, y, quién sabe, le hubiese llevado un flujo considerable de mujeres a su cama, que actualmente sólo compartía con Killmousky. Porque ahora, a diferencia de épocas anteriores, habría tenido todo el tiempo del mundo para dedicarse a las mujeres. De todos modos, cartas de hombres y mujeres, la mayoría de ellas entusiastas y celebrándole como a un héroe, no le faltaban. Y cuando se contemplaba en el espejo, se encontraba todavía de bastante buen ver. Algo delgado, fibroso, con mirada ardiente, y aunque canoso, en la cabeza le quedaba todavía casi todo el pelo.

Simplemente, le horrorizaba tener que explicar a todo el mundo qué había pasado por su cabeza hace cuatro meses, cuando por primera vez estuvo sentado frente a Granitza. Poco a poco ni él mismo ya sabía muy bien qué había pasado allí. Recordaba intensamente los ojos fríos y la piel innaturalmente blanca, la pose despreocupada y al mismo tiempo la tensión con la que el tío había estado sentado en el otro lado de la mesa. Ya se había hablado demasiado de ello, demasiada cháchara y demasiadas suposiciones. En general, la gente hablaba demasiado de sí misma. Era algo que Ellwanger había odiado siempre, a pesar de ser en los interrogatorios un especialista en aprovechar las ganas de largar de la gente.

Untaba su tostada con mantequilla. Cuando la mordió escuchó el crepitante crujido en su cavidad bucal. Sí, la gente largaba y largaba y se delataba a sí misma cada vez más, aunque sólo mientras en el otro lado de la mesa hubiera alguien que supiera cómo poner en marcha el mecanismo de forma adecuada. En este sentido, Ellwanger era diestro como pocos, uno de los grandes, incluso. Siempre se lo habían certificado: Richard Ellwanger, ¡el as del interrogatorio! Era generalmente reconocido como el *crack* del interrogatorio, probablemente el mayor de todo Múnich. Y no sólo eso: su departamento era el que tenía la mayor cuota de casos resueltos de crímenes graves en toda Baviera, y probablemente mucho más allá de Baviera.

La tostada había acabado desapareciendo dentro de él. La primera taza de café estaba tomada. Se encendió un cigarrillo. Antes de la segunda taza, siempre fumaba un cigarrillo. Esto continuaría probablemente igual en los próximos años. Pero quizá sus costumbres cambiarían radicalmente a partir de ahora. Pues ahora estaba obligado a llevar una vida por completo distinta, y todavía ni siquiera sabía cómo hacerlo. Al menos no había nadie alrededor a quien interrogar. E interrogar a Frau Kirchschlager no era, en todo caso, una tarea razonable.

Su técnica de interrogatorio en el fondo no tenía muchos trucos, al menos no se servía de tantos trucos como para haber podido llenar con ellos un manual. Tal vez simplemente poseía el don de ponerse en la piel de la gente. Siempre se presentaba a los sospechosos de forma muy correcta, renunciaba a jueguecitos sucios, no era mezquino cuando deseaban fumar o tomar algo, a veces encargaba una cerveza sin alcohol, cuando tenía la sensación de que su interlocutor necesitaba algo parecido al alcohol, para calentarse un poquito. Tampoco miraba sin interrupción y fijamente a su adversario, más bien apartaba a menudo la vista y miraba por la ventana.

Sin embargo, escuchar era algo que sabía hacer muy bien. Ellwanger había nacido con oídos de murciélago. Pequeñas imprecisiones, un ligero quebramiento de la voz, toses, carraspeo; todo lo estudiaba con la máxima atención, mostrando por fuera calma y ecuanimidad. Ellwanger era la benevolencia en persona, la comprensión ambulante. Todo lo contrario de un agresivo sabueso. Pero ahí la gente con la que trataba se equivocaba. Dentro de él ardía la energía del esclarecimiento que a menudo echaba de menos en sus compañeros. Quería meter a los tipos en chirona. Y cuanto antes y por cuanto más tiempo mejor. Aparte de los tipos, también había hablado unas cuantas veces con mujeres, pero raramente habían sido interrogadas como principales sospechosas, al menos no de los delitos graves de los que se encargaba él.

Volvió a escuchar el maullido en la puerta de la terraza. Esto era insólito. Normalmente, Killmousky vagabundeaba fuera durante todo el día. Incluso en los días que Ellwanger pasaba en casa, solía dejarse ver raramente. Le abrió la puerta. Killmousky entró a paso de paseo, algo titubeante, como si no supiera por qué, levantó la cabeza hacia él —más bien como un perro y no como un gato, pensó Ellwanger—, y después se dio la vuelta y quiso volver a salir.

Ellwanger estaba conmovido. El gato parecía haberse dado cuenta de que algo había cambiado y ahora había entrado para ver si todo estaba en orden. Killmousky me ama, es mi único amigo, pensó Ellwanger con un atisbo de autoconmoción, difícil de distinguir del autocompadecimiento. Enseguida el pensamiento le pareció bastante extravagante. Killmousky probablemente habría mostrado apego ante cualquiera que le sirviera la comida y estuviera dispuesto a practicar con él por la mañana temprano el popular juego del jardín.

Ellwanger sintió no haber presenciado hoy la representación invernal de Killmousky. En cuanto caía la primera nieve, el gato siempre entraba en plena forma. Probaba la nieve, probaba en los primeros pasos cuidadosamente cuánto se hundía, y de repente era presa de un frenesí saltarín: un delirio empolvado de blanco con la cola erizada, que subía disparado al árbol, lo cual era tan cómico que Ellwanger, la única persona en varias millas a la redonda despierta en la madrugada oscura, colmada del resplandor de nieve, se echaba a reír en su jardín.

¿Había cometido un error? ¿Algo fundamental? ¿Hubiese hecho lo mismo, de haber sabido las consecuencias? Sí, lo hubiese hecho. Naturalmente, se había movido en una peligrosa zona gris, y por eso lo habían expulsado del servicio. Ellwanger no se compadecía por ello. Su superior había actuado como debía. Las normas internas hacían bien en no tolerar una extralimitación como la que él se había permitido. De lo contrario, se abrían las puertas a todo tipo de desmanes arbitrarios y ya no se estaría al servicio de la búsqueda de la verdad.

Aun así. Fue la decisión de unos pocos instantes.

Sin reflexionar largo y tendido, sin sopesar cuidadosamente las posibles consecuencias. De golpe y porrazo, Ellwanger decidió dejar de lado su proceder suave e insistente y amenazar al joven. Naturalmente por necesidad. A esas alturas, Ellwanger todavía podía suponer que las dos niñas estaban vivas. El hombre tenía que ver con su desaparición. Dos testigos fiables habían visto como subían a su coche. Los testigos no habían sospechado nada, porque todo sucedió muy tranquilamente. Granitza era un vecino. Las niñas lo conocían bien y seguramente habían confiado en él. Tal vez les había dicho que lo mandaba la madre para recogerlas del colegio.

Su arrogancia era insoportable. Estudiaba Filosofía. Pretendía trabajar sobre Nietzsche y no perder su tiempo con niñas de colegio, si bien admitía haberlas visto algunas veces de lejos. Al fin y al cabo eran gemelas y llamaban la atención.

Haberle ofendido enseguida no fue la razón del rencor que el comisario sintió crecer rápidamente dentro de sí. Un comisario de tres al cuarto como él, de Nietzsche sin duda no tenía ni idea. Ya se podía hablar de suerte si le sonaba su nombre. Ellwanger había encajado con calma estas ofensas. Pero una y otra vez surgió ante sus ojos la foto. Las gemelas eran guapas, y mucho. Como conspiradoras estaban la una al lado de la otra con sus grandes cucuruchos de primaria, de una forma misteriosa e íntimamente unidas. Eran listas, se veía enseguida. Eran encantadoras como sólo pueden serlo los niños que no pretenden congraciarse con los adultos ni pedirles nada.

Ellwanger estaba a todas luces hechizado por la foto, le conmovía. Había visto ya muchas fotos de víctimas, entre ellas unas cuantas mujeres atractivas, pero nunca una fotografía le había hecho encoger tanto el corazón. Si bien era cierto que, a pesar de ser un curtido inspector, nunca había sido insensible a los sufrimientos infligidos a las víctimas.

Siempre hubo un límite, pues un exceso de compasión turbaba la vista. Como investigador se necesitaba una mente sobria para no poner en peligro la investigación con juicios precipitados que obedecían más al corazón que al cerebro.

Pero esa foto le había impactado. Inexplicablemente le entristecía no ser él mismo el padre de las niñas. Nunca le había ocurrido algo así. También los padres de las gemelas enseguida le cayeron muy bien. Vivían en Garching, él trabajaba de ingeniero, ella de técnico en un laboratorio dental. Resultaba obvio que estaban completamente fuera de sí por la desesperación, estaban exhaustos porque no podían dormir. Pero ni una palabra precipitada de acusación contra la policía o contra quien fuese. Les había prometido hacerlo todo, cualquier cosa, para encontrar a las niñas. Y los padres habían confiado en él. La madre le dio temblando la mano al despedirse y apoyó un momento la cabeza en su hombro.

Ellwanger estaba decidido a devolver vivas las niñas a sus padres, y con toda la rapidez posible. Había llevado la investigación con máxima celeridad; y después de cuatro días: bingo. Granitza con su piel blanca y el comportamiento repugnante estuvo sentado frente a él en la mesa del interrogatorio, ofendiéndole.

Nunca había hecho una cosa así, pero de golpe Ellwanger se levantó, volvió a meter la silla bajo la mesa, cogió el respaldo con las dos manos y declaró con voz fría y sosegada que ahora le arrastraría a Granitza al sótano y le daría tal tratamiento que los gritos de dolor le quitarían el aliento. Y nadie le oiría allí abajo. Y él, Ellwanger, sabía exactamente cómo debía golpearle para que no quedasen huellas visibles en la piel. Y si esto no era suficiente, le conectaría a un aparato allí que le haría perder los sentidos.

Un par de segundos Granitza le había mirado más sorprendido que con insolencia. Por lo visto no había contado con un giro tan brusco. Entonces, se desmoronó. Se convirtió en un quejica, protegió con sus manos la cara y empezó a lloriquear.

En menos de cinco minutos estaba a punto. Reveló el lugar donde mantenía prisioneras a las niñas y sólo le rogó que no le pegase.

Ellwanger no le había tocado.

Pero, naturalmente, su amenaza fue grabada por una cámara. Para Ellwanger, Pilz y Schott sólo había una cosa que hacer: fueron en coche al lugar indicado cerca de Wolfratshausen, un chamizo junto al Isar. Entretanto, Granitza se recompuso, le consiguieron un abogado al que contó enseguida que le habían obligado a confesar bajo amenaza de tortura. Confiscaron la grabación. Todo seguía su camino.

Ellwanger volvió a meter el pan para las tostadas en la caja, dejó la taza de café en el fregadero y se encendió otro cigarrillo. La imagen de las niñas muertas quedó grabada a fuego en su cabeza. Yacían en una estrecha caja de madera, cabeza con cabeza, abrazadas la una a la otra, habían muerto asfixiadas. Cuando Pilz y Schott abrieron la caja —Pilz había sacado los clavos con unas tenazas— a Ellwanger se le escapó un profundo suspiro. Los cadáveres de las niñas no estaban mutilados, y estaban vestidas, aun así la imagen era para romperle el corazón a cualquiera. Ellwanger tuvo que apartarse para que sus compañeros no viesen que tenía los ojos llenos de lágrimas.

Con el cigarrillo ardiendo en la boca abrió Ellwanger la puerta de la terraza que siempre estaba un poco atascada. Fuera nevaba. Un denso ejército de copos serpenteaba lentamente hacia abajo y lo cubría todo. Tampoco en el puro aire nevado Ellwanger podía sentirse culpable. En el momento decisivo había actuado bien. Sin embargo, lo que parecía bien en un instante, como principio, podía resultar fatal en otro, de eso no le cabía duda. Lo que le preocupaba era que su amenaza de llevar a Granitza a rastras al sótano había sonado tan convincente, porque tanto su voz como su postura habían parecido auténticas. Porque él mismo se lo había creído.

Súbitamente le asaltó un dolor, tan fuerte que el cigarrillo se le cayó a la nieve y se dobló.

Finos copos se posaban en su cabeza y en sus hombros. El sótano. Sierras, tenazas, martillos, cuchillos de tallar, limas, destornilladores. Colgados sistemáticamente en la pared. Un banco de trabajo con un torno. Ése era el dolor que le invadía cuando su padre le daba palizas. Palizas metódicas. Palizas propinadas con premeditación. Propinadas con orden y concierto. Las relucientes herramientas como testigos mudos que colgaban ordenadas en la pared.

KATHRIN SCHMIDT

Gotha, Alemania oriental, 1958

La potencia de lenguaje de Kathrin Schmidt —primero conocida como poeta, desde que en 1993 ganó el premio Leonce-und-Lena de poesía—, no tiene parangón en la actual literatura alemana de su generación: ni en inventiva metafórica ni en audacia ni en pasión. Su estilo un tanto barroco se caracteriza por la efusión verbal y una gran vitalidad, y sabe aligerar la gravedad de los contenidos —vidas femeninas truncadas por el totalitarismo— con un liberador sentido de humor.

Kathrin Schmidt irrumpió en 1998 en el panorama de la narrativa alemana con una exuberante novela feminista, *La expedición Gunnar-Lennefsen* (Tusquets), una alucinante saga de cuatro generaciones de mujeres en un pequeño pueblo de Alemania oriental ante los embates de la historia del siglo XX. En su siguiente novela, *Los gatos negros de Seebach*, trata un tema altamente escabroso, el de los «comandos amorosos» de los servicios secretos de la RDA, cuyos agentes seducían por encargo a disidentes y secretarias de dirección. También aquí Schmidt persigue el enfoque de la historia particular: el trastorno de la identidad y la destrucción de la vida familiar de víctimas y verdugos. Tras la novela *Los hijos de Koenig*, que aborda el desarraigo que experimentaron muchos ciudadanos de la RDA tras la caída del Muro, Schmidt escribe su libro hasta ahora más importante, *No morirás*, la novela (autobiográfica) sobre la paulatina recuperación de la memoria y del lenguaje tras un coma clínico, con la que ganó en 2009 el premio del Libro. Describe magistralmente la angustiante lucha por recuperar la palabra perdida de la protagonista, escritora, y la enlaza con un singular drama amoroso y matrimonial, contado con extraordinaria lucidez psicológica, donde una madre de cuatro hijos se enamora de una transexual.

Los títulos más recientes de Kathrin Schmidt son el poemario *Abejas ciegas* y el libro de relatos *Finito. Pasemos página* (2011), en el que expone un magnífico caleidoscopio de historias de amor, con la mirada puesta en las heridas abiertas de la historia reciente. Escogimos de este libro el presente relato.

BRENDEL CAMINO DE MOLAUKEN

Y Brendel, el viejo barbas, volvió por los caminos. Sus orejas filosas calaban el viento, su abrigo semejaba una vela bravía, y su mochila un mísero saco de penas. La agrietada piel que ceñía su cuerpo estaba inflamada en la superficie y en las honduras, segregaba pus y despedía olores. Brendel, camino de Molauken, amaba el hedor de su cuerpo porque le daba la noción de su ser: no sentía mucho aparte de eso. Alguna idea abandonada lloraba la soledad en su cabeza o se le escapaba por los ojos De tanto en tanto aminoraba el paso y daba vueltas alrededor de sí mismo.

Con los ojos cerrados elegía entonces la dirección de la marcha, de modo que su camino se le convertía en un zigzagueo entre charcos y cunetas, matorrales y montones de heces. Vallas y puertas le paraban los pies cuando erraba por pueblos o ciudades. Sólo caminaba de noche, hacía semanas que pasaba los días durmiendo en coches listos para el desguace o, simplemente, en una hondonada junto al camino.

Creía haber llegado lejos. En verano un tipo joven se había mudado al piso de abajo y había comenzado a visitarlo y a llevarle comida de vez en cuando. Brendel supo que a ese tipo (tendría veinte años y hacía de chófer en una empresa de transporte) él lo había matado antaño de un tiro, y de repente creyó recordar su cara con nitidez. Sin embargo, seguía en la inopia respecto a lo que el muchacho pretendía con sus atenciones. Cabía la posibilidad de que hubiera querido darle las gracias por lo expeditivo de aquel acto suyo. Pero Brendel no quería agradecimientos. Amaba la paz, de ahí el medio siglo que se había interpuesto entre él y ese muchacho. Si éste no hubiera aparecido un buen día ante su puerta con un cuenco de sopa y una botella de vodka que pensaba beberse con el nuevo vecino para celebrar su mudanza, él, Brendel, no tendría que haber partido. Pero se había tomado la sopa y, poco después, había abandonado su vivienda. En dirección a Molauken, como creía, y caminando había perdido toda orientación. Temblaba.

Mientras al rayar el alba escarbaba la suciedad en busca de colillas y revisaba con la linterna la mochila y las cuatro o cinco bolsas que le quedaban tras la pérdida de la gran maleta parda de cartón, sus manos volvieron a topar con el último carné de Irmintraut. Impresionante. También en el blanco y negro de la pequeña fotografía la cascada del pelo parecía descender en un rojo resplandeciente sobre sus hombros, hacia lo incierto. Brendel sabía que el día de la toma dicha cascada se derramaba hasta más allá de las caderas. Había acompañado a Irmintraut al estudio Wilfroth, en Anklam, ella se había puesto su mejor vestido, el de color azafrán, y se había colocado una horquilla de corales sobre la oreja izquierda para dejar libre la mirada al objetivo de la cámara. Al tumbarse en la cuneta y tras guardar todo el recuerdo de la belleza de Irmintraut entre las hojas del carné, introdujo el documento por debajo del cinturón, que sujetaba sus pantalones cochambrosos, empujándolo hasta el escaso resto de calor que conservaba en el bajo vientre. Era preciso que ella estuviera muy a gusto con él, y mientras se dormía, Brendel sintió las ondulaciones del rojo pelo calentándole las caderas. No oyó a los tres jóvenes que, cruzando el prado allende la carretera, parecían venir hacia él a paso tambaleante.

El muchacho fumaba y oía música a todo volumen cuando sonó el timbre de su puerta. Una vieja esmirriada, los pies embutidos en lustrosas botas de niña y el cuerpo menudo envuelto en un bien ajustado abrigo de cachemira, pidió disculpas antes de preguntar por Brendel, del que dijo no haber tenido noticias en varias semanas, razón por la cual había decidido someterse al largo viaje desde Glauchau para ver cómo se encontraba él. Que los últimos kilómetros, desde Anklam a este villorrio dejado de la mano de Dios, habían sido el acabose, que las comunicaciones con autobús eran tan malas que le tocó esperar medio día en la parada. El muchacho, aunque no estaba habituado a confrontar a extraños con su desorden, la hizo pasar. La ayudó a quitarse el abrigo y la invitó a entrar sin quitarse los zapatos. Pero la anciana quiso remediar la congestión sanguínea propia de la vejez estirando y contrayendo las plantas de los pies y haciéndose un masaje en las pantorrillas a fin de evitar que un buen día éstas se le abrieran, como le había pronosticado su doctora en el caso de que persistiera en el vicio de la pasividad. Dijo que el viaje en tren había sido fatigoso, que en el compartimento no se había atrevido a quitarse las botas y hacer ejercicios de gimnasia para estimular sus debilitadas venas, y mientras el muchacho llenaba, en la cocina, el vaso de agua que le había pedido, se extrañó tanto de su propia y solícita deferencia como del exceso de confianza que se tomaba aquella vieja dama, que entretanto había despejado un rinconcito en el caos de la sala para entregarse al ejercicio. A punto estuvo el muchacho de tropezar con el sube y baja de sus piernas cuando volvió con el agua y la encontró tirada en el suelo, con cara divertida y, fijada entre los ojos y la frente, una expresión de firmeza contra el envejecimiento que bien le hubiera hecho falta a Brendel, el viejo barbas. Al fin y al cabo, él era el responsable de lo que ahí ocurría, ¿o no? Debe de haberse echado al camino, dijo el muchacho como si nada. Que un día Brendel se había largado sin una sola palabra de despedida, que una vecina y la dependienta del panadero lo habían visto marcharse con su maleta parda de cartón, pasando por delante de la parada del autobús en dirección al bosque. Haría de eso ocho o nueve semanas. Hizo un intento de acordarse sacando de su memoria varios asaltos frustrados al timbre de Brendel, así como una conversación con la voluntaria cuidadora de ancianos; pero ante todo informó a la dama acerca de un sobre de alto franqueo en el que Brendel le había mandado por correo la llave de su buzón y el mensaje de que el alquiler, el agua y la luz estaban abonados hasta su retorno, y que había repartido las plantas entre varias personas de sexo femenino para su cuidado. *Hasta su regreso.* El muchacho extrajo de la estantería la caja de cartón donde guardaba la correspondencia dirigida a su vecino. Brendel desde entonces había recibido mucha correspondencia, más de la que el muchacho recibía en todo un año. No se había tomado la molestia de inspeccionar los remitentes de los sobres. La vieja dama entresacó rápidamente y con pellizcos certeros sus propias cartas y postales, enviadas a Brendel en los últimos tiempos, y pasó a leerlas en voz alta sin mediar comentario. El muchacho ya había sucumbido a la atracción de aquella voz, de modo que no se le ocurrió protestar contra esa no solicitada disposición de su tiempo y la alteración del habitual entorno acústico.

Bad Sülze, 31/8/19…
Querido Gustav:

Mi corazón sigue latiendo a tu son. Pero no te encuentra. ¡Qué grande es la alegría cuando después de tantos años al fin llegan noticias tuyas! No me lo puedo creer. Te contestaré en cuanto vuelva de rehabilitación. Tuve una apoplejía en junio, imagínate.
  Que sigas dando señales de vida lo desea
  Reni, tuya

Glauchau, 18/10/19…
Ay, querido Gustav:

He vuelto de rehabilitación, sin haber recibido correo tuyo. En casa tampoco. ¿¿¿Qué pasa??? Después de tantos años te animaste a escribirme pero no ha habido más. Y eso que tu carta me resultó tan prometedora. Ay, Gustav. A ver si les echas mano al bolígrafo.
  Por lo pronto voy a mandarte mi carta de respuesta que te escribí en los ratos de aburrimiento durante la rehabilitación. Como fueron muchos, la carta es larga:

14/9

Es bonito volver a saber de ti después de tantos años. De hecho, no me he mudado desde el 55, cuando llegó la última carta de la Irmintraut. He estado siempre aquí en Glauchau, en la Rühlandstrasse, en una casa que se marchita. ¿Cómo es que se te ocurrió volver a escribirle unos renglones a tu vieja Reni? Uno de estos días debe de haber sido el setenta y cinco cumpleaños de la Irmi pues todavía recuerdo cómo a finales de octubre íbamos de nuestro puesto en Bischkehnen a Molauken, y las más de las veces quedaba algún aster en los jardines, para la Irmi. Yo entonces no podía saber que acabarías cambiándome por mi mejor amiga, dado que tú y yo ya éramos novios. Sea como sea, en mi mente a la Irmi siempre le he guardado cariño, créeme. Y le he tenido muy en cuenta que me llevara con ella en la huida, cuando yo apenas podía andar, porque nuestro pequeño Gustav me apretaba el nervio ciático. Nos dejaste a las dos en estado casi al mismo tiempo, Gustav, y ninguno de los peques se quedó. El mío, como sabes, se me murió en la barriga. Te lo contaría después la Irmi, ni siquiera tuve ocasión de llamarle Gustav Alfred, como habíamos acordado. Lo metimos en una caja de cartón, y lo enterramos sobre la marcha. El nene de la Irmi llegó a vivir unas semanas con nosotras, y le pusimos de verdad Gustav Alfred, le queríamos pero tuvimos que darle tierra igualmente, ya en Glauchau, donde media ciudad siguió el ataúd porque la Irmi con su pelirroja belleza era la dulcinea de todos los hombres y el terror de las esposas, todos querían verla y saber a qué atenerse después de la muerte del Gustavcito. Pero la Irmi sólo te tenía a ti metido en la cabeza, de manera que presenté la solicitud de divorcio cuando nadie quería declararte muerto. Aquel con el que me casé después de nacer Ellinor, también le iba detrás a la Irmintraut pero me tomó a mí cuando la Irmi en sueños sólo gritaba tu nombre, y un día llegó la noticia de que estabas vivo. Entonces me alegré de que el divorcio estuviese ya resuelto, y de que me hubiese convertido en la mujer de otro, y sigo viendo tu cara cuando subías por la carretera sajona con tus trapos rotos en los pies, y cómo me diste un cariñoso abrazo a mí, y también a mi marido, y a la Ellinorcita, y cómo luego fuiste donde la Irmi y os marchasteis a la zona de Anklam, hechos uña y carne, y la gente lloraba vuestra partida. Fue bonito. Separarse por las buenas y reencontrarse de otra manera, fue eso lo que me gustó de nosotros. Lástima que tú, Gustav, después apenas dieras señales de vida, debías de estar completamente metido en la hermosa estampa y cabellera de la Irmintraut, lo entiendo, porque a veces yo también hundí mi cara en su roja seda buscando consuelo, y cuando le acariciaba los rizos las dos pensábamos en ti, Gustav, y en lo que estarías haciendo en Molauken aquella vez que ya se oía a los rusos y las mujeres teníamos que largarnos hacia el oeste. Puede que quisieras salvar Molauken para la Irmi y para mí y los dos futuros Gustavs, tenías veintitrés años justos y nos habías hecho un bombo a cada una, Jesús, eras un hombre apuesto a la edad de entonces. Suerte que éramos amigas.

Ahora que la Irmi está muerta desde hace tiempo tú reapareces. Os seguí escribiendo muchas veces, y algunas tuve respuesta de la Irmi. Dijo que no hubo más hijos, y que mientras estuvisteis juntos siempre le fuiste fiel. El mío también ha muerto, y lo cubre la tierra de aquí, de Glauchau. Quizá pudiéramos juntarnos los días que nos quedan y sacar todavía algo bonito de la vida. ¿Qué te parece la idea, Gustav? Y me gustaría volver a Molauken. La Irmi no quería, creo que había terminado con la vieja patria. Pero vayamos tú y yo y miremos lo que dejamos atrás. Dicen que ahora ya se puede, ya es posible pasar al lado polaco, donde descansa nuestro Gustavcito. Se me hace todo un lío cuando lo cuento. Pensé tanto en la Irmintraut y nuestra larga marcha. ¿A que a ti también te lo contó muchas veces? Ella estaba tan triste cuando su Gustav siguió al mío en la muerte. Ninguno de los tres tuvimos suerte. Por lo menos entonces. Yo todavía tengo dos niñas, ahora ya son mayores y me han convertido en abuela. A Ellinor la conociste de lactante, la tenía yo en brazos cuando volviste. Tres días después de vuestra boda llegó

Helga. La Irmi te lo habrá contado, supongo. Ahora voy a preparar el suero de leche, para la digestión, volveré a escribir pronto, con amor...

16/9
Ahora tengo tiempo. Sigo.
Querido Gustav, preguntas si todavía te tengo cariño. Sí, te lo tengo. Gracias a Dios en todos los años no hubo motivo para enfadarnos el uno con el otro. A veces yo estaba triste de que toda mi exuberancia no representara ni la octava parte del brillo de la Irmintraut, de que por fuerza la quisieras a ella y yo no volviera a tenerte nunca más después de tu permiso de convalecencia. Por lo menos nos quedó el Gustavcito, aunque en balde...

La vieja, como ya había notado el muchacho, leía para sí misma más que para él lo que le había escrito a Brendel semanas atrás. Los pensamientos del muchacho se desbocaron. Jamás había conocido a persona más enloquecida que esa flaca criatura que, sin empacho, lo arrastraba a la desatinada vorágine de historias de amor de épocas remotas, al tiempo que movía sus ridículas tibias arriba y abajo o caminaba a paso de cigüeña por su sala. De vez en cuando se sentaba en el suelo o se acostaba sobre la alfombra, sin dejar de leer con el mismo tono y el mismo ritmo. El muchacho no pudo por menos que pensar en el pequeño reloj de oro sujeto a la muñeca de su madre. Aquel artilugio asombroso tenía la misma edad que su abuela, cuya madre había recibido la buena pieza en ocasión del nacimiento de su primer hijo. Que la sangre de su madre dejara de batir y borbollar era mucho más probable que el tropiezo del pulso acompasado del tiempo que palpitaba en aquella cápsula de metal junto a su muñeca. Eso sí, al reloj había que darle cuerda todas las noches. El muchacho se preguntó ahora quién daría cuerda al aparato locutor de la vieja para el espectáculo que estaba dando.

La escuchaba, y se acordó de aquella noche en la cocina de Brendel, cuando había ido a presentársele como el nuevo vecino y le llevó vodka y sopa. El anciano lo había hecho pasar a regañadientes, según pensó, y le había ofrecido un sitio en el banco de la cocina. Aquel silencio tozudo se lo había atribuido entonces a la prolongada soledad de Brendel, y le había devuelto el mutismo. Uno o dos días después de conocerse, Brendel le había pedido que le transportara uno de los preciosos y antiguos aparadores de su salón a un anticuario de Schwerin. Se había sentado a su lado en el asiento del copiloto y había vuelto a permanecer callado durante todo el trayecto que, pensó el muchacho, habría podido ser un viaje del uno hacia el otro; a fin de cuentas, había tenido que suplicar a su jefe que le prestara la camioneta para un viaje privado. El asunto terminó por enfadarle, sobre todo cuando de paso se enteró de la cantidad de dinero que Brendel había recibido por el armario, cuando lo vio contar los billetes y metérselos en la riñonera pagándole nada más que la gasolina.

El muchacho nunca se había interesado por tipos viejos.

Cuando aquella tarde fresca y silenciosa de finales del verano subió al piso de Brendel, sólo lo movía la costumbre de sentirse esperado. No vivía allí por voluntad propia; había evitado la cercanía de sus padres, que en uno de los pueblos vecinos hacían el recuento de los años que les faltaban para jubilarse. Los años de la jubilación se distinguirían de los anteriores por el hecho de que ya no tendrían que temer medidas de reinserción laboral pésimamente remuneradas. Ese temor constituía un vínculo maravilloso para los dos, hombre y mujer, que durante el día se acechaban y procuraban pillarse mutuamente y sin palabras entre destartaladas conejeras, charcos con cagarrutas y el semiderruido establo, puesto que los unía al menos por la noche, sobre un sofá de pana oscura. Sentados allí, esperaban el regreso de los hijos adultos y eludían la consciencia de que tarde o temprano no tendrían que temer nada más que el uno al otro. Eso no tenía vuelta de hoja, y el muchacho, que pocas veces acertaba con las palabras a la hora de describir la situación de sus padres, sentía la amenaza con gran precisión. Amenaza que le había impelido a evitar el sofá de pana oscura y el sitio junto a los progenitores que envejecían sobre él, y quienes, separados el uno del otro por sólo el radio de una jarra de cerveza, no podrían unirse ya nunca más. Mientras aún estaba en edad de crecer, aquello no le había importado, pero ahora que llevaba varios años sin comprarse zapatos nuevos porque hacía tiempo que tenía el mismo número, sentía como el tiempo de su vida se le escurría cual arenilla por una grieta de su cuerpo, y tenía miedo de que, si se quedaba, de él no se salvaría más que un rastro de gotas en la barata alfombra del salón de su casa paterna.

Estaba bien que Brendel no lo esperara en absoluto. Así se le hizo más fácil volver después varias veces y llevarle comida o un periódico comprado en el camino. Fue en la tercera visita que Brendel comenzó a hablar, pero sus conversaciones no resultaron muy fructíferas, ya por el hecho de que, según Brendel, él no sabía nada a fondo y por tanto tampoco podía remendar los rotos que Brendel abría en el aire, viciándolo con cada palabra que salía de su boca, de manera que el viejo, atormentado por el vacío rampante, al cabo de cierto tiempo le pidió que volviera otro día y le concediera, por esa única vez, el descanso que necesitaba.

Naturalmente, el muchacho no podía sospechar que Brendel lo había reconocido.

Entretanto, la vieja parecía haberse quedado dormida en el sofá de la sala. El muchacho, en realidad, se alegró, cerró la puerta y fue a sentarse a la cocina. Allí estaba la televisión, y la encendió. A ratos seguía admirándose de la naturalidad con que la vieja paticorta había saltado, casi sin carrerilla, el abismo entre ella y él, y de las curiosas propuestas con las que le iba detrás a Brenner, un hombre con quien estuvo casada hacía mucho tiempo, cuando el muchacho aún ni siquiera existía. Éste también había dejado preñada a una chica cuando aún iba a la escuela, y recordó con alivio su aborto espontáneo. Siete u ocho años atrás, allí era casi de buen tono tener un hijo temprano y casarse inmediatamente después de alcanzar la mayoría de edad. Sus padres esperaban lo mismo de él, pero con aquella chica no lo vinculaba más que un vago y truculento recuerdo, de modo que no entendía muy bien de qué hablaban las cartas que la vieja había dirigido a Brendel. El que le hubiera hecho un hijo a dos mujeres al mismo tiempo y hubiese abandonado a la desposada a las pocas semanas de la boda para irse con otra no eran precisamente motivos para que ella siguiera penando por ese hombre durante toda una vida. Por otra parte, la vieja, según parecía, no había penado en absoluto, sino que había tenido otros hijos con otro hombre, del cual ni siquiera hablaba mal. Y las dos mujeres bendecidas cada una por Brendel con un Gustav moribundo, ¿acaso no siguieron tan amigas? La historia le planteaba misterios, habría preferido poder delimitar claramente sus contornos, como solía hacer desde que tenía uso de razón. Encendió otro cigarro. El sol hacía pasear el reflejo malva de la esfera de su reloj por la pared de la cocina. Entonces el muchacho sintió por primera vez que la cosa lo había sobrepasado irremisiblemente, que las cuatro paredes de su casa paterna no habían sido la verdadera frontera que debería haber dejado atrás, sino que la mezquindad del térreo color del sofá de pana había invadido su casa paterna desde el exterior y él ya no podía detectar dónde se encontraba su origen. Seguía atrapado en una burbuja, y el aire que en ese momento aspiraba por las aletas de la nariz era el que ya había respirado incontables veces, aire gastado, cuajado, atascado, que sólo se regeneraba en medio de la mezquindad, y cuando se acercó a la ventana abierta y miró hacia la recién enlucida casa señorial de la finca, donde dos o tres años antes había sido inaugurado un hotel, tuvo que echarse a llorar.

Brendel tenía frío. Era la última sensación que discernió en su interior antes de que el golpe lo catapultara con la cabeza al fondo de un charco de lodo. Uno de los tres jóvenes completó la acción propinándole tres o cuatro patadas, siempre en el cuerpo, las piernas y los pies, lo que afortunadamente hizo rodar su cabeza a un lugar seco. Quedó tirado ahí, y los tres prosiguieron la marcha; a uno de ellos, que había llegado a acercársele mucho porque cayó en el lodo al patearlo, el olor putrefacto de Brendel le hizo vomitar. Poco después los otros dos también echaron las tripas. Habían venido ya con el estómago revuelto por el coñac Goldbrand que se bebieron a la hora del desayuno en una parada de autobús situada a trasmano del cercano pueblo y abandonada hacía mucho tiempo. Cuando volvió en sí, Brendel aún oyó el ahogo en sus gargantas; tiritaba y se mordía los labios hasta hacerse sangre para no tener que gritar, sumido como estaba en su miseria. Introdujo la mano en el pantalón en busca de Irmintraut, y acertó a sacarla del lodo que parecía haberlo penetrado por completo; frotó la foto hasta darle un aspecto medianamente seco, pero el velo de sangre ante su rostro no le dejaba apreciar si de la belleza de Irmi quedaba un resto para él. Sólo intentó levantarse cuando percibió a los hombres a una distancia prudencial. Habría todavía muchas horas de claridad. El otoño, por decencia, aún no había mandado heladas para acosar a personas como él. Si lo pensaba bien, tal vez prefería morir, y en el acto, así no tendría que buscar un sitio donde lavarse. Sin duda lo mejor sería volver a la gasolinera cuyo dueño lo había tratado anteayer con mucha decencia; incluso lo había conducido a su oficina para que durmiera allí, en un colchón inflable y debajo de una manta de lana, que después de su errancia de las últimas semanas no pudo por menos que apretar una y otra vez contra la nariz: despedía un olor tan fresco a detergente que Brendel estuvo a punto de regresar a casa para pedirle explicaciones al muchacho. Pero luego continuó su marcha, porque el arrendador de la gasolinera, movido por su bondad, lo había querido redimir imponiéndole los servicios de beneficencia de Bienestar Social, que enseguida quiso llevárselo a un centro de piojosos. Brendel ya había tenido el honor de conocer algunos de esos alojamientos de marras; solían estar cerrados cuando quería echarse a dormir, y no abrían hasta cuando él ya se había puesto en camino. Es decir, no le servían.

Por lo demás, Brendel sabía que Molauken no se hallaba en absoluto donde antaño se encontrara. La mayoría de las veces lo suponía muy cerca, sentía que le hacía señas pero de repente se desvanecía tras la masa lechosa de nubes bajas de noviembre. La caminata zigzagueante se asemejaba al juego de un niño que aún no sabe relacionar la máxima velocidad que puede alcanzar su padre con los escondites que ofrece su entorno, y que en su confuso afán de ocultarse, buscar y encontrar es zarandeado entre los dos extremos de sus emociones. Recién iniciado el tiempo *hasta su regreso* y todavía con el dinero suficiente para comprarse billetes de transporte, Brendel había recorrido las distancias largas en tren y merodeado días y días por la estación del este de Berlín, antes de volver a partir, con la certeza de haberse equivocado de dirección, hacia el nordeste del país. Sus pesquisas ulteriores se limitaron a las zonas de la Uckermark septentrional, la isla de Usedom, las albuferas del Óder, que había explorado años atrás con Irmintraut durante numerosas caminatas, y que ahora no reconocía, logrando a duras penas acordarse del lugar donde había estado el día anterior. Sólo cuando dormía llegaba a la meta y lo reconocía todo: la larga entrada al pueblo por la alameda alquitranada, en cuyos lados había árboles frutales que le obsequiaban furtivamente con sus frutos. La iglesia, ante cuyo pórtico la calle se bifurcaba en dos mechones que volvían a unirse tras el cementerio. Sucedía incluso que, en sueños, acostaba a Irmintraut desnuda en la calle, con la cabeza vuelta al portal; le dividía el pelo por la raya y lo trenzaba flanqueando la iglesia y el cementerio antes de anudarlo en un moño en la nuca del camposanto. Una vez bloqueada la carretera de salida de Molauken con el cabello de Irmi, se metía en lo hondo del moño y, desde aquel escondite, tejía sus imágenes ulteriores. Veía la lechería y el puesto de venta de verduras de la finca Wernicke. Entre la calle y las casas alineadas en sus bordes había anchas franjas de pasto. Donde jugaban los niños, habían aplastado la hierba; Brendel veía el revoloteo de los pies desnudos y las patadas que le daban a la pelota, y oía los gansos que, en cercados provisionales, tijereteaban el aire cálido con sus graznidos. Muchas veces veía llegar a Reni, y entonces se replegaba en el interior del pajar que formaba la cabellera. Cuando Reni había pasado y estaba fuera del alcance de la vista, él salía de su escondite y se daba de bruces contra el oleaje del pelo de Irmi. Frente al portal de la iglesia copulaba con la amada dormida, sudando, sin ver más que sus ojos entreabiertos, y cuando la ayudaba a levantarse, en sueños, le parecía que Reni los había estado observando, como si se hubiera mantenido oculta detrás de un arbusto o una valla. Cuando Brendel despertaba, a veces creía vislumbrar a lo lejos la punta balanceante de una falda, y aquella punta que se agitaba tenía siempre el color del vestido que Reni llevaba el día después de su boda. Cuando Brendel despertaba, el olor de Molauken persistía en su nariz por mucho tiempo, y sus orejas filosas retenían por un rato los soñolientos gemidos de Irmi y el ruido de pies desnudos, de mujer, que se alejaban corriendo por una calle alquitranada.

Brendel sintió que, para poder respirar de nuevo libremente, tenía que quitarse la sangre de la garganta tragándola, si bien la imagen de la sangre haciendo de las suyas en su estómago le producía asco. La rabia parecía emanar de sus pantalones mojados y malolientes y penetrar en su ser a fin de incorporársele. Sabiendo que no le gustaba verse acaparado comenzó a despojarse, con desmaña, de sus indumentos. Extrajo de una de las bolsas otro pantalón, también hediondo, y una camisa a cuadros, la única que había reservado para su llegada a Molauken. Se frotó precariamente con la camiseta tiesa de suciedad, se puso la ropa seca, se enfundó el abrigo y echó a andar. Nada se esfumaba. Se movía con todas las fuerzas que era capaz de movilizar en sus adentros, y sin embargo parecía, a la distancia, una barca tambaleante: la vela quebradiza de su viejo abrigo lo dejaba a merced del viento. Le había costado echarse la vela sobre los hombros y cerrarla con una horquilla sobre el pecho. Donde alguna vez lucieron botones sobre la tela oscura, ahora boqueaban agujeros desflecados, y por uno de esos agujeros había metido Brendel la horquilla abierta, la había pasado por el ojal del ala izquierda del abrigo y había juntado los dos extremos del alambre retorciéndolos. Entregarse al universo le pareció de pronto la forma más fácil de avanzar, y se extrañó de que no se le hubiera ocurrido antes cuando un golpe de viento lo empujó en la dirección opuesta, de vuelta por el camino por el que había llegado el día anterior, y con cada paso que daba hacia atrás volvía a creerse más cerca de Molauken que nunca. Hacía tiempo que no caminaba de día. El sol, aunque no muy alto, además de estar oculto por las nubes, le estampó manchas claras y dolorosas en la retina, y cada cierto rato Brendel tuvo que pararse y apretar los puños hasta bien dentro de las cuencas oculares. Entonces se sentía mejor por un instante, pero cuando dejaba caer las manos el dolor se agudizaba, y Brendel hacía cada vez más paradas porque las improntas de sus nudillos se convertían en puntos negros que le quitaban la visión. Pasaron horas antes de que alcanzara Anklam, por el oeste, y allí, en el ajetreo de la actividad posmeridiana, las compras y estancias en las calles comerciales, la ingesta colectiva de cerveza ante los chiringuitos y grandes almacenes e incluso el ansioso tráfico rodado no podían disimular el hecho de que la animación de la ciudad sólo camuflaba, por un momento a lo sumo, la indolente apatía provinciana; allí Brendel supo: sí, había matado de un tiro al muchacho en aquel entonces. En el verano del cuarenta y cuatro, durante un permiso de convalecencia como soldado del frente, le había hecho un hijo a Reni y contraído matrimonio con ella. Semanas después, el relámpago impactó en el joven Brendel, un relámpago con el cual se había encontrado ya años atrás caminando del brazo de Reni: Irmintraut, de la que quedó tan prendado que quiso utilizar el permiso como quien extiende una estera de caña sobre el gorgoteo y burbujeo de una ciénaga truculenta: partirla en dos trozos, echar el primero sobre el terreno movedizo, correr hasta su extremo, desenrollar el segundo al frente y arrastrar el primero tras de sí para volver a lanzarlo una vez que se ha cruzado el otro. La primera parte de su permiso había sido por completo de Reni; la segunda, de Irmintraut, y su suerte consistió en que ambas mujeres terminaron por ayudarle, alternativamente, a pasar el tiempo que trataba de vencer. Lo escondieron juntas en el granero de una finca que se caía a trozos y había sido abandonada deprisa. A Reni la interrogaron y amenazaron varias veces por ser la mujer de un desertor, y cuando el hecho visible de su embarazo podría haberle garantizado cierta protección, ya no le hacía falta: todo se descomponía, todo se desvanecía en un éxodo vertiginoso hacia el oeste al que no pudieron llevarse a Brendel; porque éste no sólo era un desertor buscado sino simplemente había desaparecido. Mucho tiempo después, Irmintraut le relató cómo el día de su huida había vuelto al granero con las primeras luces del alba, cómo al sacar la escalera del escondite para trepar hasta donde él se ocultaba se le cayó a los pies un muchacho muerto, cómo ella soltó un grito y le miró a la cara, cómo vio, en plena furia de su partida, que se trataba de un muchacho bueno, uno que no sabía con qué y por qué pudo merecer el disparo de su asesino, y que, si bien muerto, llevaba en el rostro una expresión de perplejidad que ni siquiera desapareció cuando ella le cerró los párpados y le puso el arma, tirada a pocos metros, en la mano. Entonces Brendel se acordó de que, en su mente, Reni e Irmi, y sus superiores, y sus camaradas, y el Führer, y el tiempo de la edad adulta, no se dedicaban de forma sucesiva y yuxtapuesta a destacar sus respectivas ventajas y reclamar su favor, sino que se habían enmarañado unos con otros y, entre el berreante e ininterrumpido galimatías de un celo desaforado, zarandeaban su razón, la derribaban a golpes y dejaban que se esponjara de nuevo cual masa de pan mantenida caliente; y cuando la masa de pan estaba en camino de abandonar la cabeza de Brendel, de írsele por los ojos, la boca y la nariz, el muchacho surgido de quién sabe dónde se le había interpuesto en el camino. Tras un breve forcejeo él, más fuerte, le había sustraído la pistola y perforado la cabeza de un tiro asentando el cañón donde antaño la fontanela pulsante del muchacho incitara a su madre a húmedos besos. Él, Brendel, había matado de un disparo al muchacho, apenas adulto, como uno mata su imagen especular; había tomado la mirada de su contrario, levemente desvaída por el miedo, como la suya propia, y se había visto sacudido por los impulsos encontrados que pugnaban en su interior. Ante el repentino silencio de su mente, que no había podido tener por otra cosa que por el reflejo del silencio impreso en la cabeza de su contrario muerto, se había dormido, y cuando al despertar se dio cuenta de lo que hizo, salió corriendo. De ahí en adelante había ido, con cada uno de sus pasos, al encuentro de Irmi y del tiempo de la edad adulta que deseaba pasar con ella. Había logrado dar con sus huellas, y la había seguido sin revelarse, pues demasiado unidas se le antojaban Reni e Irmi. Sólo cuando Reni había vuelto a casarse, él, que durante un tiempo llevó otro nombre, se había atrevido a anunciar el retorno de Gustav Brendel, y finalmente había subido por aquella carretera sajona, en cuyo extremo provisional Reni le presentó a su hija recién nacida e Irmi le saltó al cuello; y más tarde se había marchado con Irmi al norte, lo recordaba perfectamente, para eso no le habría hecho falta la súbita iluminación que tuvo en la plaza de la estación de Anklam. Y entonces Brendel vio con gran claridad que aquel muchacho del piso de abajo reflejaba, en su expectativa sin consuelo, el encuentro habido cincuenta años atrás entre él y su víctima, y Brendel, que en ese momento se pasaba la mano sobre su camisa limpia, comprendió dónde estaba.

ILIJA TROJANOW
Sofía, Bulgaria, 1965

La obra de Ilija Trojanow respira una insaciable curiosidad por las culturas ajenas y las vidas en otros lugares. Es un auténtico «coleccionista de mundos», como reza el título de su novela más conocida, que ha desarrollado paralelamente una obra narrativa y otra de ensayo político-cultural para acercar las culturas occidental y oriental.

Su biografía avala plenamente este afán comunicador, además de su incansable espíritu viajero y explorador. Tras una primera infancia en Bulgaria, Ilija Trojanow huyó con su familia a Italia y a Alemania, donde obtuvieron asilo político. Residió diez años en Kenia y estudió a continuación Derecho y Etnología en Múnich, donde también fundó la editorial Marino para la difusión de la literatura africana. En los años noventa vivió en la India, estudió sus culturas y se convirtió al Islam. Su viaje a la Meca lo recogió en *Viaje a las fuentes santas del islam*. En 1996 publicó su primera novela sobre un exiliado búlgaro en Italia y Alemania, *El mundo es ancho y la salvación acecha en todas partes* (Tusquets). Su gran éxito internacional, sin embargo, fue su novela sobre las múltiples vidas del trepidante arabista, explorador y espía al servicio de la corona inglesa Sir Francis Richard Burton, *El coleccionista de mundos* (Tusquets). Entre la biografía narrada y el libro de aventuras orientales en la tradición de Stevenson o Kipling, plantea una inspirada reflexión sobre identidad y asimilación cultural. Aparte de novelas, Trojanow ha publicado diversos libros de viajes y ensayos sobre África y el encuentro de culturas, entre los que destaca *Negativa a la lucha. Las culturas no luchan entre ellas.*

Los dos relatos que publicamos aquí por cortesía de la editorial Hanser pertenecen a un libro sobre Bulgaria, realizado en colaboración con el fotógrafo Christian Muhrbeck. *Donde está enterrado Orfeo* (2013) reúne una decena de muy potentes relatos sobre la desgarradora realidad social de la Bulgaria actual, en consonancia con el mito al que alude su título, de terrible desenlace. Según la leyenda, Orfeo está enterrado en Bulgaria, la antigua Tracia, donde las ménades lo despedazaron vivo en un delirio provocado por su canto.

RETORNO

Sofía huele bien, el olor va al encuentro de sus recuerdos. Verano tardío de pimientos. Coches con cajas de cartón, cajas manidas, sucias y con agujeros, llenas de bayas, bayas rojas, bayas frescas y maduras, bayas bajo lonas manchadas. Marcas de coches que no conoce, caras que le parecen extrañas. En un cruce lee en voz alta las letras de la parte trasera de un automóvil, igual que un niño de primaria lee de la pizarra. «¿Qué dice usted?», pregunta el campesino sentado a su lado, la puerta trasera abierta, dos hombres meten cajas, llenas hasta arriba de pimientos, el pequeño coche y tantos pimientos, ríe y se extraña de su propia risa. El campesino lo mira sorprendido. Las manos ásperas están posadas en los muslos, como pegadas, ya todo el viaje. «¿Visita a unos parientes?», pregunta.

El hombre calla y no le mira.

Pimientos, toda la ciudad olerá bien, eso seguro, se habrá convertido en un negro pimiento asado, en cada balcón, en cada patio trasero pimientos pelados, encogidos, tallos cortados sobre pedazos mojados de periódico, cuchillos con restos carbonizados en la hoja. La estación de autobuses, invariada. Trolebuses que llevan al centro. Algunas líneas nuevas. Casi le extraña lo bien que entiende el idioma. Hay mucho ruido en la estación de autobuses. Los que hablan, lo hacen a gritos. Como en la cárcel. En el trolebús, en esta época del año, quiere bajar la ventana, está atascada, la baja apoyándose en ella, no hay ninguna razón para fijar la mirada tanto en él, le cuesta, aspira y expira, aspira hondo, el parque, árboles torcidos, anchas copas. Como sauces. Aquí no hay sauces, sólo otro tipo de trabajo forzado. Huele bien, él parece ser el único en darse cuenta, todos están sentados en su sitio, nadie mira a nadie, se han quitado el hábito de mirar, y para gente así ha estado nueve años en la trena. Cada uno de los 3.400 días ha sido más libre que ellos.

Tres manzanas más allá, hermano estará sentado, de eso está seguro, en una silla o un taburete, detrás de la casa, en el patio interior, junto a él el hornillo y a su alrededor los vecinos le escuchan y dan buena cuenta del aguardiente casero. Que tengáis salud y larga vida. Este año, hermano mira a todos severamente, este año aún os daré una última oportunidad, después se acabó, tendréis que aprender a emanciparos, por cuánto tiempo todavía queréis depender de mí.

El bus da un frenazo. Pide a la mujer en el asiento junto a él que lo deje pasar, su mirada fugazmente le ofrece limosna, tienes razón, buena mujer, no ha sido en vuestra vida cotidiana que he enflaquecido así. Todavía dos esquinas y habrá llegado, ya puede oír el parloteo de hermano, estoy harto de vuestros ramos de flores, ya no quiero escuchar vuestras bonitas frases trilladas, yo ya sé que está rico, hace tiempo que lo sé, finalmente tendríais que valeros por vosotros mismos, este verano es el verano de vuestra mayoría de edad, el final de vuestra vida indigna, ya nada de peloteo, nada de andarse con rodeos, nada de hacerse el bueno y alabar mi arte. Padre solía decir, y lo guardé en el recuerdo porque sabía que algún día me iba a cruzar con gorrones como vosotros, él decía: quien me adula quiere quedarse mi aguardiente casero. Y decía: en mi presencia podéis beber lo que os dé la gana, siempre se os llenará la copa, pero ni se os ocurra haceros ilusiones de poder llevaros una sola gota a casa, esto conmigo no sucede y no sucederá nunca. Sé que codiciáis mis botecitos de conserva, creéis que soy gilipollas, me conozco vuestros cuentos chinos de arriba abajo, sé cuánta inventiva tenéis cuando se trata de mis pimientos, salís arrastrados del invierno con grandes huesos de cumplidos en el hocico, vuestras provisiones os parecen tan escasas, venís de puntillas con entradas y ladrillos y salchichón. ¿Para qué tanto esfuerzo? Quiero haceros el bien, quiero liberaros, emanciparos, no os fiáis del hornillo de vuestro vecino, matriculaos en uno de mis cursos, empezamos modestamente, lavar, pelar, aquí están los cuchillos, aquí están los platos.

Se limpia el sudor de la frente, mientras un camión pesado pasa como un caracol. Enseguida estará sentado junto a su hermano, un oyente más, hay que aprender las cosas más simples, la buena noticia es que todo el mundo las puede aprender. Se puede imaginar la voz de hermano, lo que le da miedo es su aspecto, la expresión de sus ojos, qué, si el centelleo insolente está apagado, se ve a sí mismo junto a hermano en el pasillo de un tren hacia el mar, todos los demás pasajeros reunidos alrededor de ellos, en este país, camaradas, siempre tendremos algo que decir, la sabiondez de uno siempre otro se la tiene que tragar. Al día siguiente, una última duna, hermano cogió su mano, empezaron a correr al mar, con camisa, pantalón y zapatos, sordos a todas las prohibiciones, les salpicó el agua, se lanzaron dentro, fueron enterrados debajo de una ola y más tarde la risa tronadora, cuyo eco oye ahora, a ni siquiera cincuenta pasos. Cruza la calle, una tienda que reconoce, cederá, pase lo que pase, también hermano ha sufrido, también él fue interrogado, amenazado, abrazará a la cuñada. No os puedo decir por qué los míos son tan ricos, tanto más ricos que los vuestros, ¿qué queréis de mí? Marsha quiere adobar una oración con los pimientos, Marsha, no conoces el dicho, el corazón en el cielo, la panza en el canapé, esto no casa bien, Petjo quiere un lema, pues pensemos en un lema para él, *chovok chudo chushkopek*, ha de ser corto, su lema, para que quepa en cualquier fachada, se acerca a la puerta de la casa... ¿cuándo se echa la sal?, ésta es la cuestión, muy cierto, quizá hay que echarla dos veces, quién sabe... del patio trasero ningún ruido. Un silencio extraño. ¿Debería rodear la casa? No. De todos modos los cogerá por sorpresa.

Naturalmente no hemos informado a nadie —había bramado el coronel—, no somos una oficina de correos, qué, un traidor de la patria como tú va a tener familia, esto se lo puedes contar a mi polla, esposa no tienes, eso lo sabemos, y quien tuvo la mala suerte de conocerte, habrá hecho bien en olvidarte.

Llama a la puerta. Va cribando frases de bienvenida, separa las buenas de las que no sirven, igual que desde hace horas, desde la excarcelación, cuando el guardia en el portón obligó a parar al primer autobús que pasaba y él subió, desde atrás un último empujón, en el bus gente sencilla, campesinos y trabajadores, ni uno de ellos se atrevía a mirarle, sabían que en este lugar no había una parada de autobús regular, el asiento a su lado permanecía vacío, a pesar de que más tarde, cuando se acercaron a la capital de comarca, varios pasajeros tenían que estar de pie, entre ellos una mujer con varices como cuerdas. En el autocar, un campesino se sentó a su lado y le ofreció una manzana que fue comiendo lentamente. Un viaje largo. Ésta es una buena frase. He vuelto de un largo viaje. Vuelve a llamar a la puerta.

—Un momento. —La voz de la cuñada—. Un poco de paciencia.

La puerta se entreabre el espacio de una hendidura desconfiada. En la cara de ella el miedo de un recluso se funde con la ira de un guardia, ha saltado tan rápido a la mirada como un golpe inesperado, y él sabe que se ha equivocado. Nueve años tampoco bastan para abrazarla.

—Tú, ¿qué quieres aquí?

Se acerca a su hermano, desde atrás. La cuñada ha hecho un gesto con la cabeza señalando el patio trasero.

—Aquí hay alguien que te busca —ha gritado, antes de desaparecer en la cocina. Los nueve años han desmochado su cabeza. Desde atrás no lo hubiese reconocido. Le pone la mano en el hombro.

—Déjame pensar, cuánto tiempo has estado fuera? ¿Cuántas veces he estado sentado así? Ningún tiempo mejor para reflexionar, para pensar en ti, que cuando estabas sentado a mi lado y me ayudabas. ¿Qué tal si lo contamos en pimientos? Pregúntame, hermano, pregúntame pues, cuántos pimientos he pelado entretanto. ¡Pregúntame!

—¿Cuántos?

—Treinta kilos al año, como media. Treinta kilos, eso cuadra. Un kilo, esto es, unas cinco piezas. Suman 150, 150 pimientos al año. Cada año, cada uno de estos jodidos años y encima el año en el que tuve que hacer de suplente para madre, cuando estaba en el hospital. Otros 150 pimientos. Ya no salió del hospital. Esto hacen 1.500 pimientos, los hemos asado, pelado, adobado y comido sin ti, te has perdido 1.500 pimientos. Siéntate y alcánzame uno. Tengo que continuar. Ya ves el gran montón que hay aquí.

Se van acercando pimiento por pimiento. Mira las manos grandes de hermano en las que casi desaparece la baya. Sólo cuando anochece rompen el silencio.

—Ayer estaba sentado debajo de un sauce, uno de los pocos sauces que no habíamos talado, desde hace meses estábamos talando los árboles, no hacíamos otra cosa, yo estaba sentado bajo el sauce y observaba cómo los otros levantaban las hachas y los dejaron caer de golpe, yo con algunos más me había negado a trabajar, nos dejaron en paz, primero no entendí por qué. Hasta que ayer el vigilante en jefe vino hacia mí bajo el sauce. Sabes, nunca nos miraron a los ojos, te desprecian y te odian y te torturan, pero no pueden mirarte a los ojos. Levántate, dijo el vigilante. Me levanté, esto levantó a los mosquitos, no demasiado rápido, en cada nimiedad tienes que demostrarles que las cosas no van como ellos quieren, el hombre empezó a soltar tacos, se arrancó la gorra de la cabeza y daba manotazos incontroladamente. Se dio la vuelta y al marcharse gritó: «Ven conmigo». Unos pasos más tarde se dio cuenta de que no le seguía, se dio la vuelta y yo dije: «Primero quiero saber qué pasa», y el hombre: «¿Qué pasa? ¿Por qué no te follas a tu puta madre, sueltan a un hijo de puta como tú, no conseguimos hacer de ti una persona, si fuera por mí, repites todo el programa, pero alguien allí arriba se ha ablandado, te dejan salir».

Otra vez silencio.

—Te quedas con nosotros. Ven, ayúdame a llevar las cosas a la cocina.

La cuñada está delante del fregadero.

—Se queda, hasta nuevo aviso, prepara la cama de invitados.

Ella no se mueve.

—¿No me has oído?

—Esto lo has decidido así, sin más.

Cierra el grifo del agua.

—Para que tengamos más problemas todavía.

Se da la vuelta.

—Es tu hermano, yo no te ayudaré ni en lo más mínimo, no moveré ni un dedo, es tu hermano, no se ha reformado ni un ápice, y tú lo sabes.

Sus manos se disparaban.

—¿Le has dicho lo que tuvimos que soportar por su culpa?

Da un paso hacia delante.

—Perderemos lo poco que nos ha quedado, llévalo fuera, sácalo de la casa...

Hermano se ha levantado de un salto, el plato de hojalata rueda por el suelo de piedra, él ve cómo caen las bayas rojas arrugadas y oye el primer golpe y ve el segundo, hermano le pega en la cara, ella se queda callada, ambos se miran fijamente, llenos de odio, hasta que ella se da la vuelta y sale. La cocina huele a pimientos y a desprecio.

TEPE

Cuando era niño crecía hacia el Tepe, matas de hierba detrás de los sembrados, en primavera saltaban los riachuelos campo a través, su Tepe, de noche una silueta; con luna llena, una oveja encorvada. Cada día comenzaba antes de la salida del sol, se sacudía la humedad del cuerpo, metía la nariz en la niebla, llevaba a los animales ladera arriba, masticaba tallos de hierba, cabeceaba a la sombra familiar, volvía con la puesta del sol, a casa de la madre cocinando y a sus manos ásperas. Mariposas y libélulas atravesaban tremolando sus sueños despiertos, los halcones sacre caían del cielo como ángeles ávidos, se liaba un cigarrillo, no tenía ni siquiera quince años, seguía al halcón con la mirada cómo subía hacia arriba con la presa entre las garras, se encendía el cigarrillo. La gente afirmaba que en el Tepe todo era silencio. Pocos días había en que él no oyera los gritos de las águilas moteadas y de las cotovías; no pocos en los que su padre a la mesa del comedor llena de muescas no murmurara de repente: Mañana será otro año. De vez en cuando percibía el trino del treparriscos, una vez se agitaban las alas rojas delante del Tepe nevado, en aquel momento verdaderamente había silencio. Cuando los cazadores le pedían indicaciones, contestaba: sólo podéis acertar a la hembra del urogallo cuando canta, la urogallina no atiende nada más que a su propio canto. Los cazadores, furiosos, hacían un gesto negativo con la mano, esto ya lo sabemos, deja de perseguir a la cierva, cantaba su padre por la noche, más vale que vayas a buscar una chica. Los cazadores seguían subiendo con sus pesadas botas cuya huella marcaba la tierra como un sello, él se enfadaba y lo pasaba por alto, hasta que aparecieron desconocidos que perforaban agujeros en el Tepe, los observaba desde el saliente, desde donde abarcaba todo con la vista. Extraños aparcaron sus vehículos donde les placía, por la noche se sentó con los demás hombres del pueblo para debatir la buena noticia, la mala noticia. La mina nos destruirá, dijo el viejo Kolyo, ¡si nosotros tenemos todo lo que necesitamos! Algunos se rieron de él. ¿Lo tenemos todo? Comprenderás lo poco que tenemos cuando pronto tendremos mucho más. Discutían como si la decisión dependiera de ellos. Mañana es otro año, hizo saber de forma conciliadora su padre. Abrieron el Tepe en canal, lo horadaron, le arrancaron las vísceras, en la montaña destripada ya no podía reconocer a su Tepe, estaba de pie al borde de un agujero grande que fueron cavando cada vez más hondo. Se secaron los pozos, un camión trajo bidones con agua, de qué os quejáis, les decía la autoridad, el verano ha sido caluroso, ha llovido demasiado poco. El agua se enturbió, apestaba. Os acordáis, dijo Kolyo, el agua era nuestra riqueza. El río en verano era un lecho desnudo, serpientes reptaban por entre los pedruscos, en el recuerdo los pies colgaban en el agua. Ya no había silencio en el Tepe, retumbaba y repiqueteaba, él trabajaba como uno del montón, se lavaba la porquería del cuerpo, se sacaba los pulmones tosiendo, a finales de mes recogía el dinero de la oficina de pagos, se lo gastaba, en una boda, en un hijo, un televisor, un tresillo, una choza en un prado en medio del bosque, apartado de todas las carreteras, muy lejos del Tepe. Se hizo apuntar en una lista y pagó una entrada para un coche. Una vez al año lo examinaba un médico, más fugazmente de lo que antaño habían palpado las ovejas. Los años eran grises, quien moría dejaba atrás a padres enlutados, todo se registraba minuciosamente con contables tras ventanas cerradas, no sabía cuánta roca habían aplanado, no podía estimar cuánto escombro y cuánta escoria, cuántas toneladas de residuos habían amontonado en un Tepe artificial, en cuyas laderas no crecía ningún árbol, no pastaba ningún animal. Llevaba guantes, un casco, una mascarilla, nadie les advertía, hasta el día en el que se habló de lo oculto. Estaba sentado en esa habitación desnuda y esperaba al médico, estaba casi vacía, el único cuadro en la pared colgaba torcido, la imagen de un hombre poderoso cuyo nombre quería olvidar, tenía frío, se abrazaba los hombros con las manos y aguardó, ante sus ojos el Tepe tupidamente cubierto de vegetación, verde y sin proteger. El médico le comunicó en parcas palabras lo que tenía que comunicarle. Se sentía culpable. He envenenado nuestra vida, dijo a su mujer. Tenemos que marcharnos de aquí. Adónde, preguntó ella. A la choza, dijo él. Por cuánto tiempo, preguntó ella. No por mucho, dijo él, máximo un año, y empezó a toser, y no paraba de toser.

Cuida vacas en vez de ovejas, tose mucho menos que antes, desde hace meses no ha visto a nadie excepto a su mujer y, hace semanas, a los ladrones de ganado en la mira de su escopeta de caza, mientras a su lado Neda quitaba el seguro a la pistola Makarow, no estaba dispuesta a resignarse a la pérdida de otra vaca. El año sigue sin haber pasado, ni después de dos décadas, los tablones fijados de cualquier manera aguantan, en cada tablón provisiones para el invierno, nueces, manzanas, pimientos y conservas, se han hecho una vida dentro de lo provisional, con leche caliente, yogur y queso feta, rodeados de tupidos bosques de hoja caduca, ya no están al corriente de otra forma de vida, cuando la mujer sonríe, el paisaje continúa en su rostro. Al despertarse, él a veces piensa en el Tepe, en las alas rojas del treparriscos, en la soledad profética del viejo Kolyo. Se levanta para ordeñar las vacas, el bosque de hoja caduca tiene un silencio distinto del Tepe. Lo que juntos vivimos es una bendición, dice Neda, es una oportunidad, dice él. Beben a la salud de esta bendición, de esta oportunidad, y se pone erguido, pausadamente estos días, el dolor está en todo el cuerpo, levanta un poco el reloj de plástico sobre el tapete de ganchillo y saca un trozo de papel que cuidadosamente despliega, una noticia de periódico de pocas líneas en papel amarillento. Busca sus gruesas gafas de pasta, maldice estas gafas que nunca están donde él las supone, sólo las usa para leerle a su mujer la noticia, con asombro en la voz, como si acabase de saber que el hombre más viejo del mundo había muerto a la edad de 124 años, ¿lo oyes, Neda, me escuchas? Vivió 124 años de verdad, tantos como nosotros dos juntos, imagínate. Si el tío lo ha conseguido, nosotros también podemos conseguirlo, a pesar de los callos en los pies y el pulmón hundido, vuelve a toser, como siempre que se ríe al leer en voz alta la noticia del hombre más anciano de todos los ancianos, una vez cada día. Con una sonrisa satisfecha Neda le quita el recorte de periódico y lo vuelve a dejar debajo del reloj de plástico, con reverencia, como un pequeño icono que nutre la fe en la supervivencia, y él alarga la mano bajo la silla y saca dos trozos de alambre, ambos doblados en ángulo recto, el cabo más corto está en sus manos, el otro, tres veces más largo, señala al suelo, sale y se queda parado, con la paciencia de una persona que negocia directamente con el tiempo. A pocos metros de la chabola, al lado del sembrado de patatas, pone los dos ángulos de alambre en paralelo, da un paso y luego otro, en sus pensamientos vuelan las águilas moteadas y las cotovías, caen las sombras que sólo él conoce, espera hasta que se agiten las dos manijas, hasta que se crucen, allí se para, se detiene unos instantes, antes de llamar a Neda, he encontrado la veta de agua, aquí debes plantar tus hortalizas. Neda sale, en su rostro asoma un fresco asombro y lo dirige a su marido. Él sonríe contento, y durante un rato olvida el Tepe, la tos, los ladrones de ganado y el maldito tiempo.

SHERKO FATAH
Berlín, Alemania oriental, 1964

La escritura de Sherko Fatah es sobria y directa, en permanente contacto con la realidad, como cosida al borde de las cosas. Criado entre el Berlín oriental y occidental y el Kurdistán iraquí, Sherko Fatah ha llevado el laconismo de su prosa a la altura de un arte. Describe las siluetas de un paisaje árido, el silencio de una familia reunida en un entierro rural o las luminosas calles de una gran ciudad alemana, y las confronta con realidades incontestables: personajes perseguidos por pertenecer a una minoría étnica, hombres desgarrados por la emigración, abducidos por la yihad, marginados en la sociedad alemana. Sherko Fatah convierte Oriente Medio en un destino posible, y para ello ha creado un lenguaje literario, riguroso, seco, adverso, que parece la antítesis del lenguaje literario común. Su eminente calidad poética se revela casi a su pesar.

Desde la primera novela, *Tierra de frontera*, la dramática historia de un contrabandista que, en el campo de minas de la zona fronteriza entre Turquía, Irak e Irán, arrastra a gatas su pesada carga, Sherko Fatah ha construido una narrativa alrededor de su conocimiento de dos mundos paralelos: la saturada sociedad alemana, por un lado, y, por otro, los países donde priman los aspectos más crudos de la existencia humana: guerra, penuria y represión.

En *El barco oscuro*, Fatah relata las vicisitudes de un joven iraquí, secuestrado por yihadistas, que se suma finalmente a la Guerra Santa. Para escapar de la matanza suicida, sin embargo, se fuga a Alemania, donde tampoco estará a salvo. La novela describe el enmarañamiento involuntario del protagonista que, ingenuo, sucumbe a la imposición de la violencia, la arbitrariedad y el odio. Este proceso se traslada al Bagdad de los años treinta en su novela más reciente, *Un país blanco* (2011), donde el joven y oportunista héroe es devorado por la brutal maquinaria de la historia del siglo xx.

El texto aquí reproducido por cortesía de la editorial Jung und Jung forma parte de *Pequeño tío*, novela publicada en 2004 sobre un viaje improvisado de Alemania al norte del Iraq, en el que Michael, un estudiante fracasado berlinés, acompaña a su amigo Rahman a llevar un coche de Berlín a Süleymaniye, motivado por un desengaño amoroso y por el deseo de conocer el lugar de origen de su acompañante.

PEQUEÑO TÍO

Bordearon la frontera siria en dirección a Iraq. El inminente tránsito de la aduana les hizo estar en tensión hasta que alcanzaron el paso a la parte curda de Iraq. Aunque lo que vieron apenas se podía identificar como una frontera de Estado. Dos camiones cisterna pasaban delante de ellos por un trecho de pista sembrada de baches.

No sólo hacía frío, también colgaban nubes de tormenta, pesadas y grises, sobre la montaña. Al borde de la carretera asfaltada en ligera pendiente había varios taxis colectivos. Los conductores se apoyaban contra sus coches y tenían la mirada fijada en ellos, fascinados por el todoterreno.

Dejaban pasar a los camiones bastante rápidamente. Cuando les tocó el turno a ellos, al lado del conductor se acercó un hombre del que Michael sólo podía divisar la cabeza envuelta en un pañuelo. Rahman se bajó del coche y conversó con él. Por precaución, Michael abandonó asimismo el coche y se unió a ellos. Rahman hablaba más que el otro, que pasaba un frío espantoso. Le dejó inspeccionar el interior del coche, pero parecía más bien una visita guiada. Transcurrió un tiempo hasta que el soldado del puesto fronterizo les dio la señal.

—Hay disturbios —dijo Rahman brevemente cuando prosiguieron el viaje y alcanzaron el último de los dos camiones cisterna. Con el pulpejo de la mano dio un golpe en el volante y blasfemó—. Precisamente ahora. —Lanzaba una mirada breve a Michael—. Hemos de tener cuidado. —No dijo nada más.

Fuera caían, sorprendentemente temprano para la época del año, gruesos copos de nieve que se posaban en los charcos y el suelo, y se deshacían rápido. Pasaron delante del minarete blanco de una mezquita. El nido de cigüeñas abandonado en su punta estaba desgarrado. Delante de un edificio en forma de media esfera, gris y extraño, en una plaza sin asfaltar, se erigían tres gigantes pétreos, cada uno medía tres metros sobre su pedestal. Con los cascos, las barbas de finos rizos y los rostros delgados, con los grandes ojos gris piedra sin iris, imitaban guerreros asirios. En los párpados, los labios, los hombros y en los abultamientos de la musculatura ventral se había posado nieve recién caída. Las cortas espadas en sus manos señalaban hacia arriba, el instante previo a un golpe que nunca descargarían.

Durante horas viajaron hacia el sur, manteniendo rumbo hacia Kirkuk, que, de hecho, se hallaba todavía en la zona cálida del país. Suelo rojizo y tierra de labrar de color marrón grisáceo, riachuelos fangosos y junto a la carretera colinas cubiertas de cardos.

Rahman frenó y señaló fuera de la ventana. A través de un portón abierto se veía en uno de los patios una pajarera del tamaño de una habitación. Aras magníficas de color azul oscuro se agarraban de la reja, había nieve en los travesaños entre sus garras.

La ciudad había sido sorprendida por la densa nevada. Apenas se veía a treinta metros de distancia. La gente iba a paso ligero por las callejuelas, los comerciantes se apresuraban por recoger sus mercancías, un perro encadenado ladraba al cielo blanco. Se movían a paso de tortuga detrás de los otros coches.

El viento colaba los copos de nieve a través de las negras ventanas abiertas de un edificio público; los cuervos se daban impulso en las líneas del telégrafo.

—Algo así, incluso en nuestro país se ve raras veces —dijo Michael.

—En esta época del año pueden pasar muchas cosas aquí —gruñía Rahman, aunque también estaba sorprendido.

Pasó mucho rato hasta que llegaron a la carretera de Süleymaniye. Michael se durmió en el asiento del copiloto y cuando despertó, se divisaban por fin las primeras casas de la ciudad, dispuestas en un desorden extraño. No se veían las montañas a lo lejos. Los edificios se hallaban como esparcidos en una ancha hondonada. A ambos lados de la carretera crecía un nuevo barrio. Rahman le explicó que el deseo de confort hacía que cada vez más familias abandonaran el casco antiguo y se mudaran a las casas nuevas.

Desde el último promontorio se veían las luces encendidas tras las ventanas cubiertas de nieve.

En el centro se levantaban los edificios gubernamentales y la gran mezquita. Como si fuera el origen de la bruma lechosa, un sol blanco colgaba en el cielo. Las casas del barrio nuevo se veían viejas. Pararon delante de una de ellas, en una calleja no lejos de la calle principal. Habían llegado, Rahman respiró hondo.

(…)

Para sorpresa de Michael, Rahman organizó, a pesar de los peligros al acecho, una excursión con toda la familia. La casa y la ciudad se le hacían pequeñas, tal vez fuese también que sufría de aquella desazón que le había sobrevenido.

El todoterreno, sin embargo, era tabú. Rahman le pasó una vez más cariñosamente la mano por el capó, antes de que se pusieran todos en marcha con el taxi en esa mañana fresca pero soleada. Michael estaba sentado en el asiento de atrás, muy apretujado, a un lado la madre de Rahman; en el otro, casi en su regazo, Derin, y al lado de éste todavía Hamza. Rahman daba unas breves instrucciones al chófer y miraba de vez en cuando hacia atrás, diciendo un par de palabras animosas como un padre de familia.

Todavía antes de abandonar la ciudad, debieron pasar un punto de control de los milicianos responsables de la región. La cegadora luz del sol caía sobre los puestos de guardia de las metralletas, sobre el metal oscuro y gastado de las armas. Michael veía las claras mangas de camisa del miliciano que sobresalían bajo el oscuro abrigo del uniforme, como si quisieran traer un breve recuerdo de la vida civil de ese hombre, que achinaba los ojos y parecía distraído al mirar por encima del techo del coche a la lejanía.

Mientras seguían la línea de las curvas serpenteantes, un segundo taxi se puso detrás de ellos con cuyo conductor ya se habían comunicado mediante señas.

—Mi tío Ibrahim, de parte paterna —dijo Rahman a Michael—. Su mujer y un par de personas más también vienen con nosotros. Los conocerás.

Michael miraba por la ventanilla al lado del rostro delgado de Hamza hacia una carretera que brillaba bajo los rayos del sol y desaparecía en el valle. Sólo un instante más tarde comprendió que ese brillante hilo plateado era la carretera ondulada por la que conducían. La subida era apenas perceptible, tras cada peñasco ganaba un poco más de altura sobre la tierra ancha, una llanura térrea de color de barro, en la que cada arbusto, cada arbolito, cada roca proyectaba una sombra de una nitidez irritante. Cuando se abría la capa de las nubes, la tierra allí abajo parecía inundada de una luz que momentos más tarde ya se había absorbido.

Michael miraba por encima del salpicadero forrado de terciopelo hacia la carretera que desaparecía entre las rocas. No era lo suficientemente ancha para dos coches y admiraba del conductor su confianza en la suerte a juzgar por cómo imperturbablemente apretaba el pedal del gas, la cabeza ligeramente ladeada y con una sola mano en el volante.

Era cuestión de tiempo que apareciera en el carril contrario un camión de transporte; tras una curva pronunciada, de repente se encontraba de frente a ellos. El taxi paró, estaba claro que tenían que dar marcha atrás. Recularon por la carretera hasta un sitio donde un ensanchamiento mínimo en el borde ofrecía el espacio justo para que el transportista pudiera ir pasando a distancia de centímetros. El otro taxista, sin embargo, tuvo que retroceder mucho y desapareció. No lo esperaron.

Las cascadas eran un popular destino de excursiones, sin embargo, aquella mañana las tuvieron para ellos solos. Ya desde la carretera se oía el rumor del agua precipitándose hacia abajo. El chófer aparcó y todos descendieron del coche. Recorrieron el resto del camino a pie.

El agua de un verde intenso caía de un risco a un pequeño lago en cuyas orillas rocosas se acumulaba espuma blanca, como si estuviese en ebullición. Hacía más fresco entre las paredes rupestres que en la carretera, hacía un instante sólo, y todo lo cubría el olor del agua.

Michael fue presentado a todo el mundo. Así conoció al tío paterno, un hombre que con sus ojos achinados y pómulos fuertes tenía baste parecido con Rahman.

Su mujer llevaba, igual que la madre de Rahman, la colorida vestimenta curda con la ajustada torera bordada. El chico con el que había tropezado Michael en la noche también estaba con ellos.

—Su nombre es Adnan —explicaba Rahman, cuando paseaban por las plataformas unidas por escaleras frente a la cascada. Tenía que hablar alto para imponerse al fragor—. Es huérfano, la familia de mi tío lo acogió hace años. La mayoría del tiempo vive con ellos, pero a veces viene a nuestra casa, y con especial interés cuando tenemos invitados.

El muchacho se mantenía cerca de Derin y estaba admirando las aguas en ese momento. La madre de Rahman extendía sobre las piedras una manta y la familia empezó su picnic, a pesar del frío que hacía en el cañón. También Derin se unió pronto a la comitiva. Adnan se quedó solo de pie, parecía perdido, y Michael sintió claramente lo cercano que le resultaba el muchacho, más próximo que todas las demás personas que había conocido aquí.

—De una forma extraña me recuerda a Dima —decía a Rahman—. ¿Lo entiendes?

Estaban sentados con los otros encima de la manta y se había producido una breve pausa, durante la cual Rahman no tuvo que traducir las respuestas de Michael a las múltiples preguntas, sobre todo las de su tío.

—¿Y el pequeño? —preguntó de pasada. Miraba pensativo hacia el muchacho, que todavía permanecía de pie, las manos en los bolsillos, ante la verde pared de agua, como una efigie.

Ahora le llamaba la madre de Rahman. Colocaba la mano abierta a su lado en la manta y él se sentó justamente allí.

—Entiendo lo que dices —contestaba Rahman—. Pero hay una diferencia significativa: Adnan tiene su lugar entre nosotros. Dima no tiene a nadie, es libre de un modo casi peligroso.

Algo más tarde Rahman volvió a estar inquieto. Mientras sus parientes continuaban charlando, se levantó y se acercó a la cascada. Michael le seguía. Sin buscarlo, encontraron un sendero de piedra, salpicado de agua, que ascendía lateralmente por la montaña. Rahman se adelantó, probó la solidez del paso y al fin empezó a trepar. Michael lo observó hasta que llegó arriba del todo mientras con la mano le hacía señales para que subiera.

Desde la altura, los parientes parecían minúsculos, eran manchas de colores en un recipiente enorme de color verde marrón. El agua fluía lisa y tranquila junto a Michael y Rahman, para precipitarse a pocos metros en lo hondo, una fina lluvia de gotas llenaba el aire. Con cuidado se acurrucaron en las piedras y sintieron la reverberación bajo sus manos.

—Pienso a menudo en estas aguas —gritaba Rahman—, cuando estoy en Alemania. Cuesta creer que todo el tiempo van cayendo aquí.

A Michael le resultaba difícil entenderle y, sin embargo, era como si Rahman hubiese escogido justamente este sitio para hablar con él. Aquel tío Ibrahim, supo entonces, tenía un hijo que hacía bastante tiempo estaba preso en la cárcel central de Bagdad.

—Fue un delito de tráfico —explicó Rahman—. Es mi primo, sé que no ha hecho nada. Creemos que unos policías querían su coche y por eso le detuvieron. El coche ha desaparecido.

Michael miraba hacia abajo a la gente. Nunca, pensaba, llegaré a estar más cerca de ellos; Rahman estará a mi lado y me hablará de ellos y yo los miraré a través de un velo de bruma y ruido.

Rahman proseguía diciendo que había una esperanza para su primo. Un conocido de la familia dijo que le habían llegado noticias de una inminente amnistía.

—De vez en cuando hay amnistías —gritaba Rahman—, normalmente en el cumpleaños de Saddam o en días festivos, según las ganas. Entonces sueltan a unos cuantos criminales, nunca a presos políticos. Por lo visto, ahora toca el turno de nuevo. Nuestro informador visitó a su hijo en Abu Ghraíb y allí habló con los guardianes.

Michael escuchaba en silencio. Observaba a Hamza abajo, como se levantaba de la manta con frío y se paseaba arriba abajo para calentarse. Les saludó con la mano.

—El buen hombre tampoco aquí me pierde de vista —dijo Michael y devolvió el saludo.

—Claro. En realidad no forma parte de nuestra familia. Mis abuelos lo adoptaron. Desde entonces, cada vez que hay disturbios, viene a nuestra casa para vigilarla. Es imposible disuadirle. Así es también en este momento: vigila a la familia, especialmente a ti.

Michael se echó atrás y sintió el temblor de la piedra en su espalda. Seguía con la mirada las nubes hasta que Rahman le dio un empujón. Abajo estaba Ibrahim y les hacía señales para que bajaran.

Cuando Michael volvió a ver al hombre con el guardabarros, creía estar dentro de uno de los coloridos y al mismo tiempo angustiantes sueños que le atormentaron aquí. Como en la primera ocasión, andaba con la deforme pieza de metal por el bazar. Esta vez, sin embargo, el lado aparentemente recién barnizado reflejaba la luz del sol. Era como si en ese momento lanzara la luz a Michael, pues se daba la vuelta para desaparecer en un callejón lateral. Se sumergía en la sombra y su hasta ese instante centelleante carga se oscureció.

Michael no oyó enseguida los primeros disparos, sólo vio a dos mujeres mayores apretando el paso. Con una mano recogieron la tela de sus pañuelos a la altura de la nariz y de la boca, como si temiesen respirar demasiado polvo. Entonces percibió las lejanas descargas con claridad. Miraba hacia su guardián. Éste tenía la mano levantada, lo que podía interpretarse como invitación a quedarse parado. Hamza mostraba su sonrisa educada, cada vez más fugaz, cada vez más gastada. En su cara estaba escrita la tensión.

La gente en torno o se había parado o se apresuraba a llegar a sus casas. Michael miraba hacia arriba, al cielo lechoso, luminoso y sentía cómo le invadían a la vez el temor y el afán de heroísmo, una mezcla de sensaciones que parecía ralentizar el tiempo y dibujar todo a su alrededor con nitidez. Sabía que no iba a seguir a su guardián en ese momento, el decisivo; y casi le daba lástima, tal como estaba allí parado, desconcertado.

Empezó a andar y alcanzó la calleja donde había desparecido el hombre con el guardabarros. Había un carro de madera abandonado junto al muro exterior. Pocos metros atrás vio a dos muchachos de tal vez diez años que miraban fascinados hacia la clara salida del callejón, desde donde se percibían nuevamente disparos y en medio un griterío sordo.

Hamza seguía a sus espaldas. Y si bien no hacía nada más, cuando Michael se volvió para buscar a la sombra, se percató de que su acompañante efectivamente le había agarrado por el borde salido de su camisa. Quizá quería retenerle si se disponía a salir a la plaza. Seguramente le creía capaz de cualquier acto temerario.

Decidió dar la vuelta. Ya estaban camino a casa de Rahman, el guardián los precedía con visible alivio, cuando un destacamento de armados vino hacia ellos. Iban con las kalashnikov en ristre y avanzaban con tranquilidad. Hamza les gritó algo y el cabecilla del grupo le respondió. Era un tipo gigantesco y a pesar del arma daba la impresión de ser apacible. Iba delante como un paseante, sus hombres inspeccionaban entretanto las entradas de las casas y las ventanas, controlaban los callejones, sin estar especialmente alertas. También Hamza parecía sosegado tras la conversación con el cabecilla. Esto tranquilizó a Michael, ya que los milicianos, fuesen del bando que fuesen, aquí y ahora parecían tener la situación bajo control.

Cuando alcanzó al grupo, volvió a abrirse fuego, con más vehemencia que antes. Por un breve instante se percibía un atisbo de nerviosismo en los rostros de los hombres, pero la atención de Michael fue desviada por el cuerpo agachado de David. Apareció a pocos metros de distancia y corría hacia ellos. Hamza volvió a hablar con el cabecilla de los milicianos que, sin embargo, ya se había puesto en marcha y avanzaba con pasos largos y serenos.

—Hey —gritaba David riendo—, aquí nunca hay tranquilidad. Michael asentía con la cabeza y se sorprendía de la alegría anticipada de él, que le hacía correr al encuentro de este suceso como un niño con el aliento cortado de excitación.

Cuando le miraba, en su sucia camisa y los pesados zapatos, la clara piel de la frente y de la nariz perlada de sudor, le consideraba incondicionalmente audaz, lo suficientemente audaz al menos para observar de cerca y en todos sus detalles lo venidero. Y, sin embargo, Michael sentía que aquí, entre esta gente extraña, de aspecto arcaico, David llamaba mucho más la atención que él mismo. Michael observó los dedos nerviosos con los que apretaba la cámara contra su pecho. Jugueteaba con la correa mientras miraba excitado a su alrededor, y Michael sintió la necesidad de poner dos pasos de distancia entre ellos.

Cuando el destacamento ya se hubo alejado, Hamza le hizo señales, se frotaba la barba y quería explicar algo, que Michael, por mucho que quisiera, era incapaz de discernir. Una fuerte explosión los sobresaltó. Miraron en dirección a la plaza. Los milicianos avanzaban a paso ligero.

—Empieza la acción —dijo jadeando David mientras le clavaba una mirada expectante.

—¿Por qué no vas tú solo? —decía Michael y subrayó lo dicho con un gesto del brazo hacia el lugar de los acontecimientos.

El inglés estaba visiblemente sorprendido. Vacilaba por un momento, volvió a mirarle una vez más y después corrió tras los milicianos sin mediar palabra.

En cuanto hubo desaparecido, Michael sintió dudas. Otra explosión le sobresaltó. Hamza había extendido su brazo, pero no se atrevía a tocarle ni a tirar de él en su dirección. A Michael le pareció como si pudiera sentir la ola de expansión de la explosión. Automáticamente respiró hondo. Desde la plaza le alcanzaba un ruido de motores. Michael levantó la mano para tranquilizar a su guardián. Quizá fue justamente su molesta insistencia la que hizo que desistiera de seguirle.

Toda su concentración estaba enfocada en los ruidos. Fijaba su mirada en la calle en la que había desaparecido David, y una excitación desconocida se apoderó de él. No había surgido de repente, más bien se había enquistado dentro de él, aumentando paulatinamente como el efecto de una droga. Tenía que ver también con la extrañeza, la irrealidad de esa ciudad de color terroso, en la que no se le había perdido nada, y la de sus habitantes. El motivo de su viaje le parecía tan macilento y lejano, y sin embargo, todo lo que había conducido a ello le importaba mucho más que aquella lucha a vida o muerte que en ese momento se estaba librando cerca de él.

Ante la mirada incrédula de Hamza se movió casi tambaleante hacia atrás, alejándose de él, hacia el lejano ruido. Hamza permaneció donde estaba, sólo siguió a Michael con la mirada. Dejó caer el brazo todavía extendido y ladeó la cabeza. Lo que pensaba probablemente sólo tenía que ver con su encargo, y, sin embargo, Michael tenía la sensación de haberle decepcionado.

Le dio la espalda y empezó a correr, con un paso tan resuelto y rápido que le sorprendía a él mismo. Las callejas y balaustradas vacías, las puertas de entrada cerradas y las ventanas ciegas de casas que sólo se usaban ya de almacén, pasaron delante de él. Todo estaba cubierto de un fino polvo amarillento que parecía haberse desprendido más bien de los muros que del suelo, y que formaba un velo a la luz del sol. Había tanto, como si un ejército hubiese desfilado por el lugar. Pero sólo era el viento suave y alborotado que no lo dejaba reposar.

Tomó el camino por una de las calles principales del bazar. Estaba firmemente decidido a no abandonar el casco antiguo.

En el aire flotaba un ligero olor a quemado cuando alcanzó un edificio plano recién construido al límite del casco antiguo. Tras un muro bajo que cercaba un pequeño solar, se habían tumbado a cubierto dos *peshmerga*. Se acercó sigilosamente. A través de los arbustos delante del muro ya podía ver la calle abierta de varios carriles. Sentía una ansiedad desenfrenada por ver libremente la escena de acción, sin embargo, tuvo que comprobar que no había nada que ver, la calle estaba vacía.

Los dos hombres detrás del muro no se habían percatado de su presencia. Hablaban entre ellos confiadamente y con frases cortas.

Sigilosamente desanduvo el camino, buscando una posición mejor. Detrás de la casa siguiente, el camino hacia la plaza estaba bloqueado por sacos de arena y vigas de madera. Cuatro hombres, entre ellos aquel gigante con el que había hablado Hamza, se habían apostado allí.

Alguien gritó:

—Hey, aquí.

Y entonces vio a David acurrucado detrás de los armados, junto a un oxidado bidón lleno de agua de lluvia. También él estaba esperando, visiblemente tenso, su momento. A causa de su presencia, de repente ya no cabía titubeo alguno para Michael. En esta situación bastaba la escasa familiarización con él para buscar su cercanía. Cuando llegó a su lado, David lo tiró de la manga de la camisa hacia abajo y señaló con la mano en dirección a la plaza.

Michael necesitaba algo para poder controlar su respiración. Estaba acurrucado junto a los *peshmerga*, que no le habían hecho caso, y se reclinaba contra el barril de agua de lluvia. Delante de él se erigía una pared de casa agujereada, por la que pasaba un haz de gruesos cables eléctricos. El olor de gallináceo y agua podrida le entró en la nariz.

—Sabía que vendrías —murmuraba el inglés con una sonrisa—, sí, señor, lo sabía.

—¿Hay más compañeros de trabajo tuyos por aquí cerca? —preguntó Michael.

—No —dijo—, la gran guerra terminó, sabes. —Reía y carraspeaba.

Michael seguía con la mirada fija en la pared de casa, mientras de repente hubo un intercambio de fuertes gritos. Entre las cortas secuencias verbales se producían pausas largas en las que los hombres se esforzaban por oír la respuesta del otro puesto. Su tensa espera se transmitía al inglés y a Michael.

Intentaba otra vez pasar revista a todos los acontecimientos que le habían llevado hasta allí. Pero ni siquiera ahora lo conseguía porque no había necesidad alguna. Sólo había un indefinido afán de aventura. Y sin embargo, todo en ese momento desembocaba en una decisión que no tenía nada que ver con él. Le arrastraba una resaca, a él y a todos los que estaban cerca de estos sucesos.

Los hombres se habían puesto en marcha. El cabecilla se arrastraba a lo largo de la pequeña barricada y espiaba por los intersticios. De repente, como por una orden inaudible, se levantaron todos, se echaron sus fusiles al hombro y se retiraron, como si hubiesen cumplido su encargo. Perplejos los seguían Michael y David con la mirada, cuando los hombres con toda la tranquilidad del mundo pasaron por delante, haciendo caso omiso de ellos. Sobraban por completo allí, y esa circunstancia hacía que su presencia física prácticamente no contara, algo que Michael no había experimentado desde su infancia.

ANDREAS MAIER
Bad Nauheim, Alemania occidental, 1967

Lo primero que llama la atención en los textos de Andreas Maier es un humor irónico que deja atrás los tópicos, revela una sutil comprensión de las raíces individuales, penetra en el origen de la historia en mayúsculas y en los núcleos sociales pequeños. La labor del autor, oriundo de un pueblo cercano a Fráncfort, es revisar los modos y costumbres de la vida en provincias, cotejar sus formas, probar su validez y resistencia ante un mundo controlado por la tecnología y totalmente digitalizado. Las lúcidas observaciones de Maier sobre el *homo provincialis* dan a conocer sorprendentes alternativas existenciales. Sus personajes han hecho del apego al terruño y de la fobia urbana una ontología propia, con la que algunos consiguen ofrecer cierta resistencia a la explotación y a la destrucción de su entorno. El compromiso político entre narcisista y radical de una generación de alemanes criados en el fin de las ideologías, está siempre presente, pero de un modo decididamente ambiguo. Es esta mirada interrogante, junto con la pertinaz persecución de un tema de peso, la que distingue la singularidad del universo narrativo de Andreas Maier.

Después de estudiar Filología clásica y doctorarse en Literatura alemana, Maier deslumbró a la crítica con su primera novela, *Martes del Bosque* (Adriana Hidalgo, 2004). Su tratado ácido de la rumorología provinciana recibió el premio de la fundación Jürgen Ponto, el premio Ernst Willner del concurso Ingeborg Bachmann y el premio de literatura Aspekte. Con la segunda novela, *Klausen* (Adriana Hidalgo), Maier lanzó una fresca sátira sobre las especulaciones inmobiliarias y la xenofobia en un idílico pueblo del Tirol italiano. En cambio, *Kirilov* (Adriana Hidalgo, 2006) constituye un complejo melodrama existencialista en torno a la resistencia estudiantil contra el almacenaje de los residuos nucleares del gobierno socialista. *Sanssouci*, una malévola e hilarante intriga al estilo del Marqués de Sade, se sale de este conjunto al enfocar los abismos del sexo y de la religión, y por girar alrededor del tema de la verdad siguiendo el modelo de Dostoievski.

Con *La habitación* (Adriana Hidalgo), Andreas Maier inicia un ciclo autobiográfico de once novelas ubicado en el mundo rural de Hesse. Maier pretende documentar a partir de la historia de una persona en un lugar, y empieza en el espacio más inmediato, la habitación donde vivió su tío J., retrasado mental, para pasar a continuación, en *La casa*, a otro personaje marginado, el niño huraño y lector precoz que fue en los años sesenta y setenta. La más reciente entrega de este estudio de una familia se titula *La calle* (2013), donde Maier explora minuciosamente a un adolescente y su horror ante el sexo.

Las columnas periodísticas, de las que publicamos aquí dos por cortesía de la editorial Suhrkamp, se recopilaron en *El tío J. Conocimiento del terruño*, de 2010.

EL OTRO DÍA
ESTUVE EN EL CEMENTERIO

El otro día estuve en el cementerio. Allí, en Friedberg, en el Wetterau, están enterrados mis abuelos, mis bisabuelos y mis tatarabuelos, todos debajo de la misma losa. La losa proviene de nuestras canteras, mi familia antes hizo lápidas para este cementerio. Teníamos una cantera de diorita. Cuando tenía diecisiete, dieciocho años, conocía casi todas las lápidas del cementerio de memoria. No está lejos de la casa de mis padres.

El último entierro en este cementerio que concernía a mi propia familia fue el de mi eternamente odiado tío J., a quien ahora, *in memoriam*, me voy pareciendo cada vez más. Era el tonto del pueblo. Por estos lares se dice también «babanca». Uno que está parado ante unas obras y se queda pasmado. A día de hoy, mi alma ha descubierto un parentesco secreto con él, el abominable. En las fiestas familiares, a veces he llegado a sustituirle.

El tío J.: nacido con fórceps, un niño flaco, retrasado mental, además de completamente insensible al dolor; cierto parecido externo con Glenn Gould en las fotos de los años cincuenta es innegable. Su padre, mi abuelo, abominaba de su primogénito, le pegaba con una correa de cuero, y cuando J. ayudaba algo en la cantera o ejecutaba ciertas tareas inventadas por él (eso lo hacía también en casa: se montó un taller de fantasía y allí destornillaba y pulía en acciones ficticias totalmente absurdas, como si él también ejerciese un oficio), entonces mi abuelo no le llevaba consigo en su automóvil a casa, y el tío tenía que andar a pie los tres kilómetros desde la fábrica hasta la casa paterna.

En mi época, digamos en los años setenta, mi tío J. trabajaba en Fráncfort, en la estación central, en correos, acarreaba paquetes, no se duchaba nunca y emanaba un hedor tan insoportable que a los dos minutos penetraba en cualquier lugar hasta la última rendija. Cuando nos venía a ver, yo abandonaba inmediatamente la casa y, la mayoría de las veces, me iba al cementerio. En la casa de los padres de J. (toda su vida vivió con su madre en Bad Nauheim) le instalaron a propósito un baño para él solo en el sótano, directamente al lado de su taller de fantasía. El sótano era su reino. Hoy habito yo esa casa. Podría abrir un museo de J.

He hablado de un parecido secreto de almas. Bueno, pues soy bastante aseado, no me parezco en nada a Glenn Gould y nunca me monté un taller de fantasía (si bien los tornos y los hierros para desbastar de J. siguen estando allí, aunque él, como casi todos los antiguos habitantes de la casa, ya esté muerto). Pero ciertas cosas poco a poco se vuelven muy parecidas. Primero: Cuando J. venía a casa de mis padres (los domingos mi abuela y él comían habitualmente en nuestra casa) entonces *siempre* iba primero a la cocina, abría la nevera, sacaba una cerveza Henning (mi padre trabajaba en la cervecería Henning, toda la familia bebía cerveza gratis), después abría el armario de cristal situado justamente encima de la nevera, sacaba una jarra de cerveza Henning de cristal, se llenaba la jarra, se la bebía casi hasta la mitad estando todavía delante de la nevera y mientras lo hacía emitía un ruido de placer tan asqueroso que se convirtió para mí en el arquetipo del horror. A sus oídos probablemente sonaba vigoroso. Por lo demás, bastaba el camino desde la entrada hasta la cocina para apestar toda la casa. Era una especie de olor a forraje ensilado. Yo, entretanto, me iba al cementerio, me aprendía las lápidas de memoria y respiraba hondo...

Hoy, veinte años más tarde, tengo que pensar automáticamente en él cuando llego a casa (o sea, a Bad Nauheim, a *su* casa), porque la mayoría de las veces lo primero que hago es llenarme en el acto una jarra de cerveza y emito un ruido de placer, en solitario y de pie ante la nevera, como él.

Segundo: J. iba mucho de bares. Había una época en la que yo también empecé a ir mucho de bares. Evitaba los llamados cafés y prefería ponerme en la barra de las tabernas de cerveza y sidra. Es algo que he hecho hasta el día de hoy. Apenas había empezado con ello (tenía unos veinte años) me encontraba cada vez a mi tío J. Él y yo, los únicos frecuentadores de bares en nuestra familia. A lo largo de nuestra vida no sólo a veces conocíamos la misma gente, sino que visitamos invariablemente las mismas tabernas: la Schillerlinde, la Dunkel, la Goldene Fass, la Hanauer Hof, la Jagdhaus Ossenheim y otras por el estilo. Mi tío era en todas más conocido que un gorrión.

Tercero: Recorría como un perro callejero las callejas de su pueblo natal. Yo también.

Ante el pavo de Navidad (en las Navidades le obligaban a una limpieza corporal), año tras año, al cabo del tercer bocado, meneaba el cuchillo y decía con un movimiento peristáltico revertido en la voz: «Ursel...» (Ursula, mi madre)... «Ursel, tu pavo es el mejor pavo que has hecho jamás». Toda mi vida he odiado esta frase claramente ilógica. Ahora la pronuncio en honor a J. ante cada pavo de Navidad, tras el tercer bocado y meneando el cuchillo. Lo único que todavía no consigo es revertir el peristaltismo.

Sin embargo, lo misterioso de nuestro parecido de almas es lo siguiente: mi tío apestoso, feo, y por lo demás brutalmente colérico, quien no obstante con los años se me ha hecho cada vez más familiar en sus carencias, fue el único en la familia que conocía la naturaleza. Sabía identificar los pájaros, y sus programas preferidos, junto con los de música folclórica, eran los que trataban de la naturaleza (a día de hoy él vería toda la noche películas porno, a su manera también programas de naturaleza, pero en aquel entonces todavía no existían, gracias a Dios).

Hoy, yo soy el único en la familia que sabe identificar pájaros. Aunque, programas de música folclórica todavía no miro. Tampoco películas porno. No tengo televisor.

Ésta es mi patria chica. Cuando murió mi tío, ayudé a llevar el ataúd. Los portadores del ataúd naturalmente estaban borrachos. Seguramente, mi tío también lo habría estado ese día si lo hubiese vivido.

Mi tierra natal, mi tierra natal de cementerio. Mi familia es una familia que siempre ha hecho lápidas. También las suyas propias.

El caso es que el nombre de J. ya no cabía en la lápida familiar. Ahora tiene una pequeña lápida lateral. Cada vez me recuerda al extraño cuarto de baño en el sótano. Su reino.

EL OTRO DÍA EN WENDLAND[1]

El otro día volví a viajar a Wendland. Allí, todas las personas llevan barba y saben hacer juegos malabares. El presidente de la iniciativa ciudadana Lüchow-Dannenberg también lleva barba y sabe hacer juegos malabares. Yo iba a algo llamado Lachparade, desfile de la risa, donde la gente se congrega en un pajar y mira a otras personas con barba hacer juegos malabares. Por lo visto, estas barbas tan singulares han surgido de la resistencia contra la economía nuclear alemana. En el primer tomo de *Astérix* (*Astérix el galo*), en un momento dado, preparan una pócima mágica que produce un crecimiento de barba instantáneo. De repente, a todo el ejército romano le crece la barba, igual que a la resistencia en Wendland. En general, desde siempre la resistencia en Wendland se ha definido a través de los *Astérix*. Toda Alemania está ocupada por la economía nuclear germano-federal... ¿Toda? ¡No! Una comarca poblada por irreductibles habitantes de Wendland resiste, todavía y siempre, al invasor. El último transporte de residuos nucleares fue llamado, muy consecuentemente, «Castornix».[2]

---

[1] Zona rural en Baja Sajonia, antiguamente fronteriza con la RDA, donde se encuentra el depósito de residuos nucleares al que el Estado francés envía por tren sus desechos radiactivos. Desde la década de los ochenta, los habitantes de la zona han creado un movimiento de resistencia ciudadana muy activo contra los transportes, que cuenta con apoyo creciente en todo el país. (*Todas las notas son de la traductora.*)

[2] Juego de palabras que combina la negación coloquial alemana «nix» con la denominación oficial para los recipientes de residuos

Los habitantes de Wendland resisten, todavía y siempre, a la economía nuclear germano-federal, mientras mi patria chica, la Wetterau, y más concretamente mi ciudad natal, Bad Nauheim, ni siquiera resiste a la Expo de jardinería, por no hablar de la vía de circunvalación. Creo que en toda la comarca de Wendland hay tres semáforos, dos en Dannenberg y uno en Lüchow. En la Wetterau pronto sólo habrá vías de circunvalación que llevarán a las Expos de jardinería, en ciudades de las que no ha quedado nada y que sólo se circunvalan. Me gustaría invitar algún día a la comarca Wendland a visitar la Wetterau para ofrecer allí un poco de resistencia. Por ejemplo, no tendría nada en contra de una barricada de tractores en nuestra nueva vía de circunvalación. Descargar un par de bloques de cemento en la carretera y encadenarse a uno de ellos para que nadie pudiera pasar. Sin embargo, la ley de las carreteras de la Wetterau es más brutal que la autoridad de la policía en Wendland durante el desfile anual del castor. Los de la Wetterau simplemente atropellarían a la resistencia de Wendland en sus vías de circunvalación. A lo mejor te puedes plantar en el camino de un transporte de residuos nucleares, pero ¿quién se planta en el camino de uno de la Wetterau cuando se acerca a todo trapo, a ciento treinta kilómetros por hora, por una vía de circunvalación?

Mi tierra está más muerta que una tumba, ha abrazado la demencia del embellecimiento y de la circunvalación como una ideología de redención, para ser redimida finalmente de sí misma mediante la aniquilación, tal como

---

nucleares, «castor», acrónimo de *cask for storage and transport of radioactive material*, es decir, recipiente de almacenaje y transporte de material radiactivo.

lo sueñan los héroes amorosos de las óperas de Wagner. Hundirse en la dulce nada. La nada de la Wetterau tiene forma de carretera, el habitante de la Wetterau tiene forma de coche y la redención empieza a 130 kilómetros por hora.

En Wendland me encontré con una persona que no sólo vivía «sin coche» —esto es, sin lugar a dudas, el primer paso para todo lo demás—, sino que incluso vivía sin corriente eléctrica. Y, por cierto, no se le veía nada raro. Vino con su bici de carrera y llevaba casco, debajo del cual nacía una barba.

Durante medio año yo llevé barba en la Wetterau. Todos me tomaron por un... aquí me falta la palabra adecuada. Por un sonado. Por enmohecido. Por engreído. Cada uno me tomaba por otra cosa, la mayoría por un ser profundamente religioso y levitando en el más allá. Yo me sentaba en el jardín detrás de mi casa y hacía juegos malabares para mí mismo. Más tarde me fui a Wendland para el Castornix y allí pronuncié un discurso en el que sostuve la tesis de que todos los wendlanderos llevan barba y hacen juegos malabares.

Así que el otro día volví a estar en Wendland, invitado por el primer presidente de la iniciativa ciudadana Dannenberg-Lüchow, el jefe de la resistencia. Lleva, ya lo mencioné, barba. Nada más presentarme en su granja, cogió disimuladamente tres pelotas y empezó a hacer malabares. Lo hacía con toda la tranquilidad del mundo, y únicamente cuando de pronto hizo bailar las pelotas sólo con una mano en vez de con las dos, me guiñó brevemente el ojo. Lo que significaba: «No está nada mal, ¿verdad?».

Entonces llegaron los caballos, dos frisos enormes. A uno de ellos una señora le había pintado una x amarilla (como en el CastorniX) en el trasero. Este trasero de caballo se agitaba bastante. Y pensé cómo sería el sexo aquí en Wendland, y si ellos se pintarían también en otras partes.

Finalmente flotábamos a la deriva en una cisterna de plástico cortada por la mitad sobre un lago cubierto de cañas y observábamos croar a las ranas. Cuando llevas cuarenta y ocho horas en Wendland, tienes la sensación de haber pasado ya cinco años en esta comarca. Hasta los pueblos de allí, todos redondos, tienen aspecto de pueblo de *Astérix*. Alrededor están los romanos, en uniformes verdes, por todas partes.

El antiguo ministro del interior, Kanther, una vez se refirió a la gente de allá como «gentuza asquerosa». Los aludidos se lo tomaron al pie de la letra y desde entonces se llaman así entre ellos. Cuando en Lüchow, o en Waddeweitz, o en Breselenz, o en cualquier otra parte un grupo de wendlanderos se encuentra con otro, el primero exclama: «Allí está otra vez esa gentuza asquerosa de la resistencia que no da palo al agua en todo el santo día, ni se lava y apesta». Y el segundo grupo responde: «Anda ya, si vosotros lo que queréis es nuestra corriente eléctrica».

La gentuza asquerosa de Wendland vuelve a estar de gira este verano y busca un nuevo campamento base, sí, exactamente, justo delante de nuestra casa. Barricadas de tractores inclusive. Quien quiera puede aprender allí a hacer juegos malabares. Un mes entero sin lavarse. Cuidado, ya vienen.

MELINDA NADJ ABONJI
Bečej, Yugoslavia, 1968

Nacida en la Vojvodina, la provincia húngara de la antigua Yugoslavia, y criada cerca de Zúrich, Melinda Nadj Abonji es músico y se ha dedicado a la *performance* literaria; ha desarrollado un estilo propio e inconfundible en el ámbito escénico mediante la palabra y la música, con un poderoso lenguaje, cadencioso y muy rico en imágenes. El experimento con el aspecto fonético de las lenguas —utiliza indistintamente el alemán, el húngaro y el dialecto suizo en el escenario—, junto con el humor y la duplicidad verbal, constituyen el caldo de cultivo de sus producciones literarias, breves textos entre el rap y el poema en prosa.

Esta capacidad de Nadj Abonji de tantear las palabras hasta encontrar sus recovecos es muy patente en su primera novela, *En el escaparate, en la primavera* (Jung und Jung, 2004) de la que presentamos aquí un pasaje. En ella se narra el tránsito de una niña suiza a la edad adulta, desde la extrañeza y la distancia de un ser traumatizado por el desafecto y la violencia. Con gran delicadeza y mediante un discurso elíptico, seudoinfantil, se recrea el estado mental de la joven, terriblemente aislada, que busca constantemente aliados para protegerse de sus diversos abusadores. Nadj Abonji se desmarca ya aquí de la novelística suiza tradicional al tratar temas como la violencia doméstica, el abuso infantil y la marginación de las parejas de lesbianas.

Con su segunda novela, con la que ganó el premio del Libro de 2010, *Las palomas levantan el vuelo* (El Aleph,

2012), confirma su compromiso ahondando en temas de peso y con una mayor voluntad de estilo. La crónica sobre la integración de una familia de emigrantes yugoslavos en Suiza revela la endeblez de los conceptos de asimilación en boga, pues los esforzados «yugos» que protagonizan el relato consiguen el éxito económico, pero no una nueva patria, ya que sus conciudadanos suizos les niegan el reconocimiento como personas. Tras un arranque dulce, la novela evoluciona hacia un *crescendo* furioso, cuando los conflictos cotidianos se suman al caos mental que provoca en las hijas de esa familia modélica el estallido de la guerra en Yugoslavia.

EN EL ESCAPARATE, EN LA PRIMAVERA

III

En la estación hay mucho aire, y lo contrario de estación es cementerio. Luisa se tambalea. Corriente de aire. Luisa está quieta. Las grandes ciudades como Viena. Y es en la estación donde se palpa la grandeza de la ciudad sumida en el frío. Cementerios. Caminos ordenados, derecha, izquierda. Tumbas austeras, otras desbordadas de flores. Señor reverendo. No me lo puedo imaginar. No vivir nunca, nunca más. Hija. Tampoco tienes por qué.

Luisa Amrein llevaba un abrigo de invierno marrón claro. Conjuntaba muy bien con su pelo oscuro recogido de forma holgada, y Luisa esperaba a la salida del vestíbulo de la estación con su bolso y sus labios pintados. Tal vez brillaban como las letras en la espalda del vendedor de periódicos. Y en la estación Luisa sentía la grandeza de la ciudad sumida en el frío. Frank se hacía esperar, Luisa esperaba de buen grado. Disculpa, por favor.

Luisa habría preferido sentarse en el asiento de atrás y estaba sentada en el del copiloto, al lado de Frank, y rodaban en dirección al extrarradio. Las carreteras se multiplicaban como las casas y los árboles. Luisa cruzó las piernas porque su corazón palpitaba. Quería decir algo. A veces miraba de reojo a Frank y sólo podía distinguir los hoyuelos bajo sus mejillas. Sentía los dedos de los pies fríos en sus botas y las axilas empapadas en su jersey de cuello cisne. El invierno es un verdadero monstruo, había dicho una anciana en el tranvía frotándose las manos, y Luisa le había dado la razón, sentí cariño por sus manos. Por qué, preguntó Frank. Porque las tenía tan secas y arrugadas que no podía imaginármelas de otra manera. ¿Y ésa es razón para sentir cariño por unas manos?, y Frank frenó de forma abrupta.

El número veintiuno se encontraba en medio de casas con árboles, en la periferia urbana. Los ventanales del salón llegaban hasta el suelo, y adheridas a los cristales había siluetas negras de pájaros. Las losas de piedra de la terraza estaban moteadas de blanco y gris, y el asta de la bandera se erguía vacía hacia el cielo. Los trajes de Frank pendían de una barra metálica en el dormitorio. Luisa preguntó, los necesitas todos, Frank le tendió un vaso, Luisa no solía beber whisky porque era impropio de una mujer joven, Frank hizo como que brindaba y frunció un poco la nariz.

En el dormitorio olía a frío. Luisa estaba acostada en la cama doble bajo una manta pesada al lado de Frank y no lograba conciliar el sueño. Frank respiraba con la boca abierta, y a Luisa le dio por pensar, seguro que es mayor que yo. La lámpara de la mesilla decoloraba la piel de Frank, y la ropa de cama listada en tonos chillones conferiría a su cara un aspecto todavía más pálido. Luisa lo palpaba con la mirada, deseaba salpicar de puntos los huecos de su piel y remarcar con un rotulador verde los pliegues de los ojos. Qué hombre, y estaba perpleja de que la cara de Frank pudiera contrastar tanto con la ropa de cama, y de que su mera cabeza mascullara cosas ininteligibles, sin duda tiene que ver con su profesión, pensó, y se deslizó del lecho.

En el cuarto de baño se reclinó en la puerta cerrada y esperó. Luego hizo bascular el interruptor de la luz. Éste es, pues, el aseo de Frank. En esta bañera se estira desnudo. Luisa se miró en el espejo, y vio en el espejo a Frank afeitarse y peinarse. Pero lo principal era el armario de luna, y Luisa se imaginó lo que podría encontrarse ahí dentro. Los artículos de aseo, escasos y ordenados de cualquier manera, eran las cosas que más la atraían. Y no veía el momento de saber en qué frasco estaba metido el aroma de Frank.

Nunca he visto un hombre que se lime las uñas, dijo Luisa al señor Zamboni. En el pequeño armario de plástico de la cocina había cinco tijeras de uñas y un juego de limas. Pues tienes uno frente a ti, contestó el señor Zamboni, un peluquero trata sus uñas como trata las cabezas de sus clientes.

El armario de luna de Frank tenía algo insólito. Todos los objetos se encontraban en sus envoltorios de fábrica, detrás del cristal. Luisa rodeó con las manos los tres compartimentos de distinto tamaño, midió con el pulgar y el meñique la longitud y la altura aproximadas, hizo un croquis en un trozo de papel y empezó a anotar. Un paquete de diez hojas de afeitar. Tres pastillas de jabón envueltas en plástico. Dos desodorantes de marcas diferentes. Una caja doble de bastoncitos de algodón y un tubo de gomina. Sendas cajitas de analgésicos para la cabeza y el dolor de muelas. Un bote de licor para enjuagues. Frank. En enero en Viena. Luisa se quitó la camiseta y se pintó los labios con el torso desnudo.

Por lo general, Luisa y Frank se citaban los fines de semana, la noche del viernes o la del sábado, Frank le pasaba el brazo por el hombro, y ella primero le rozaba la piel. La llevaba al pub situado cerca de la estación, y resultaba agradable, aquí estamos tranquilos. Frank pedía whisky escocés, la abrazaba con la mirada y fumaba. Luisa quiso decir algo. Llevaba la blusa con el estampado de los pulpos y los caballitos de mar que juzgaba inadecuada para otras ocasiones, qué blusa tan extravagante llevas, dijo Frank hundiendo la mirada en la cara de Luisa antes de besarla, y ella sintió ansias de ver la blusa muy cerca de él.

En el asiento de atrás unas revistas se deslizaban de un lado a otro cuando, hacia las diez, rodaban en dirección al extrarradio. En la mayoría de las casas estaba encendida la luz, y Luisa contaba personas desconocidas en ventanas iluminadas. Frank puso la radio y empezó a silbar. Sus manos enguantadas descansaban sobre el volante. Después del quinto semáforo no dobló a la derecha sino a la izquierda. Por qué. Luisa no preguntó. Quizá me introduce en el maletero y se va muy lejos, adonde sea. Frank paró en una gasolinera, y Luisa se bajó, su aliento se distinguía en el aire. Frank le había regalado flores. Es también el miedo lo que me empuja hacia él, pensó.

Frank estaba sentado en el sofá con las piernas cruzadas, la frente le brillaba a la luz de la vela. Le tendió el vaso, por la belleza de las mujeres. Luisa levantó su vaso, nunca había brindado por la belleza de las mujeres, quería contar un chiste. Desde cuándo vives aquí, preguntó, y Frank contestó, los Reyes me regalaron la casa en Navidad. Paseó una mirada divertida a su alrededor, y la atrajo hacia sí. Mientras la besaba, Luisa fijó la mirada en su entrecejo. Las historias de tíos son una engañifa, decía Valérie, que siempre se tomaba la licencia de afirmar cualquier cosa. Pero Frank estaba ahí, como un día de diario.

Frank solía dormirse al instante. Luisa se quedaba despierta y se imaginaba cómo colocaría los trajes sobre el cuerpo inmóvil de Frank para juzgar qué colores y dibujos conjuntaban mejor con su piel. Y como las noches no le alcanzaban, por las mañanas la cara de Frank permanecía embalada y atada como un bulto de correo. Desayunaba de pie, me tengo que ir. Trabajaba de asesor de comunicación, y Luisa preguntó, qué es lo que haces exactamente. Mi trabajo es universal, y siguió fumando el cigarro, metido entre los dientes, ¿eso es todo?, preguntó Luisa. ¿No es suficiente?, y se ajustó la corbata. Sin camisa ni corbata su cuello parecía desnudo.

Luisa era la amante de Frank. La mujer de éste vivía de forma transitoria en España, y Luisa tenía prohibido atender el teléfono. Mi mujer, dijo Frank realizando un gesto ovalado con el vaso. Por qué no está, preguntó Luisa, y él contestó, si vuelves a mencionar a mi mujer, y la tumbó en el suelo. Luisa miró debajo del armario del salón, resultaba tranquilizador que allí no se hubiera acumulado más que polvo.

Luisa llevaba el abrigo de invierno marrón claro. Conjuntaba muy bien con su pelo oscuro recogido de forma holgada, y en el vestíbulo de la estación se ponía al lado de las escaleras mecánicas. Corriente de aire. En la estación hay mucho aire, y lo contrario de estación es cementerio. Un hombre trajeado la abordó y le dijo, debería usted llevar el pelo suelto, la cogió desprevenida, no supo qué responder. Se le ha trabado la lengua, preguntó el hombre, y le ofreció un cigarro. ¿O me estaba esperando?, y Luisa dijo, no le conozco. La próxima vez la invito a un café, y se despidió desde la escalera mecánica haciendo señales con la mano y sin volver la vista. Su aroma se le incrustó en la nariz.

Del retrovisor colgaba, balanceándose, una figura de plástico con botas militares rojas, quién es, preguntó Luisa, mi talismán, contestó Frank conduciendo a toda máquina. Luisa quiso decir algo. Se sujetó del pomo de la puerta, y el talismán llevaba un traje de cuerpo entero con capa. Quizá debiera haberlo tocado. Miró de reojo a Frank, que tarareaba para sus adentros.

En el garaje había una pila de neumáticos, y Luisa se imaginó cómo su abrigo quedaría tirado sobre la goma negra. Con el ascensor se subía directamente del garaje al salón, y ya en la cabina Frank solía volcarse sobre ella. Te das cuenta de las comodidades que tiene la vida, susurraba antes de besarla. El ascensor se elevaba con un ronroneo, comodidades, qué palabra tan curiosa, y Luisa no lograba cerrar los ojos. En el salón encendió un cigarro para Frank, se fijó en su rostro de piel caída. Quizá ocurra algo insólito hoy.

En el armario colgaban los vestidos de la mujer de Frank. Eran sencillos y elegantes y de discretos colores. Luisa se los fue probando, y estaban hechos a su medida. Nunca había llevado vestidos de ese estilo, y se giraba ante el espejo, y el vestido de noche negro con las dos capas superpuestas de tela distinta era el que más le gustaba. Se pintó los labios, remarcó las cejas y se recogió el pelo. Frank dormía en el espejo, Luisa se sentó en el sofá del salón esperando la salida del sol. Luego se sentó en la alfombra, muy cerca del ventanal, y la luz iba transformando la alfombra, era muy bonito. Y pensó que Frank quería dormir hasta que volviera su mujer.

Luisa abrió el armario de luna. Sacó todas las cosas y volvió a meterlas en el compartimento más grande ensayando órdenes diferentes hasta dar con el mejor. La botella de perfume no estaba en el armario de luna, y tenía que estar en alguna parte. Rebuscó en el abrigo de Frank pero no encontró nada más que la billetera con dinero, tarjetas de crédito y fotos. Lo ordenó todo sobre la alfombra, y ahora recuerda cómo sintió el aire frío del suelo. Se metió el dinero y una tarjeta de visita en la braga, quizá el perfume esté en la mesilla, y tenía la convicción de que Frank escondía su perfume intencionadamente, estoy rebuscando entre cosas ajenas.

Frank yacía de espaldas y roncaba perceptiblemente. Luisa acercó un mechero a su cabeza, parece el Espíritu Santo, y con la otra mano tironeaba del cajón. Dónde está la llave, susurró acercándole la llama directamente al entrecejo. Frank masculló algo ininteligible y se dio la vuelta.

Luisa puso la lámpara de la mesilla en el suelo, la encendió y la empujó debajo de la cama. La respiración de Frank silbaba en la estancia. Luisa se arrodilló y palpó detrás de las patas de la mesilla: ahí no había llave. Dónde la escondes, susurró, y se metió bajo la cama. Y no habría dado crédito si no lo hubiera visto con sus propios ojos.

Tenía el pelo tan largo que sentía en los hombros cada movimiento de la cabeza. Estaba en la estación, al lado de las escaleras mecánicas, y los dedos en el bolsillo del abrigo de invierno se contraían en forma de caracol. Ya había oscurecido. Opino que está usted muy atractiva con el pelo suelto, y el hombre exhalaba las palabras al aire mientras golpeteaba en la cajetilla para sacar un cigarro. Le ofreció y fumaron, y a ratos se miraron, y Luisa pensó en decirle a un extraño, es usted muy atractivo. No me lo puedo imaginar, dijo Luisa. Qué, preguntó el hombre, ¿que no nos volvamos a ver?, yo tampoco, y enarcó las cejas, y detrás de él pasaba la gente, y una cosa no tenía nada que ver con la otra.

Quisiera seducirla, el hombre le tendía la carta formulando recomendaciones sobre las diferentes bebidas, lo hacía con gracia y siempre que estuviera de buen humor. Por cierto, mi nombre es Frank Ulrich, y le besó la mano a Luisa Amrein. Ella se decidió por un aguardiente de albaricoque, y él dijo, yo sólo bebo whisky. Luego se hizo un silencio absoluto. Qué haces en la estación, preguntó Frank. Hago de espectadora. Una hora cada día. ¿Y para qué? Para decidir si me voy de viaje.

En el coche olía a Frank. Tenía el pelo corto de color rubio oscuro y ladeó con elegancia la cabeza al subir al vehículo, adónde la llevo, y Luisa contestó sin mirarlo, a tu casa. Y cuando lo observaba mientras dormía no habría sido capaz de decir qué era lo que la fascinaba en él. Bicho raro que eres, dijo Valérie, y Luisa contestó, es una mala costumbre. Lo has cogido de la tele, preguntó Valérie riéndose como escupiendo los dientes. Lo siento si te parezco estúpida, Luisa sentía cómo se le hinchaba el cuello, quisiera saber quién es. Qué insólito, exclamó Valérie. Y más tarde preguntó, ¿ya le conoces como la palma de tu mano?

Valérie trabajaba en un quiosco cercano a la estación, su pelo se levantaba al aire en gruesos mechones, y los pómulos le llegaban hasta las cejas, Luisa estaba prendada de su aspecto. Cientos de periódicos y revistas y postales, y detrás Valérie con su pelo y una mirada como unas tenazas, qué desea, y no ordenó ni desembaló nada, sino que se cruzó de brazos y se quedó a la espera. Todo parecía sobrecogedor. Luisa se dio la vuelta y se fue, y al día siguiente volvió.

Se puso a varios metros de distancia del quiosco y comenzó a garabatear. Valérie gritó, qué está haciendo, y Luisa no contestó pero al instante Valérie se le plantó enfrente, levantó la barbilla y dijo, te estás burlando de mí, mirando fijamente el papel con los garabatos. Luisa respondió, es cosa mía, Valérie convirtió su mirada en dardos y frunció la nariz, esto no es una atracción turística, y dio media vuelta. Vistos por detrás, los pelos de Valérie se elevaban de la cabeza como montañas picudas, y el corazón a Luisa le latía en el cuello, habría disfrutado con pasarle la mano sobre las puntas del pelo, cabrona, gritó Luisa.

Valérie se detuvo, el aliento de Luisa hacía remolinos en el aire, el frío daba zarpazos en su nariz y en los lóbulos de sus orejas. Valérie dio varios pasos hacia atrás antes de girarse como un relámpago. Luisa centró la mirada en un gran lunar en la frente de Valérie, si echo a correr me alcanza, y no corrió, sino que se quedó parada y cerró los ojos. Los pasos de Valérie crujían despacio y acompasados hasta que ya no se oyó nada. Luisa pensó, no voy a abrir los ojos, y la sentía directamente enfrente.

¿Y qué bicho eres tú? Los párpados de Luisa se estremecían, y bajó la cabeza, soy Luisa Amrein, Valérie llevaba botas de caña alta con cordones, y cómo me llamabas, preguntó. Ni idea, y Luisa levantó la cabeza para mirarla a los ojos. Quedó fascinada con las ventanas plateadas en las pupilas de Valérie, seguro que ve de un forma distinta que yo. Qué miras, quiero saberlo, Valérie imitó un telescopio con los dedos y lo acercó al ojo, y a Luisa le habría gustado mirar también, cómo te llamas, susurró. La muy inocente quiere saber cómo me llamo, y por qué habría de revelarte mi nombre. Pero Luisa pensó, debe de tener un nombre extravagante. Y en efecto. Valérie Olivia Francine. Se le ofrece algo más, preguntó Valérie.

Las flores cortadas no me gustan, y si alguien me las regala las tiro. Luisa le había regalado tulipanes amarillos, entonces tíralos, dijo Luisa. Puedes ponerlos en tu casa, y Valérie le tendió las flores. No. Valérie tiró el ramo a la basura sin pensarlo dos veces. Yo nunca sería capaz de hacer eso, pensó Luisa.

El sábado nos vamos de viaje, y Valérie apuntó un número en el calendario, no, respondió Luisa. Por qué no,

Valérie podía mirar con mirada absolutamente inmóvil, tengo planes para ese día. Ya estás ocupada, y se rio con risa torcida, cómo se llama él, y Luisa se quedó en silencio. Valérie sostenía el calendario entre sus manos, comprendo, te van los secretos, Luisa miraba el paisaje nevado de 1992. Adoro la nieve, sobre todo cuando se derrite, y su dedo trazó un círculo en el vientre de Valérie. Cuidado, de cintura para abajo pierdo el control de mí misma, susurró ésta. Luisa prolongó la línea hasta los pies de Valérie, el color de su piel era de una belleza inefable. Lu, dijo, nunca había llamado así a nadie, guarda para ti lo que hagas con él.

Mi jefe quiere llevarme a la cama, dijo Valérie, me lo reveló ayer. Luisa esperaba frente al quiosco, Valérie masticaba chocolate, sus ojos ardían. Enseguida supe que quiere aparcar en mí, y apenas movía los labios cuando hablaba. No tienes por qué, dijo Luisa. Me dan ganas de desarbolarlo, y Luisa no pudo por menos que reírse porque Valérie podía hablar tan deprisa que daba vértigo. Qué te parece tan gracioso, Valérie batió las manos contra las manos de Luisa y contó dónde y en cuántas cosas su jefe tenía metidas las suyas.

Y sabes qué, le dije, su mujer es una de mis mejores clientas, Valérie rizaba un mechón de pelo, y me contestó, mi mujer es tolerante por naturaleza. Al decirlo me examinó tranquilamente, estoy segura de que todavía no había desayunado, un empresario por los cuatro costados, dijo Valérie con lengua afilada. Soy una diana para los hombres de mediana edad, estoy hecha a su medida. Luisa entonces no tenía idea de lo que Valérie quiso decir con eso.

Valérie asistía a una escuela de horario nocturno, trabajar por la mañana y estudiar por la noche, dijo, eso me gusta. Vivía en un piso de dos habitaciones del distrito cuatro. Las dos estancias estaban abarrotadas de cosas, lo colecciono todo, y Valérie en su piso tenía un aspecto similar al que presentaba detrás de los periódicos y las postales del quiosco.

Una pared de la cocina estaba empapelada con papel de embalaje. Pegados encima, recortes de periódicos, revistas y folletos publicitarios. La mayoría de los artículos de prensa tenían frases subrayadas, y al pie de cada recuadro había palabras escritas en mayúsculas, comento el mundo, dijo Valérie. Al terminar el año lo arranco todo y vuelvo a empezar. Mi adquisición reciente, y señaló unos modelos de cuchillos de todos los tipos y tamaños. Al lado decía: Los hay que los quieren afilados. Luisa miró en la ventana plateada de Valérie, y deseó meterse bajo su piel.

Frank tenía un punto ciego entre los ojos, y Luisa lo apreció cuando Frank conversaba con el camarero del pub. Su cara entera se perdía en ese punto donde se tocaban sus cejas. No te comprendo, habría dicho Valérie, y Luisa pensó, cómo podría explicarlo, su cara en ese punto está como borrada. Te gustaría resucitar a ese muerto, habría preguntado Valérie con voz capaz de dejar reseca la garganta de Luisa, quizá me gustaría de verdad, pensó Luisa.

El pie de Frank apretó el acelerador, las luces de las farolas acribillaban los cristales, el talismán chocaba contra el parabrisas, qué prisa tienes, dijo Luisa, y su mano estaba fundida con el pomo de la puerta. ¿Te da miedo?, gritó Frank, ya sabes, tengo un ángel de la guarda de alas anchas, y qué feos eran sus poros. Es mi cumpleaños, ¿se te ha olvidado? A los lados de la carretera había nieve, y en el asiento de atrás, una caja de cartón con bebidas.

Venga, cántame una canción, Frank chasqueó la lengua, y Luisa permaneció muda, y entre las luces emergía Valérie. Miraba de entre los hombros cual gato acechando.

¿No has oído?, a Frank le sudaba la cara, y el tacómetro se movía en el sentido de las agujas del reloj, una canción para el cumpleañero. Y Luisa empezó a cantar, más fuerte, gritó Frank, Luisa cantaba, Ave María, y la voz se le trabó en la garganta, y Frank conducía a toda máquina, como si se le hubiera perdido algo en el mundo. Canta una cosa alegre, quién quiere oír el Ave María el día de su cumpleaños, y golpeó con la mano derecha en el volante, pero la mente de Luisa se plantó, y Frank gritó, si no cantas me estrello contra el próximo árbol. Y Luisa cantó «En lo alto del carro amarillo», las luces de las farolas confluían en una sola raya, y Frank acompañaba la canción, *voy sentada junto al cochero*, y al adelantar no redujo la velocidad, y Luisa pensó, si salgo viva de aquí, lo mato.

Frank cruzó zumbando el umbral y paró a un palmo del garaje, trebolito mío, gracias por la escapada. Apagó el motor, Luisa abrió la puerta de un empujón, la cerró de un portazo. Frank dejó caer la cabeza sobre el volante y lo abrazó con ambas manos. Luisa se sentó en los neumáticos del garaje. Todavía hoy sigue viendo el cuello desnudo de Frank sentado en su coche, se había afeitado el pelo hasta las orejas, si no se mueve hago algo, y oía latir el corazón en el cuello, uno, dos, tres, cuatro, susurró, y al llegar a cincuenta Frank no había hecho el menor gesto.

Entonces Luisa estampó el dorso de la pala de la nieve contra la ventanilla, y Frank pegó un respingo, tenía la boca convertida en un boquete. El primer golpe imprimió un dibujo de finas vénulas en el cristal, más bonito que una red de carreteras, hijo de puta, gritó Luisa; el segundo palazo astilló el vidrio reduciéndolo a esquirlas diminutas, y Luisa vio a Frank acercándosele. Le arrancó la pala de la mano, cogió impulso, Luisa cruzó los brazos sobre la cabeza, Frank golpeó con un estruendo agudo.

Luisa abrió los ojos. Frank había reventado la luna frontal y tirado la pala, sus brazos se balanceaban como péndulos mientras la miraba y jadeaba. En el marco quedaban dientes de cristal, estás zumbado o qué, dijo en voz baja y rompió en llanto.

Acaso sintió usted compasión por él, preguntaría la señora Sunder más tarde.

Ya he estado en chirona y mi padre es el presidente de los Estados Unidos, Valérie estaba sentada sobre un cojín en el suelo y Luisa, a su lado. También podría ser un jeque petrolero de Oriente Próximo, Valérie formó un turbante con su jersey, de todas formas pertenece a la cuadrilla internacional de mosqueteros, se rio con risa aguda y guillotinó el aire con la mano estirada. Qué dices, Luisa tocó delicadamente con la punta del dedo el lunar en la frente de Valérie. Tienes razón, estoy borracha, dijo Valérie, y apoyó la cabeza en la pared, la raíz de su pelo terminaba en un minúsculo pico, ¿has estado en chirona o no?, y Luisa palpó con la mano la raíz del pelo de Valérie. Qué dirías si fuera verdad. Preguntaría por qué.

Tus orejas son animales de mar, dijo Valérie, y cubrió los hombros de Luisa con una toalla. Luisa miró al espejo sobre la mesa de la cocina, los tuyos parecen platos de sopa, se rio en su cara, que se reflejaba en el espejo, y Valérie comenzó a cortarle el pelo. Cuando sea vieja ya nadie me mirará a la cara sino sólo las orejas, Valérie colocó el peine detrás de su oreja derecha, por qué no llevas pendientes, preguntó Luisa. ¿Es un chiste?, ¿acaso crees que se han merecido esa distinción?, y Luisa se rio, se siente cuando el pelo está cortado.

Valérie estuvo toda la tarde cortando y peinando, Luisa la contemplaba en el espejo, y de repente le recordó a su tía, te pareces a mi tía, dijo. Vaya piropo, y Valérie torció la boca. Nada contra mi tía, Luisa meditó un instante, hace doce años que la vi por última vez, y empezó a contar. Si tuviera una tía desaparecida la buscaría, dijo Valérie. Luisa quedó impresionada, cómo buscarías, preguntó. Simplemente me pondría, ¿entiendes, Lu?, investigaría sus huellas, Valérie tenía una manera realmente sorprendente de hablar de las cosas.

Me has cambiado por completo, ¿no te parece?, preguntó Luisa. Hervía el agua para el té y el vapor empañaba la ventana de la cocina. Valérie toqueteaba el occipucio de Luisa, tienes algo extrañamente torcido, susurró, apoyó la barbilla en su cabeza, y las dos quedaron mirándose a los ojos en el espejo. Pero a primera vista somos el dúo perfecto, la inocencia pueblerina unida a la infamia patibularia. Valérie partió el filtro del cigarro con la uña y lo prendió, a ver, cuéntame algo de tu media naranja. Luisa echó los brazos detrás de la silla, le agarró las nalgas, y a ti, ¿por qué te metieron en la cárcel? La inocencia pueblerina no quiere desembuchar, Valérie exhaló el humo hacia el espejo, y yo no quiero estropearte el día. Recogió los pelos, puso la tele y no dijo una sola palabra más durante el resto de la noche.

El fin de semana Luisa esperaba junto al vendedor de periódicos de la estación. Vio a Valérie acercarse desde lejos y giró la cabeza hacia el otro lado. Me has visto, gritó Valérie. Pasaba casualmente, pero si te veo parada aquí me pica la curiosidad. Nos vemos en otra ocasión, y la mirada de Luisa esquivó los mechones de su pelo. Frank llevaba un traje oscuro, buenas noches, dijo. Valérie permaneció clavada en el lugar. Hubo un momento de silencio.

En el escaparate, en la primavera

Luego Frank dio un paso adelante, Luisa los presentó. Cabecearon en señal de saludo, Luisa encendió un cigarro. Valérie hizo una mueca de sonrisa, miró a los ojos de Frank y dijo, lleva usted un sombrero realmente muy bonito, caballero, y miró con gesto aprobatorio su pelo igualado. Se echó a reír, dio media vuelta y se marchó, hasta pronto, exclamó. La gente la siguió con la vista, su risa se abría camino entre la multitud. Una personalidad estrafalaria, dijo Frank. Algo se había inflamado en su mirada.

O sea que es ése, me lo imaginaba muy distinto, Valérie fumaba y se reía como escupiendo los dientes. Cómo se apellida, preguntó. Por qué preguntas, y Luisa sentía un cosquilleo en la garganta. A las preguntas no se responde con preguntas, deberías saberlo, y su voz se contrajo. Frank Ulrich. Valérie echó el humo lentamente por la nariz, apúntame el nombre por favor. Luisa escribió en mayúsculas Frank Ulrich en un trozo de papel. Y Valérie pegó el papel en la pared de su cocina.

Luisa llamó a Frank a la oficina. Era jueves, quiero verte hoy. Frank al teléfono tenía una voz cálida, imposible. Una pequeña excepción, dijo Luisa, y Frank contestó, las comidas de negocios son inaplazables, te acompaño, y a Luisa la voz se le quebró en un gallo. Creo que no te he entendido bien, y Luisa veía los poros de Frank, sí, me has entendido bien, podríamos quedar después de comer, respondió, y Frank colgó sin despedirse. Luisa estaba sentada en el sofá y se miró los pies enfundados en calcetines.

Llevaba nevando varios días en Viena. Luisa cogió la muñeca y la acarició, la colocó sobre la estufa, era la muñeca de trapo con la cinta de pelo desteñida. Contó las baldosas. Muñequita, susurró, y miró a las llamas. Frank le había colgado de verdad. Luisa fechó los apuntes del armario de luna y rodeó los artículos de aseo personal con los colores que entonaban con él. Guardó los dibujos con las fotos en la bolsa marrón. Se peinó y se maquilló, se puso el vestido de noche y se quedó mirando fijo el teléfono. Valérie no había llamado.

Luisa esperaba en el vestíbulo. Distribuía su peso de un pie a otro, llevaba los zapatos equivocados, y Frank se hacía esperar. Hola, dijo Luisa. Él ralentizó el paso, tenía la cara tersa. Qué haces aquí, y no sonaba a pregunta, quiero enseñarte algo, dijo Luisa. Se desabotonó el abrigo de invierno, y los botones no pasaban con facilidad, qué significa esto, estaba muy cerca. Luisa abrió las dos alas del abrigo y se meció de un lado a otro, ¿te gusta? Frank perdió los estribos, te has vuelto loca, siseó, te lo quitas ahora mismo, miraba con mirada casi vacía, y Luisa se dio la vuelta, ¿puedes ayudarme con la cremallera?, Frank la agarró por los hombros y la zarandeó. No hay quien te aguante, ¿has oído?

Bajo la cama de Frank había una bomba de relojería. Luisa esperaba la ocasión de contárselo a Valérie.

Aquel mismo año, en otoño, estalló una tubería de gas en la casa a la vuelta de la esquina. La policía acordonó la calle, y a Luisa se le había olvidado cómo era un incendio de verdad. La mitad de la casa ya estaba calcinada, en la pared de la segunda planta colgaba todavía un cuadro, delante de él había un sofá enorme. Es truculento mirar de esa forma al interior de una vivienda ajena, pensó Luisa. Tienen ustedes información más detallada, preguntaban todos, y los agentes lo negaban con un gesto. Empezaba a oscurecer, y las llamas habían devorado cinco plantas, un anciano se encontraba desaparecido. Nos dejan morir de mala manera, refunfuñó una mujer de pelo esponjado, y le ofreció a Luisa aguardiente, en momentos así hay que reconfortarse. Luisa apuró el vaso de un trago, contó los pasos hasta su casa, y no se movió en los tres días que siguieron. Qué pasa, preguntó la voz de Valérie.

El borde de la cama demediaba a Luisa, quedaban las piernas en el dormitorio y el torso estirado debajo de la cama de Frank. Estoy debajo de Frank, susurró, la llama del mechero se agitaba, y el dibujo de la alfombra resultaba completamente distinto que a la luz del día. Pero Luisa iluminó la cara de Frank. Sonreía en compañía de una mujer, en una foto en color. Y la foto era sólo una del total de dos docenas que Luisa había contado. Todas estaban recortadas al tamaño de la palma de una mano y dispuestas como un dominó, qué cuadro. A Luisa le zumbaba la cabeza. Algunas fotos estaban repetidas y hasta tres veces, y cada toma apresaba a la misma mujer, siempre con un peinado diferente, tenía que ser la mujer de Frank.

Casi llegó a ennegrecer una de las fotos porque acercó demasiado el mechero para poder distinguir todos los detalles. Frank y su mujer aparecían en unas escaleras de piedra, vestidos con ropa ligera e iban descalzos. Un sombrero de paja cubría la frente de Frank, Luisa nunca habría pensado que él se pusiera un sombrero de paja. Su dedo índice estaba enganchado en el collar de su mujer, levemente reclinada como si se dejara tirar por él. Los labios de ella se fruncían a la manera de una criatura.

Luisa iluminaba los ojos de Frank. Su boca. Los labios de su mujer y el elegante pantalón de verano de Frank. El vestido escotado de su mujer. Movía el mechero hacia arriba y hacia abajo. Y de pronto se fijó en la mano derecha de Frank. Tenía los dedos ligeramente separados, y la palma se combaba como sosteniendo un objeto. Pero no se veía nada. No se hartaba de mirar, quería tener esa fotografía para poder mirar y remirar la vida que habitaba en esa mano.

Salió de debajo de la cama, Frank estaba tumbado de espaldas, inmóvil y con la manta cogida entre las piernas. Lo iluminó desde todos los lados. Su pie derecho pendía sobre el borde de la cama. Luisa esperaba poder ver alguna vez a Frank con sombrero de paja y pantalón de verano. Fue a buscar la linterna de la cocina, sacó el bloc de notas del bolsillo del abrigo y volvió a meterse debajo de la cama. Ya eran pasadas las cuatro.

Frank y su mujer estaban desnudos bajo el foco, es decir, la linterna de Luisa exploraba sus cuerpos, quién ha hecho estas fotos, cada desnudo mostraba a Frank y a su mujer en una postura diferente, vaya exhibición, Luisa se rio para sus adentros, quizá también porque resultaba vergonzoso. En una de las imágenes la mujer estaba sentada en su regazo. Él le atenazaba el cuello, ella extendía los brazos y le sonreía, daba la sensación de que estaba volando. Luisa contemplaba sobre todo a la mujer, incluso desnuda parecía elegante, y era como si ella misma hubiera fotografiado a Frank y a su mujer; pero no había sido ella.

Al fondo del todo, contra la pared y apartada de las fotos, había una bolsita marrón. Luisa atrajo sus piernas hasta debajo de la cama porque sintió que estaban muy perdidas en la habitación. Apagó la linterna, y trató de respirar sin ruido. Era imposible.

Su mano se extendió. Abrió lentamente la cremallera e introdujo la mano. Los dedos tentaron un paño fino que envolvía un objeto duro. Avanzó los dedos hasta debajo del paño, su brazo se iba alargando y enfriando. Tocó el metal, más frío que los dedos, seguro que la tela es de seda, pensó, y sus pensamientos se extraviaron en distintas direcciones. Hizo descansar su mano por un instante antes de encender de nuevo la linterna y extraer el arma de la bolsa. Hubo un momento de silencio en el que cualquier pensamiento se esfumaba.

Al día siguiente sonó el teléfono. Era domingo. Frank dijo, tengo que salir ahora mismo, adónde, preguntó Luisa. Al trabajo, adónde va a ser, Frank se embutió la camisa en el pantalón, una emergencia comunicativa, preguntó Luisa, sorprendida de sí misma, yo no sabría expresarlo mejor, contestó Frank con una cara tan pulida como si hubiera pasado por una afiladora. Dejó dos billetes al lado de la mantequera, coge un taxi, tardaré, y Luisa se preguntó si advertirle a Frank de que su camisa no combinaba con el pantalón. Te espero, Luisa agrandó su mirada y dio un mordisco al pan. Tienes una forma de incomprensión realmente abstrusa, Frank abombó los labios más allá de la nariz, la corbata entre sus dedos permanecía en un compás de espera, no quiero que te quedes.

Luisa se levantó, dio pellizcos a la camisa y la corbata de Frank, has oído, preguntó él, Luisa se ensimismó en el dibujo de la corbata, y el sudor de Frank se le incrustó en la nariz, que si has entendido. Sí. Cinco minutos después Frank se había marchado. Luisa se duchó, se peinó, se giró un momento ante el espejo, se vistió, marcó el número de la central de taxis y se metió debajo de la cama para volver a mirarlo todo a la luz del día. Unos minutos después sonó el timbre de la puerta. Luisa subió al taxi, adónde vamos, preguntó el chófer. Zaunergasse. Luisa sabía que Valérie no estaba.

Sobre la mesa de su cocina había una carta. Querida Lu. Tengo que salir con urgencia, además es mejor que no nos veamos durante algún tiempo. Te echo de menos siempre. Luisa guardó la carta en el bolsillo de su abrigo y paseó la mirada por la cocina, donde nada indicaba que hubiera habido cambios. Encendió un cigarrillo y leyó todos los artículos de periódico pegados en la pared. Luego abrió los cajones y los armarios, no estoy buscando nada concreto, pensó. Encontró una tarjeta de visita. Alfred Ulrich, decía en negro sobre blanco. Abogado. Y contó las letras, y sintió el peso que tenía ese trocito de papel. Lo guardó en su cuaderno de apuntes, y se recogió en la cama de Valérie.

Encendió la lámpara de la mesilla. Valérie estaba sentada, erguida sobre la cama, su cara aguardaba libre e insomne en el aire. Luisa le tapó los hombros con la manta, no has encontrado mi carta, preguntó Valérie, se puso un cigarro entre los labios y exhaló el humo esquivando a Luisa. Sí, sí. Qué quieres saber, preguntó Valérie. ¿De qué conoces a Frank?

Cuatro días después Luisa llamó a Frank a la oficina. Estuvo pensando en qué decir, podemos vernos hoy, preguntó sabiendo que Frank diría que no, razón por la cual hizo la llamada. Cuando se conocieron Frank dijo, el fin de semana es nuestro momento. Desde entonces se encontraban cada viernes por la noche en la estación, a partir del viernes por la noche todo está arreglado, pensó Luisa. Y ahora lo llamaba en jueves, Frank colgó.

Luisa se enfundó el vestido de noche, se peinó, se pintó los labios en un tono más vivo que de costumbre, voy a hacerlo. Luego contempló los garabatos que había hecho del armario de luna y de las fotos. Un croquis de la mano de Frank colgaba al lado de su cama, era la mano más bella que jamás había visto, y se imaginaba cómo pondría castañas o nueces o un objeto liviano en su concavidad. Luisa acariciaba el dorso de esa mano, a veces Frank hacía viajes de ida y vuelta en dos días. Y Luisa pensó en el arma bajo su cama.

Casi todos tienen arma, es así, dijo la señora Sunder.

En el vestíbulo Luisa distribuía su peso de un pie a otro, el portero llevaba botones plateados, su mirada se inclinaba en oblicuo hacia Luisa, puedo ayudarla, no, no podía. A veces Valérie preguntaba, siempre eres tan lenta para comprender, y Luisa no respondía, sino que contaba un chiste y terminaba diciendo, es normal. Valérie tenía una risa salvaje, y a Luisa le gustaba cuando Valérie Olivia Francine se reía hasta las lágrimas. Cuando Frank vino a su encuentro, Luisa le miró a los ojos, y él preguntó, qué haces aquí, y ella contestó, quiero enseñarte algo, y él dijo, te dije que no tenía tiempo, y Luisa se desabotonó el abrigo, qué te parece el vestido, y le miró a los ojos, el vestíbulo resplandecía por todas partes, estás mal de la cabeza, dijo Frank en voz baja y tajante, ahora mismo te lo quitas, Luisa preguntó, puedes ayudarme, la cremallera se atasca un poco, se dio la vuelta y se recogió el pelo. Estás completamente loca, siseó Frank, Luisa dijo muy despacio, a quién le quieres pegar un tiro, Frank la agarró por los hombros, el vestíbulo daba vueltas, qué mosca te ha picado, Frank perdió los estribos, el portero echó a andar hacia ellos, el vestido de noche se deslizó hacia abajo, a Luisa las palabras se le caían de la boca, tu mano es como un secreto. Frank. Fue la última vez.

GREGOR SANDER
Rostok, Alemania oriental, 1968

Como tantos otros intelectuales en la RDA, obligados por el régimen a trabajar en la producción industrial, Gregor Sander primero pasó por una formación de tornero y enfermero antes de estudiar Medicina y después Periodismo. De ahí que publique su primer libro de relatos, *Pero si yo he nacido aquí* (2003), a los 35 años, y se distinga largamente de otros autores noveles por la madurez de sus planteamientos. La firmeza de su mirada narrativa es extraordinaria, se fija sin pestañear y con un discurso sereno, sin recurrir a efectos dramáticos ni caer en sentimentalismos, en una Alemania oriental sin salida, en existencias deprimidas sin capacidad de remontar.

Esta negativa al optimismo, la terca inmovilidad como último reducto de dignidad de sus antihéroes, se manifiesta también en su novela, *Ausente* (El tercer nombre, 2008), que presenta a un joven arquitecto en paro que vuelve a casa para cuidar a su padre tetrapléjico, y se ve sumergido contra su voluntad en su experiencia en la RDA y el pasado de su familia. La contenida narrativa de Sander, caracterizada por una engañosa llaneza y una casi brusca parquedad de palabras, da sus mejores resultados en el formato del relato, como demuestra el libro *Pescado de invierno* (Walstein, 2011), del que publicamos uno de los textos más extensos. Sander sigue fiel a su región natal, la áspera Mecklenburgo junto al Báltico, a su habitante medio, atrapado en una sofocante cotidianidad, y a su estilo cuidadoso, que se acerca directamente a las cosas, renunciando casi por completo al lenguaje metafórico. Es la meticulosidad y la atención al detalle insignificante lo que da tanta consistencia a estos delicadamente construidos relatos.

También en su novela más reciente, *Lo que habría sido* (2013), la frágil historia de un fracaso amoroso a lo largo de dos épocas y en la Alemania escindida, Sander rompe los tópicos sobre las novelables biografías germanoorientales. Así, propone a través de las dos versiones de los personajes implicados, repitiendo el viaje de novios, en el presente y el pasado, una historia alternativa de los fracasos privados ante la historia en mayúsculas.

LA HIJA DE STÜWE

Andrea me dejó noqueado, y esto no me había pasado nunca antes. No así, con la primera mirada. Subí la escalera en la calle Wollenweber, en una casa gris y torcida, con la fachada maltrecha, cuando una chica joven sacó la cabeza por la puerta. Un rostro delgado, ojos azules, el pelo castaño de media melena, y me miró, yo allí de pie en la escalera gastada, bajo una bombilla desnuda, como si fuese la primera persona en llamar a su puerta. Es decir, que había golpeado su puerta, ya que el timbre no funcionaba. Llevaba unos tejanos ajustados y una camiseta negra de manga larga, y yo le puse delante de las narices el anuncio, que había arrancado de un árbol. También porque me había quedado sin palabras: bonita y luminosa habitación en el casco antiguo oriental.

—Ah, vale —dijo—. Pero si lo acabo de colgar. Pensaba que la gente no vendría hasta mañana.

Solté una risa y entonces una niña pequeña apareció a su lado tras la puerta y me miró. Llevaba un chupete rosa en la boca, lanzó una breve mirada y volvió a desaparecer. Andrea siguió a la pequeña con la mirada y luego me miró otra vez a mí.

—Es con hija. No la habitación, pero yo vivo aquí con mi hija y el lavabo está en el sótano. —Lo dijo como si quisiera deshacerse de mí, yo, sin embargo, simplemente me quedé allí plantado.

—¿La puedo ver de todos modos?

—Pero si ya es de noche. No puedes mirar fuera.

—Bueno, pero podría ver si me gusta y si es lo suficientemente grande y tal.

Quería la habitación a toda costa. No importaba el aspecto. Quería a Andrea desde el primer momento.

La Orquesta Sinfónica de Rostok me había escogido. Había ido a una audición y la orquesta votó por mí. Uno de septiembre 1994, segundo violín. Sin preámbulos, como dijo mi profesor de Hamburgo, el profesor Hansen, a cuyas clases magistrales había asistido en los últimos años y a quien le debía mucho. Él me había conseguido también la audición y me dijo:

—Concéntrese, Adam, aunque, eso sí, usted lo sabe hacer como nadie.

Yo en estos momentos me ensimismo, me desconecto de todo a mi alrededor y sólo toco. A veces me pregunto si debo esta capacidad a mi vida en la RDA. Entrar en lo profundo y hacer caso omiso al exterior.

Me largué en diciembre de 1989. Fuera de peligro y con el coche de mi padre. Sin mediar palabra me entregó las llaves de su Lada 1600, la vaca sagrada, como llamaba mi madre al coche de color naranja pálido. El coche más grande que había en esta época en el Estado de los obreros y campesinos. Estábamos el uno frente al otro, él llevaba su deslavazado mono azul, y yo me preguntaba qué estaría pensando él y él probablemente se estaba preguntando lo mismo.

—¡Quiero volver a verlas! —dijo cuando me dio las llaves, propinándome un puñetazo en el hombro derecho.

No huía de la situación política en la RDA en pleno desmoronamiento. Yo pasaba en otoño de 1989 las peores penas de amor de mi vida, porque Julia me había dejado, pues simplemente estaba enamorada de otro, y yo eso no lo entendía o no lo quería entender de ninguna manera. Nada me salía bien en aquellos días en los que todo estaba cambiando a nuestro alrededor. Sin embargo, veía a Julia cada día. Cada día, una y otra vez. En los pasillos del conservatorio en Berlín donde ambos estudiábamos, en los bares, en casa de amigos. La veía con su nuevo novio, un actor, que me impresionó incluso a mí, y de repente ya no pude más. El violín ni lo miraba, y me costaba salir de la cama. Así que me fui a casa, a Ludwigslust, al pueblo, como Julia lo había llamado. Entré en la casa de entramado de madera de mis padres, subí a la buhardilla y recogí mis cosas. Una maleta y el violín, más no quería llevarme, sin embargo, al final llené dos grandes cajas con partituras y libros.

Miré hacia abajo, al patio, donde el edificio plano del taller de mi padre comunicaba con la casa. Durante años había estado aquí arriba en la buhardilla, temiendo el ruido chirriante de las sierras. Un sonido que ya no se me iba de la cabeza, durante varios minutos, aunque ya hacía tiempo que la máquina se había apagado y la correa trapezoidal que la impulsaba aflojaba poco a poco la marcha. Cuando ensayaba por las tardes, las sierras allí abajo tenían que estar paradas durante dos horas, eso mi madre se lo había exigido a mi padre. Ella, que a los seis años me había arrastrado a una profesora de violín. Más adelante me llevaba dos veces a la semana en tren a Schwerin al conservatorio, dichosa al ver que su sueño se había convertido en el mío.

—¿Qué queréis? Mañana volverán a cerrar el muro. ¿Y entonces, qué? —pregunté a mis padres.

Sabía que entenderían esta razón, otra no quería dar. Mi madre me abrazó con lágrimas en los ojos y dijo:

—Éste es el aspecto de un capitalista.

Todos nos reímos. Mi profesor de teoría política me había dicho eso. En el segundo curso, el señor Lange me hizo subirme a una silla. Toda la clase se echó a reír, a una edad en la que las risas y las lágrimas están muy sueltas.

—¡Koppen, ven aquí! Ven aquí y súbete a la silla.

Me acerqué con recelo a la pizarra y cuando estaba en el estrado dijo:

—Éste es el aspecto de un capitalista. Todavía existen. También en nuestro Estado.

Había un silencio sepulcral y sabía que era una cuestión de poder, de su poder, que quería y podía demostrarme. Y yo estaba allí en representación de la carpintería Koppen, con la que yo en realidad no quería tener nada que ver. Lentamente volví a mi sitio y miraba por la ventana, hacia abajo al huerto escolar, al orden geométrico de los sembrados de hortalizas e intentaba no sentir nada.

Andrea se había sentado conmigo a la mesa de la cocina de la calle Wollenweber, había sentado a la niña en su regazo como si fuera un escudo protector. La cocina era estrecha; el piso, sencillo. Había tres habitaciones, una al lado de la otra, todas con la misma estufa de azulejos amarillos. Andrea dormía con Marie en la habitación de la izquierda; la de en medio, la habitación de paso, era una especie de estudio y salón: un viejo escritorio, un baúl abierto con mantas de lana dentro, y una enorme estantería de fabricación casera. Libros hasta el techo. Veía a Sartre, Benn, Beckett y Canetti. En las paredes colgaban dibujos, un recorte de papel de una pareja besándose y fotos. En el tocadiscos había de BAP *Vun drinne no drusse*.

Habían rascado el barniz de las puertas y de los marcos, todavía se podían ver las huellas oscuras que había dejado la pistola térmica. Por todas partes había juguetes esparcidos por el suelo. Muñecas, animales de peluche, un triciclo y un pequeño colmado de juguete.

Al final se hallaba la habitación que me quería alquilar por cien marcos. Estaba completamente vacía, excepto por la estufa en un rincón. Me costaba imaginarme una convivencia, y a ella por lo visto también. No tenía la sensación de que realmente la quisiera alquilar. La pequeña se sacó el chupete de la boca y me lo mostró con el brazo extendido. No sabía si cogerlo, y simplemente le sonreí. Ella miraba a su madre, se volvió a meter el chupete en la boca y me dirigió a continuación una mirada inexpresiva.

—¿Y de dónde eres? —me preguntó Andrea.

—Ludwigslust —le contesté—, acabo de vivir unos años en Hamburgo.

Esto me parecía más seguro. En Hamburgo ya ni mencionaba Ludwigslust porque me había cansado de explicar una y otra vez cómo era aquello, lo de ese Estado detrás del Muro. Pero aquí aparentemente me prometía alguna ventaja de la mención de Ludwigslust.

—Hamburgo es bonita —dijo Andrea y en ese momento se disparó el primer *flash*, justo delante de la ventana. Estábamos sentados en una tercera planta. Andrea no dijo nada y yo tampoco, pero cuando al poco rato volvió a disparase un *flash*, le pregunté:

—¿Qué ha sido eso?

Y Andrea dijo:

—Tal vez una tormenta. —Pero su voz dejaba claro que eso seguramente no era, y que sería mejor no seguir preguntando.

Más tarde me dijo que había pensado que los cien marcos me habían parecido demasiado, y que los había pedido sólo porque yo tenía aspecto de ser del oeste.

—Ochenta también están bien —dijo y bajó conmigo al sótano y allí, en un estrecho pasillo con bajo techo, había tres puertas verdes una junto a la otra. Detrás de cada una, un váter.

—Tienes que cerrar con llave siempre, si no esto estará lleno de caca y de vómitos y tal. La llave cuelga arriba, al lado de la cocina. —Llevaba a la niña sentada en su cadera. Y entonces me llevó a la puerta, abrió y me dijo—: *Tschüss*.

Una vez fuera, estuve a punto de caerme de espaldas. En vez de esto, respiré hondo y me fui a dar un paseo. Las casas seguían siendo grises, tal como las conocía de Ludwigslust. O lucían con diferentes tonos pardos, parte del revoque estaba arrancado a martillazos o desconchado, con las piedras a la vista. El adoquinado parecía estar levantado sobre agua, las piedras negras y grises, a veces con un brillo violeta, daban la sensación de estar balanceándose ligeramente. En algunos puntos estaba cruzado por antiguas vías de tranvía que se alargaban sólo pocos metros y terminaban de repente como una idea desechada. No llevaban a ninguna parte. Algunas casas estaban cubiertas de andamios, algunas incluso ya habían recibido una capa de pintura. Aun así, en estas callejas se habría podido filmar sin problema una película de la RDA o una sobre la guerra. De vez en cuando, una banderita de Langnese o el escaparate tapizado de negro de un *sex-shop* con corazones rojos pegados encima. Esto era todo lo que para mí tenía aspecto de nuevo.

El barrio estaba un poco alejado del centro, desde la Neuer Markt, detrás del Ayuntamiento, había que ir colina abajo y eso no era muy común. Aquí abajo, encerrados por la vieja muralla y junto al antiguo puerto de la ciudad, que ahora no era más que una poza vacía del río Warnow, se encontraban las casas más antiguas. Dos iglesias, ambas de tocho rojo, a unos pocos cientos de metros la una de la otra: el más exquisito estilo gótico de ladrillo germano-septentrional. Una de ellas era un poco más compacta, con una torre como un grueso lápiz de colores. La otra, San Pedro, era más esbelta, su torre estrecha estaba completamente cubierta de andamios. Por lo visto estaban restaurando la iglesia. Una grúa gigantesca se levantaba a su lado y, con el gancho hacia arriba, los albañiles habían subido su hormigonera y otros aparatos. Éstos colgaban allí ante el brumoso cielo nocturno como un chiste.

Dos semanas después, cuando me mudé a su casa, Andrea estaba dando una fiesta. Me acompañaba mi amigo Rahn, un viola bajito y gordo, que subía el colchón. La puerta de arriba estaba abierta y pasamos entre la muchedumbre, que bebía y fumaba.

—Parece que éste es tu sitio —me gritaba Rahn del otro lado del colchón.

Y Andrea dijo:

—Cierto, querías venir hoy. No te molesta, ¿verdad?

Llevaba una minifalda negra, una blusa roja y ajustadas botas altas. Tenía un aspecto increíble. Un par de sus amigos nos echaron una mano, y subimos los muebles enseguida.

Rahn se tocó la frente con dos dedos y se marchó con la camioneta prestada en dirección al Elba.

—Llámame de vez en cuando —dijo, y por un momento se me encogió el corazón. Durante tres años habíamos compartido piso en Hamburgo, en el barrio de Eimsbüttel, en la Osterstrasse. Rahn, yo y Willy, un pianista austriaco.

Después subí al piso de arriba, y me puse a beber y a hablar con los amigos de Andrea. La pequeña Marie correteaba por allí, hasta que, en algún momento, era tarde ya, se durmió en el sofá y Andrea la llevó en brazos al dormitorio de al lado. Encima del escritorio, sólo entonces me fijé, colgaba una gran fotografía en blanco y negro de Andrea de niña. En ella estaba apoyada contra una pared y llevaba un vestido a cuadros. Tenía el pelo un poco revuelto y ya llevaba flequillo. Estaba tomada de lado y su mirada iba dirigida derecha hacia delante, como si a sus seis o siete años ya supiera algo. De su boca salía el palo blanco de un chupachup. La vi luego en la habitación, al otro lado, apoyada de la misma manera, contra la pared, sólo que el palo del chupachup era un cigarrillo y nuestras miradas se encontraron y ella me saludó con la cabeza.

Cuando el último invitado se hubo marchado, Andrea se dejó caer en una silla y se quitó las botas. Con las cremalleras medio bajadas y el claro forro vuelto hacia fuera, las dejó caer de sus pies una tras otra. Arrimó las piernas a su cuerpo y fumaba con la mirada clavada en la pared. Yo me di la vuelta y miré hacia la oscuridad nocturna y entonces se disparó el flash, directamente en mis ojos. Una luz clara, casi azulada. No dije nada y otra vez se disparó un flash y Andrea dijo:

—Oh, tío. —Acto seguido abrió la ventana de un tirón y gritó—: ¡Sube!

Poco tiempo después había un tipo en el piso. Tenía la misma edad que Andrea. Alto, delgado, con un mentón anguloso, ojos de un azul acuoso. Llevaba una chaqueta de piel color marrón y parecía estar congelado. —¿Has dado una fiesta, o qué? —preguntaba. En su muñeca bailaba una pequeña cámara barata.

—¿Y a ti qué te importa? —dijo Andrea.

—¿Y el Wessi? —preguntaba y señalaba con el mentón en mi dirección, sin mirarme.

—Ahora vive aquí. Tengo que pagar el alquiler y a ti no te importa quién vive conmigo.

Se abrió la puerta del dormitorio y Marie se asomó parpadeando desde la habitación. Sacó el chupete de la boca y dijo:

—Papa, aquí. —Y extendió los brazos hacia él. La levantó y la estrechó contra su cuerpo.

Pasé por delante de ellos y me fui hacia abajo, al lavabo. La escalera era estrecha como todo en esta casa. En cada planta había un solo piso, o sea, en total tres. Nosotros vivíamos arriba de todo y abajo teníamos el chamizo con el váter. Andrea había colocado una pequeña lámpara con una pantalla roja en la pared y yo estaba sentado allí a media luz, bastante borracho, y pensaba: «Déjalos a solas». Hacía frío en el váter, no obstante me quedé esperando más tiempo de lo necesario. Hasta que oí golpear la puerta de entrada y volví a subir al piso.

Andrea estaba en la cocina, todavía en calcetines, y había llorado. Me dirigí hacia ella, la abracé y se dejó abrazar. Se arrimaba a mí, o eso me parecía, y yo la estreché fuertemente entre mis brazos. Mi cara se aproximaba a la suya, cuando de repente dijo:

—Ya me puedes soltar. Las cosas aquí no están fáciles en estos momentos.

Vació el cenicero y desapareció con un «Buenas noches» en su habitación.

En la orquesta empezamos con el concierto de Brahms para violín en Re mayor. Nunca lo había tocado y esperaba con ilusión el comienzo de los ensayos diarios de cinco horas. Por las tardes practicaba solo en mi habitación, cuando Marie estaba en la guardería y Andrea en la universidad. «Germanística e Historia», había contestado a mi pregunta sobre qué estudiaba, y mucho más no dijo. A veces tomábamos un té juntos y una vez, por la noche, una botella de vino, y ella quiso saber por qué me había ido antes a Hamburgo. Le hablé de las noches en el centro de acogida en un cuartel de Lübeck, donde había dormido en una habitación con otros cinco. Arriba en la litera. El proceso duró unos cuantos días y una tarde me fui a Hamburgo y conseguí una audición en la universidad de música. Aunque, más importantes todavía eran para mí esos días de espera en los que no ocurría casi nada y yo miraba desde el pasillo del cuartel a los coches que llegaban cada día. Škodas, Ladas y Trabis. Y cómo la gente bajaba con niños, perros y todos sus trastos. Con su vida entera. Me sentía tan ligero como una hoja que cae del árbol.

—Empezar de nuevo. Ésta fue la sensación en Hamburgo. Dejé atrás el Este, a mis padres, lo dejé todo de alguna manera —dije—. Cuando salía a la Osterstrasse en Eimsbüttel, salía a un mundo extraño. La mole gris de los grandes almacenes Karstadt, de alguna manera me era familiar, pero todos los extranjeros y el olor a cilantro y cardamomo desde el restaurante persa al lado de nuestra casa, no sé cuándo esto se volvió normal para mí. Tardé una eternidad.

Andrea me miraba casi abochornada. De Julia y del dolor que sólo poco a poco había remitido no le dije nada.

Tampoco le conté nada de Helge, que me había estado aguardando hacía unos días, abajo, en los lavabos. Antes de irme a dormir había vuelto a bajar, había encendido la luz roja y me había sentado en el váter. No sólo hacía frío allí abajo. Era tétrico. Andrea había colgado un póster de Lisboa, había una gran pila de magacines y revistas de mujeres, pero aun así estabas sentado en el sótano en medio de la noche. Fue por eso que me sobresalté cuando en la cabina de al lado de repente oí una voz diciendo:

—Escucha, Wessi.

Era Helge. Tuvo que haberme esperado, pues no había luz en el lavabo vecino.

—La tía me pertenece, que quede claro. ¿Estamos? Está majareta, la tronca, ¿vale?, ahora mismo simplemente no sabe lo que se está haciendo. Yo la quiero, ¿entiendes?, y ella me quiere, sólo que últimamente se ha vuelto majareta. Tú no la tocas. ¿Está claro?

Era una ventaja que no pudiera verme. Porque si bien por un lado estaba sentado allí con los pantalones bajados, por otro lado, eso me permitía recomponerme un poco. Me subí los pantalones y accioné la cisterna. Entonces salí y dije a través de la puerta, donde estaba sentado él:

—Realmente estás muy mal. Yo tengo que trabajar aquí y he alquilado una habitación allí arriba. ¿Me entiendes? Tal vez sería mejor que simplemente durmieras un poco más por la noche.

Después subí al piso y cerré la puerta. Me senté a la mesa de la cocina sin encender la luz y me pregunté si estaría todavía sentado allí, en el árbol. Me impresionaba que él hiciera todo esto, aunque no me caía bien.

Unos días más tarde me lo volví a encontrar; él me vio primero y dijo:

—El Wessi.

Entonces lo agarré de la solapa de su chupa de aviador, le empujé contra el muro de San Nicolás y le dije:

—Escúchame, pájaro, si vuelves a llamarme Wessi, te vas a enterar.

Se sonreía y dijo:

—Está claro, está claro, ya sé, Ludwigslust, Lulu, Mecklenburgo Antepomerania. —Señalaba la iglesia y dijo—: Yo vivo aquí. ¿Quieres verlo? Es una pasada.

Miré hacia arriba, por la fachada rojo claro de la gigantesca iglesia y después miré a Helge, que ponía una cara algo incómoda.

—¿Qué?, ¿en la iglesia? —pregunté.

—Sí, debajo del tejado. Ven, te lo enseño.

Subimos con un ascensor que había en la torre de San Nicolás y después pasamos por un puente hacia la parte baja del tejado en la nave transversal. El pasillo se parecía a los de un bloque de pisos. También el apartamento de Helge recordaba a esto. Una habitación, una cocina sin ventana y un cuarto de baño. Para completar el cuadro, apenas estaba amueblado. Sobre el suelo de PVC había un colchón, también había una mesa y dos sillas. Helge me llevó a un pequeño balcón. Se podía ver toda la región. A nuestros pies, en lo hondo, se extendían los tejados del casco antiguo, el río Warnow, la poza vacía del antiguo puerto de la ciudad, y hacia el horizonte incluso se veía el mar Báltico y una moderna central térmica de hulla con una chimenea enorme. El vapor que salía de ella flotaba oblicuamente dirección al este. Los límites de Rostok seguían siendo la muralla medieval. Todo lo que se encontraba más allá, eran zonas industriales, gasolineras o, un poco más alejada, una urbanización. Ciudad satélite, pensé. Hormigón apilado. El viento tiraba rabiosamente de mi chaqueta y de mi cabello. Las paredes del balcón llegaban hasta la altura del pecho, estaban revestidas de hojalata. Vi que encima y debajo de nosotros había sendas plantas con pisos. Agujeros rectangulares en el tejado de la iglesia de los que no me había percatado desde abajo.

—Eran pisos para pastores jubilados o para las viudas de los popes —decía Helge en voz alta contra el viento—. En la época de la RDA les costaba conseguir piso. El Estado simplemente había dicho por qué no los dejáis vivir en vuestras iglesias. Bueno, y aquí lo hicieron de verdad, a mediados de los años ochenta, con la pasta de la iglesia del Land de Baviera. —Señalaba las obras de San Pedro y de Santa María, acurrucada muy cuadrada ella, allí arriba en la Neue Markt, a unos pocos cientos de metros—. E iglesias tenían de sobra. Más que fieles. Apenas nadie va ya. Y menos después de 1989.

Ahora, cuando ensayaba por la tarde en casa, cada vez más a menudo Andrea estaba en la cocina. Se sentaba allí fumando en el alféizar y miraba hacia fuera, al tilo, donde había estado Helge, enviando su dolor a flashes hacia el otro lado. Eso ya no lo hacía. Ahora tenía a Marie de vez en cuando; debían de haber llegado a algún acuerdo.

Andrea me sonreía cuando en las pausas me hacía un té, no decía nada, pero estaba claro que le gustaba cómo tocaba. La invité al siguiente concierto. Antes estábamos sentado juntos en la cocina, tomábamos té y ella trataba de hablarme para distraerme de los nervios. En un momento dado se levantó, encendió la caldera del agua caliente en la vieja cabina de ducha que se encontraba junto a la ventana de la cocina. Gorgoteaba y silbaba mientras Andrea seguía hablando. Y entonces señaló al monstruo y preguntó:

—¿Tú primero o yo?

Asentí con la cabeza hacia ella y ella se quitó la ropa, pasó por la cortina con los girasoles amarillos y oí como caía el agua, y como la bomba de la ducha empujaba estrangulando el agua por el bajante de la pila de la cocina.

Perdí una entrada en Bruckner, pero por lo demás todo salió bien. Vi a Andrea en la tercera fila, llevaba la misma ropa que el día de la fiesta, y yo estaba feliz de verla allí sentada. La saludé con el arco y ella se inclinó en mi dirección con las manos plegadas delante del pecho.

Más tarde, cuando estaba sentada conmigo en su piso, cuando su falda quedó levantada y yo toqué con las manos sus pechos, susurró de repente:

—Paremos aquí.

Yo pregunté:

—¿Qué?

Y ella apoyó su frente contra la mía, cogió mi cara entre sus manos y dijo:

—Por qué no paramos aquí. Tal vez podamos atrapar el momento como en ámbar.

—¿Y entonces? —dije confuso y ella se rio, volvió a colocar mis manos bajo su blusa y siguió besándome.

El cumpleaños de la madre de Andrea tuvo lugar en un restaurante chino. Estaba situado encima de un supermercado nuevo que flotaba sobre pontones en el Warnow, abajo en el puerto. Abarrotado de budas, leones dorados y una fuente entre palmeras falsas. Andrea me había pedido que la acompañara. Su madre quería conocerme y saber quién vivía con su hija y su nieta en la calle Wollenweber. Aunque no sabía nada de lo nuestro. De

nuestras noches en las que Andrea dormía en mi habitación, cuando Marie estaba arriba con Helge en la iglesia.
—Me cuesta ir allí. No me entiendo con mi padre —dijo, y que se alegraría si iba con ella.
Debía tocar algo, yo sería una especie de regalo de cumpleaños y apoyo moral a la vez. Podría haberme pedido cualquier cosa en aquel entonces.

Nadie debía saber nada y eso a mí me parecía bien. Ya de por sí era bastante excitante todo, y estaba contento de que Helge aparentemente no sospechara nada. Él también estaba invitado al restaurante balanceante en el Warnow.
Andrea estaba sentada al lado de su madre, una persona baja y rellenita, cuyo pelo teñido se veía casi blanco y cuya cara llevaba los rasgos dulces de Andrea, sólo que parecían como veteados de mármol. El padre estaba sentado enfrente, a la máxima distancia, y Andrea no se dignaba dedicarle ni una mirada. A Helge y a mí nos habían sentado juntos en la cabeza de la mesa. Después de comer, cuando todo el mundo fumaba y tomaba café, y los hombres del grupo discutían si a Wolfgang Grams, el año anterior, lo habían matado de un tiro o si se había suicidado en las vías de Bad Kleinen, Helge empezó a hablar. En tono bajo, monótono, no levantaba la voz. Sólo yo podía y debía oírlo. El padre de Andrea dijo justo entonces:
—A ése lo mataron de un tiro. Cada Estado lucha contra sus enemigos. Esto siempre será así.
Dio una calada a su cigarrillo y miraba alrededor. Nadie le contradijo. Su cara era redonda, el pelo corto y entrecano. Con el dedo empujó sus gafas doradas hacia arriba. Helge le observó y empezó a hablar.

—Horst Stüwe. Mayor retirado de los servicios secretos. Ahora propietario de una empresa de seguridad. Le va bastante bien. En el puerto, pero también con la protección de objetos. Hasta Wismar y Stralsund. El que está junto a él, el gordo bajo, con la cara de cerdo, éste es Kurt Reger, su socio. Los dos se conocen de la Lange Strasse; allí vivía Reger. En un piso conspirativo de la Stasi. Kurtito siempre dejaba su salón cuando venía el mayor Stüwe para encontrarse con sus colaboradores extraoficiales. Antes hacía café y ponía tal vez una botella de Goldkrone en la mesa. Todo siempre muy recogidito. Cuando se acabó todo, Stüwe seguía yendo a casa de Reger. Éste ahora podía quedarse, no hacía falta que saliera de su propio piso a dar un paseíto. Ambos ya no tenían nada que hacer. Entonces se hicieron amigos, los dos camaradas, e idearon la empresa. Lo de la seguridad lo conocían a fondo.

Miré a la ronda. El padre de Andrea se había quitado la americana y se remangaba la camisa blanca. Mientras sostenía el cigarrillo entre los labios. Todavía estaba hablando del terrorista muerto. Su hija jugaba con un oso de peluche al que hacía dar saltitos hacia Marie, de modo que ésta no paraba de reír. Pero Andrea no estaba en ello, se notaba. Los movimientos eran demasiado conscientes, las risas demasiado fuertes, la de ella e incluso la de Marie. Y ambas tenían los ojos de Stüwe. La nariz recta con la mirada dirigida fijamente, que ya me había llamado la atención en la foto de infancia encima del escritorio de Andrea. Helge estaba sentado junto a mí, en la punta estrecha de la mesa acicalada, con la mano derecha encerraba el puño de la izquierda y apoyaba el mentón en el pulgar. Seguía hablando.

—Andrea se fue en aquel entonces de su casa, a los diecisiete años. Se mudó a su casa actual con su novio de entonces. Un tío de la iglesia con camisa de carnicero y pelo largo. Diez años mayor. El amor de su vida. Imposible equipararlo con nada, realmente con nada. Pero ése es otro tema. Así que ella estaba provocando al viejo a rabiar, sin dirigirle ya la palabra. Estaba con la gente de San Pedro desde el principio y en las primeras manifestaciones. Y el viejo Stüwe empezó a tener problemas gordos con la cooperativa Mira y Escucha, pero conseguía que no la cogieran. A ella no le tocaron ni un pelo. A su novio lo detuvieron, lo interrogaron, lo encerraron y lo volvieron a soltar, y Andrea vivía en la calle Wollenweber entre todos estos estudiantes, artistas y alcohólicos y no le ocurrió nada. Como debajo de una campana de cristal. Todos sabían de quién era hija, se lo contó a todo el mundo que quería escucharlo. ¿Pero qué te puedes creer de la hija de un oficial de la Stasi?

Me miró brevemente, volvió a mirar hacia delante y dijo:

—Supongo que esto no te lo ha contado.

Andrea me miró y parecía como si estuviera atada en algún sitio y ya no podía moverse. La camarera alemana llegó y preguntó:

—¿Se les ofrece algo más?

Daba la impresión, en esta ilusión asiática en el Warnow, como si hubiese aterrizado allí accidentalmente. Por un momento se produjo un silencio total en la mesa. Entonces se pidieron más bebidas y yo me levanté y cogí el estuche del violín. Toqué el adagio de la Sonata para violín solo n.º 1, de Johann Sebastian Bach, cerré los ojos y la toqué para mí, para mí y Andrea, que estaba hundida en su silla, y pensé que uno no puede escoger a su público, nunca, y que raras veces sabe tanto de él como yo entonces.

Andrea volvió sola a casa y sin hacer ruido. Yo estaba tumbado en mi habitación, sin luz, y miraba hacia fuera, a la oscuridad. Después de tocar, me había ido, me disculpé alegando trabajo y me fui. Ella se sentó junto a mí en el colchón y fumó un cigarrillo. Guardamos silencio, sólo el humo se movía en la habitación oscura. Se levantó hacia el techo y formaba allí una difusa superficie nebulosa. Miré a Andrea y ella miraba a la noche. Yo tenía miedo de todo esto. Era como si no la conociera de nada, como si las semanas pasadas hubiesen sido algo que no tenía nada que ver con esa situación, con esa noche. Como si fuese una completa extraña para mí. Aplastó el cigarrillo en las tablas del suelo a su lado y se echó, tal como estaba, en la cama, dándome la espalda.

A la mañana siguiente continuaba allí tumbada. Yo me había dormido en un momento dado, y ahora la dejé sola ahí y me fui a la cocina. Me senté en el alféizar, como Andrea cuando escuchaba mis ensayos. La puerta de la estufa estaba abierta y el fuego desprendía un calor seco hacia la habitación. Miraba a la calle, al día sucio. Apenas quedaban hojas en los árboles. Un hombre mayor con una cartera pasaba por la avenida. Llevaba una gorra con visera, había posado su mano libre en la espalda y tenía el aspecto de alguien que llevaba esa cartera porque sí, que hubiese olvidado a dónde tenía que ir con ella. Una mujer en bata, de edad indefinida, estaba de pie en un portal, y, con los brazos cruzados bajo el pecho, le seguía con la mirada, igual que se le sigue con la mirada a un niño por el que se está un poco preocupado. La torre de San Pedro continuaba cubierta de andamios y sin punta. La reconstruían de madera y cobre rojo, abajo en la Alter Markt, delante de la iglesia. A veces se oía el tintineo de los golpes desde la obra, gritos fuertes y también el chirrido de una sierra.

De repente, Andrea estaba a mi lado, apoyaba su cabeza en mi hombro, miraba hacia abajo y dijo:

—Tal vez debería buscarme otro piso. Quizá eso sería un comienzo.

Luego salimos con el tren a Warnemünde, pasamos delante de las urbanizaciones de Gross Klein, Lütten Klein y Lichtenhagen. Paralelos a las vías corrían dos tubos grises de central térmica, de un grosor de varios metros. Aun así me gustaba cómo nos acompañaban. Andrea colgaba de mi brazo como una enferma. Guardaba silencio y tampoco quería comer nada, cuando yo me compré un bocadillo de pescado junto al río Viejo en Warnemünde.

Pasamos delante de las pequeñas casas de capitán, y junto a la ondulada concha de hormigón del Teepott abandonamos el paseo y atravesamos las dunas para llegar al mar. El viento venía de frente, había que apoyarse de verdad contra él, inclinarnos un poco hacia delante, en el primer momento te cortaba el aliento. Dejamos atrás el faro y más tarde el hotel Neptun. Seguimos adelante sin hablar. A lo largo de kilómetros.

—La cuestión es que es mi padre... —dijo Andrea en el camino de vuelta. Ahora el frío viento pegaba desde atrás contra las piernas. Frente a nosotros sólo la playa desierta, y a cierta distancia se podía ver Warnemünde y el puerto. Ya no me cogía del brazo, sino que tenía las manos profundamente hundidas en su parka de color verde oliva. Miraba fijamente un punto delante de sus pies—... Cuando comprendí qué hacía y lo perverso que es todo esto, cuando cursaba bachillerato y conocí a Lukas, más bien por casualidad, se me abrieron los ojos en pocos días. —Me miró a la cara. Le conté lo que me había dicho

Helge en el restaurante—. Helge, sí. ¿También te contó que Lukas hoy vuelve a vivir en casa de sus padres? Después de dos años en el psiquiátrico. Volvió de la trena de la calle Augusten, y ya no era el mismo. Allí dentro, ya no sabía qué hora era, ni mucho menos qué día; no le dejaban dormir y cada vez le interrogaban sicarios nuevos. Así iba durante diez semanas y entonces simplemente lo soltaron. Bastó. Estoy segura de que mi padre estaba metido en esto. Pero también Helge tenía razón. He ido corriendo de un padre a otro. Lukas me explicaba un montón de cosas. Me enseñó un mundo completamente nuevo. Estaba colgada de sus labios en más de un sentido. Los libros en mi piso son todos suyos. Después de la trena volvió a vivir conmigo. Pero sólo funcionó durante unas semanas. Él creía haber traicionado a gente, sin saber decir realmente con qué. Ninguno de nuestros amigos hasta ahora ha encontrado nada sobre esto en su expediente. Y en los interrogatorios le habían contado cosas que sólo podía saber yo. El piso estaba de arriba abajo infestado de micrófonos. Aunque eso entonces todavía no lo sabíamos. Al fin y al cabo yo era la hija del mayor Stüwe. Él intentó creerme. Sin embargo, en algún momento, todo su odio se dirigió contra mí. «Eres una puta de la Stasi», gritaba una y otra vez al final.

Lloró y cogió mi mano. Después lanzó una piedra sobre la arena mojada, me miró a la cara, me abrazó y me besó.

—Una vez me encontré con mi padre en la ciudad. En la Neuer Markt, que entonces todavía se llamaba plaza Ernst Thälmann, aunque ya había caído el Muro. Nos detuvimos el uno frente al otro, como en un duelo, y yo quería gritarle, quería preguntarle por Lukas. Pero no conseguí pronunciar ni una palabra, como en una pesadilla en la que no puedes gritar, ¿sabes? Sólo que no era ningún sueño. Me miró a la cara y no pude reconocer nada en su mirada, ni vergüenza, ni arrepentimiento, ni tampoco amor por mí, y entonces simplemente siguió su camino, sin decir una palabra.

—¿Y por qué fuiste allí ayer?

—Pues, por mi madre. Es una burra integral, siempre se sometía a él, pero sufría terriblemente por no haberme vuelto a ver. Ahora yo tengo una hija, y de repente ves las cosas de otra manera. Me echaba de menos, me encontré con ella a escondidas y entonces me convenció de venir a su cumpleaños. Era su único deseo. Y a mi padre, bueno, ya le has visto.

Cogí una piedra plana y la lancé sobre el agua. Saltó tres veces antes de hundirse, y me volví de nuevo hacia Andrea, y antes de poder decirle algo me preguntó:

—¿Helge?

Asentí con la cabeza.

—Allí estaba. A mi lado cuando lo de Lukas se fue de madre y le llevaron a Gehlsdorf, al psiquiátrico. Helge había venido a Rostock para estudiar Farmacia, había ocupado un piso, e iba a la parroquia de San Pedro. Él tampoco creía en Dios, como yo, sólo que a mí me hubiese gustado creer en Dios. Quizá hubiese sido el padre adecuado. Helge estaba allí sólo por razones políticas. Y yo le gustaba, estaba enamorado de mí. Yo quería un hijo, cuanto antes, y a él entonces le hizo tanta ilusión.

—¿Y qué pasa conmigo? —pregunté finalmente. Andrea agarró la capucha de mi chaqueta.

—Hombre, tú —dijo y me besó.

Stüwe estaba sólo a diez metros de mí, unos días después. Miraba cómo colocaban el techo de San Pedro con una grúa, un brumoso día de noviembre. El mayor Stüwe, pensé enseguida. Llevaba una chaqueta de ante con un cuello de piel y a su lado estaba su socio, cuyo nombre se me había olvidado. Habían bajado, como tantos otros, hacia la Mühlendamm junto al Warnow, para ver el espectáculo. Incluso nosotros, los de la orquesta, habíamos interrumpido los ensayos para la ocasión. Andrea estaba con Marie arriba, en el piso de Helge en San Nicolás, donde había una vista «única», como decía. Yo estaba celoso, me sentía incapaz de ir allí, y tampoco hubiese sido bienvenido en el piso de Helge. Mi vecino de atril, un viejo rostoqués, me recomendó la Mühlendamm. Él, por su cuenta, quería sobar un rato, San Pedro le importaba un bledo.

Lentamente me abrí paso entre los espectadores, hacia la espalda de Stüwe. Metro por metro me fui acercando a él. ¿Cómo había sido para él vigilar a su propia hija? ¿Habría estado escuchando, cuando Andrea y Lukas se acostaban? Vi la cara de Andrea ante mí, cómo estaba sentada encima de mí, con los ojos cerrados en el colchón en mi habitación, cómo gemía en voz baja, cómo gimoteaba y cómo eso a veces se convertía casi en una risa, y luego, de nuevo, en gemidos. ¿Lo había escuchado él mismo o se lo había encargado a otros?
  La grúa levantaba el alto y puntiagudo tejado; los segmentos estaban todavía unidos entre sí con pequeñas armaduras de madera que parecían vendajes. Con un leve temblor se elevó lentamente en el aire y allí, de repente, Stüwe se dio la vuelta y me miró a la cara. Los rasgos de su rostro se relajaron en una sonrisa y me alargó la mano.
  —El paganini, qué bien —dijo y, luego, a la mirada perpleja de su amigo—: Es el joven que tocó el violín en el

cumpleaños de Gerda. ¿Te acuerdas? Es, ¿cómo dicen ahora?, su... —Me dejó decir la palabra «compañero de piso» y yo estaba sorprendido de oírla de mi boca.

La punta casi había alcanzado el cuadrado muñón de ladrillo en el que iba a ser colocada. Stüwe dijo:

—Unidades angloamericanas bombardearon fuertemente Rostock en abril de 1942. Ahora vuelve a ponerse la punta. —Sabía por Andrea que el gobierno de la RDA había impedido la reconstrucción de la alta torre, y también que Stüwe y sus camaradas habían vigilado todo lo que sucedía en la iglesia. Y ahora estaba allí con las manos en los bolsillos, y cuando el tejado alcanzó la torre dijo—: Sí que se ve más bonito.

—¿Por qué lo hizo? —me oí decirle, y, cuando Stüwe me miró, repetí la pregunta—: ¿Por qué hizo entonces aquello con Andrea y ese Lukas y todos los otros?

Él volvió a mirar la iglesia y dijo:

—No quiero resultar aleccionador, pero los servicios secretos también existen hoy día. Y respecto a las medidas tomadas con Lukas Benthin: hubiese habido otras posibilidades de llamar la atención. Eligió mal. Mi deber entonces era la defensa de actividades contrarias al Estado, y a los elementos criminales allí en San Pedro no los podíamos tolerar. Lukas Benthin lideraba estas actividades contrarias al Estado. Eso no tenía nada que ver con mi hija. Él sólo había sobreestimado por completo a sus amigos y sus fuerzas.

Me dirigió una breve mirada y luego volvió a mirar la iglesia y el nuevo tejado. Subió sus gafas por la nariz, como en la fiesta de cumpleaños, y siguió hablando.

—Hoy se apuesta más bien por cámaras. La técnica también es importante, pero nosotros trabajábamos con la fuente humana que podía penetrar profundamente dentro del otro. Esto no lo consigues con la técnica. Créame, hasta queríamos volver a integrar al joven en la vida social. Varias veces pregunté por él a los compañeros de la sección psiquiátrica. Pero supongo que para eso él simplemente era demasiado endeble.

Con eso me dejó plantado. Me saludó con una inclinación de la cabeza y empujó a su compañero, que había clavado fijamente su mirada en nosotros todo el tiempo, por entre la muchedumbre, y dijo al marcharse: —Eran otros tiempos, entonces.

Reprimí el deseo de correr tras él y pegarle una hostia. Hubiese preferido comprenderle, comprender de verdad qué quería decir. También sabía que detrás de San Pedro, arriba en San Nicolás, en ese piso absurdamente pequeño, estaban Andrea, Helge y su hija común. Helge, que haría todo para recuperar a Andrea. Quizá estaban el uno junto al otro. Quizá Marie estaba sentada en los hombros de Helge, y Andrea, fumando, se habría apoyado contra la barandilla. ¿Qué pensaba ahora y qué sentía ahora? La grúa soltó el tejado. Algo estaba reparado. La gente a mi alrededor aplaudía, no se oían gritos de júbilo. Sólo un aplauso que crecía poco a poco.

DAVID WAGNER
Andernach, Alemania occidental, 1971

Personajes solitarios e indolentes cuyo pasado representa una carga inapelable, ambientes familiares opresivos, cuajados como en gelatina, en los que se concentra una melancólica intimidad: David Wagner es un maestro de las descripciones atmosféricas de la vida ahogada en el bienestar, un Vermeer literario del siglo XXI, que maneja un lenguaje depurado, con estructuras cinceladas y referencias claras a la literatura universal. En un ajustado balance entre emoción y contención, desarrolla consistentes problemáticas existenciales y también sociopolíticas: por un lado relaciones de pareja, paternidad y enfermedad, por otro, crítica de consumo y revisión de la historia alemana reciente.

Enormemente versátil y prolijo, David Wagner ha hecho incursiones en la poesía y en el ensayo, pero el género en el que mejor se mueve es el apunte, la reflexión vertida en «miniatura en prosa». Ésta incluso conforma los textos más largos —sólo etiquetados como novelas—, como es el caso de *Cuatro manzanas*, nominada al premio del Libro Alemán. Allí el narrador convierte una visita al supermercado, donde compra la fruta del título, en un reflexivo recorrido por el museo de su propia vida. Las mercancías despiertan recuerdos personales, o desembocan en una pequeña historia cultural de Alemania occidental.

Wagner estudió Literatura Comparada y se dio a conocer en el 2000 con *Mi pantalón azul nocturno*, una novela sobre una desgraciada infancia burguesa en Renania en los años setenta y ochenta. Los relatos de *Todo lo que falta* insisten en esta tónica: el desencuentro entre jóvenes, delicados personajes y el fracaso irremediable de sus deseos. Incluso sobre la infeliz, serena y asombrada convivencia con una hija sabe escribir Wagner en su novela *Dice la niña*. El gran éxito sin embargo —tanto de la crítica como del público— llegó con *Vida*, la novela autobiográfica sobre su experiencia con la hepatitis autoinmune y un transplante de hígado.

Presentamos por cortesía de la editorial Verbrecher una miniatura del libro *Qué color tiene Berlín* (2011), donde en 40 textos breves un amante crítico de la ciudad realiza un concienzudo recorrido por el Berlín diurno y nocturno, bajándose del frenético tiovivo urbano para tener un instante de contemplación. Hace tiempo que Berlín no había encontrado un retratista tan perspicaz y fiel, pues el libro va precedido de los paseos berlineses de los años noventa, en *David Wagner en Berlín*, y le siguen en 2012 nuevas viñetas de la capital alemana en *Parque del muro*.

ZORROS EN LA ISLA
DE LOS PAVOS REALES

Nos recibe, en efecto, un pavo real. Se ha desplazado hasta el embarcadero del ferry. Para recogernos, según parece. Porque la isla no sólo tiene ese nombre, sino que de verdad está habitada por pavos reales. Y eso desde 1795, año en que el rey los compró en la finca de Sakrow.

Venimos de tierra firme, a un tiro de piedra, el ferry hace el recorrido en poco más de un minuto. Hemos arribado, y ya nos sentimos otros. Seguimos al pavo real. Los ocelos de su cola nos guían hacia lo alto, hacia la gran pradera, en dirección al castillo. De vez en cuando el ave picotea insectos, en una ocasión hasta intenta atrapar una mariposa. Pero la mariposa es más rápida. El pavo, que con la búsqueda de alimento pierde parte de su aire real, impone un ritmo de marcha que nos es fácil mantener. Tampoco sería conveniente avanzar con demasiadas prisas. La isla sólo tiene mil doscientos metros de longitud y poco más de quinientos de anchura.

Seguimos los pasos de nuestro pavo real, dotado de garras grandes, inquietantemente grandes, y plumas de cola levemente desordenadas. No salir de los caminos marcados, dicen los letreros. Nuestro pavo real no hace caso. Le seguimos hasta lo permitido, mirando con interés los árboles y las plantas. Fingimos reconocerlos. Miramos los caminos trazados en suaves meandros, paseamos la mirada arriba y abajo por los ejes visuales, admiramos el jardín paisajístico romántico, y una y otra vez decimos en voz baja: «Lenné, Lenné, Peter Joseph Lenné, 1789-

1866». El pavo real, pensando sin duda que nos referimos a él, escucha.

La isla, residuo de la época glacial ubicado en el valle primitivo del río Havel, no siempre se ha llamado isla de los Pavos Reales. Antes de que la adquiriese el rey Federico Guillermo II la llamaban «isla de los conejos», un terreno agreste que contaba con un interesante pasado. En tiempos del gran príncipe elector era propiedad del alquimista y nigromante Johann Kunkel, quien manejaba allí un laboratorio de ensayos secreto. No lograría hacer oro, pero alcanzó la fama gracias a la fabricación de vidrio rubino. Sin embargo, en mayo de 1689, un incendio destruyó los hornos y las instalaciones hasta los cimientos. Si hacemos acopio de imaginación podemos distinguir los restos de sus vidrieras en el bosque.

El pavo real nos precede hincando el pico en lo que va encontrando. Para los humanos no hay en la isla ni café, ni restaurante, ni tan siquiera un quiosco. La de los Pavos Reales es una isla para ascetas, con el castillo de recreo visto ya en muchas ilustraciones, una granja, una cuadra para ovejas, un aviario octogonal de otra época y la llamada «casa de los caballeros», edificada por Karl Friedrich Schinkel en torno a la fachada original, traída de Danzig, de una casa señorial del siglo XVI.

Proseguimos nuestro paseo, y da la sensación de que el pavo real nos va relatando cómo continuó la historia de la isla. En 1801 le regalaron al rey Federico Guillermo III seis ovejas silesias y ocho húngaras, además de dos búfalos, por su cumpleaños. Al poco tiempo se agregaron ciervos bengalíes y cerdos chinos. En torno al castillo se construyeron jaulas y aviarios, y la isla se fue convirtiendo en una granja ornamental de cuño inglés. Su fauna no paró de multiplicarse. En 1819 el consejero de legación Varnhagen von Ense adquirió tres mungos, un mapache y dos canguros grises. En 1821 vinieron a juntárseles siete monos, un coatí y un cerdo brasileño. Y después de que Federico Guillermo III hubiese visto el Jardín de las Plantas de París durante un viaje de formación, deseó transformar su isla conforme a ese modelo. Lenné erigió para él los necesarios «edificios de las fieras» y las «viviendas de los animales», de acuerdo con un «estilo rústico», según se expresaba él mismo. Se edificó una casa de las águilas, una casa de los monos, un establo para los canguros, una casa para los lobos y los zorros, una para las aves acuáticas y una sala de máquinas. Más tarde se abrió un foso para los osos dotado de un árbol trepador. Los habitantes de la capital estaban entusiasmados y acudían en tropel. «Una salida a la isla de los Pavos Reales era considerada por los berlineses como la fiesta familiar más bella del año, y la juventud estaba la mar de feliz viendo los alegres saltos de los monos, la graciosa torpeza de los osos, los extraños brincos de los canguros. Las plantas tropicales despertaban ayes de arrobada admiración. Uno creía estar en la India», se decía de forma retrospectiva en el año 1854. Para entonces se había inaugurado el jardín zoológico, y los últimos animales de la isla fueron trasladados a ese nuevo recinto. Pero quién sabe. Tal vez, entre la caña del río, se escondan todavía algunos descendientes de las tortugas que llegaron en 1836. ¿Habrán mutado en tortugas del Havel, esa especie tan rara? ¿O en tortugas blindadas de Prusia? ¿Y qué pasará con el corzo del Misisipi? ¿No seguirá vagando por los sotos?

Hay, en la isla, unos cuatrocientos robles vetustos, ruinas arbóreas con aspecto de haber sido recortados de un lienzo de Caspar David Friedrich y pegados en estas orillas. De puro nudosos parecen artificiales. Golpeamos, a modo de llamada, en la corteza de uno de ellos. En realidad no deberíamos, porque hemos tenido que salirnos del camino un par de metros o tres. Lamentablemente, ningún espíritu insular o selvático nos abre.

A principios de los años treinta del siglo XIX llegó a la isla Carl Blechen, quien, como dato significativo, no pintó viejos árboles sino la casa de las palmeras, de Schadow, un pequeño palacio de cristal reducido a cenizas por un incendio posterior. La obra, seguramente uno de los edificios más modernos de la época, sumía a sus visitantes en un ensueño diurno. Allí soñaba Prusia. Vislumbramos, pues, que la isla de los Pavos Reales debió de ser el *tropical island* del país. El espectáculo que actualmente se monta en el antiguo hangar de Cargolifter, en pleno desierto de Brandeburgo, se escenificaba entonces allí. Con surtidores, un arroyuelo serrano artificial, aviarios y cotos de soberbia belleza.

Los acuarelistas de hoy, una tarde de fin de verano, sentados en taburetes plegables de camping frente al resto de un gigante arbóreo particularmente impactante, se quedan lejos del nivel pictórico de Blechen. El pavo real, como sabiéndolo, pasa de largo henchido de orgullo. Tampoco se interesa por los mensajes que han dejado visitantes anteriores en algunos robles más jóvenes. Encontramos, por ejemplo, la inscripción «H. R. 1975», y descubrimos las iniciales «F. G.», bellamente torneadas, la G con un trazo inferior muy acentuado, muy anticuado, del «23/3/53». Tiempo ha. Y «Wolfgang + Elke 5/5/79», ¿seguirán juntos?

No encontramos nada para comer, porque las moras aún no están maduras. Pero ya sabemos que el ascetismo prusiano aquí es tradición. La oficina del mariscal de la corte, en Berlín, proclamaba con fecha de 4 de mayo de 1821: «Se pone en conocimiento del público que en adelante la isla de los Pavos Reales sólo podrá visitarse tres días a la semana, a saber, los martes, los miércoles y los jueves. No se podrán adquirir por dinero comidas ni bebidas, ni podrán éstas ser introducidas o consumidas en el recinto».

Nos movemos, pues, en el terreno de un lugar de excursiones histórico. La isla de los Pavos Reales, con sus animales exóticos y un llamado «tobogán ruso», era el destino puntero de su tiempo, la gente venía en coches y carrozas, y parece que llegaban a congregarse en la isla un total de hasta seis mil personas. Más tarde, existía el ferrocarril que enlazaba Berlín y Potsdam, y en los días de visita circulaban trenes especiales. Al parecer, había momentos de afluencia tan grande que hacían falta seis gendarmes para mantener el orden en los embarcaderos.

Hoy en día hay menos jarana. Ahora la gente viene en automóvil o autobús o pedaleando a través del bosque. Pero la bicicleta no puede entrar en la isla. Los perros tampoco. Ni está permitido fumar. Por tanto, los canófobos, los prohibicionistas del tabaco y quienes tienen manía a los ciclistas han encontrado aquí su isla de la bienaventuranza. Aunque no para pasar en ella semanas enteras. Porque no existe, a menos que uno se transforme en pavo real o zorro, la opción de pernoctar.

Nos sentamos sobre uno de los bancos a la vera del camino. Son de piedra o de madera pintada de verde. ¿Qué hacemos en esta isla? Miramos hacia el lago, o sea, el río Havel. Miramos hacia la orilla opuesta, hacia Kladow y Glienicke, y todavía hoy decimos que aquello antes era el Este, la RDA. Había en esas aguas aquellos barriles rojos con la leyenda: ¡ALTO! FRONTERA DEL ESTADO, escrita a pinceladas más que impresa. Si uno recorría el río en barca, sabía que era el momento de virar. Miramos hacia los altozanos del Havel, miramos hacia la historia. La iglesia de San Pedro y San Pablo con su torre bulbiforme rusa; la torre de telecomunicaciones de Wannsee; el agua. Contemplamos las barcas.

Entonces viene un zorro (el pavo real de repente ha desaparecido) y da los buenos días. Hay, en la isla, dos ejemplares muy mansos. Uno joven y esbelto, otro viejo y despeluchado. Tan intrépidos son que los visitantes no pueden por menos que recordar la advertencia escolar que prevenía de los zorros rabiosos. Pero aquí el raposo simplemente se ha acostumbrado al ser humano que ve pasar a diario con su andar erguido. ¿Qué otra cosa podría hacer? El zorro joven camina de forma muy divertida, saltarina, como si supiera que la isla una vez se llamó isla de los conejos. Se sienta delante de un árbol y nos mira. Y nosotros lo miramos a él, porque los paseantes, como no puede ser de otra manera, nos alegramos de ver un zorro. Observación mutua, aunque la admiración, el asombro, es mayor en el lado de los humanos. El zorro, según parece, ya está habituado a que lo miren aleladamente. Es más, se diría que está solemnizando su aparición.

¿Qué más podemos hacer aquí? Atender al bisbiseo de las hojas. Escuchar cómo el viento las estremece. Escuchar las olas. Mirar hacia el cinturón de caña. El olor del Havel llega al límite de nuestro aguante, la proliferación de algas hacia finales del verano es capaz de generar un tufo muy extraño. También podemos visitar el castillo que se hizo construir, entre 1794 y 1799, Federico Guillermo II por su maestro carpintero de la corte Johann Gottlieb Brendel, inspirándose en grabados ingleses. Tiene dos torrecillas, unidas primero por una pasarela de madera, después por una de hierro. La construcción de madera, revestida de tablones de roble, es en realidad un descomunal cenador. Una añagaza. La pintura al aceite arenizada y las juntas pintadas encima crean un efecto de sillería de piedra. No carece de ironía que, de todos los grandes y pétreos castillos de Prusia, sea precisamente el cenador del maestro carpintero de la corte el que tan incólume haya sobrevivido a los tiempos y conservado su mobiliario original. Esto se debe, probablemente, a que desde el principio el pequeño castillo fingió ser una ruina. En cualquier caso, el sueño prusiano de Arcadia se realizó de forma muy ahorrativa y en madera. Pero ha resistido, qué alegría.

A las nueve de la noche parte el último ferry. Después los zorros comienzan a bailar con los pavos reales. Dicen. Y la isla comienza a hacer memoria. De las fiestas de la realeza que vivió. De los reyes de Prusia que la visitaron. Y de los últimos y sumamente pomposos fastos, aquella «noche italiana» organizada por Goebbels con motivo de los Juegos Olímpicos de 1936. Con presencia de todos los embajadores y los hijos de Mussolini; al parecer, a Himmler también le gustó. Cuentan que hubo fuegos artificiales por todo lo alto, hasta el punto de que los huéspedes franceses y norteamericanos temieron que se tratase de cañonazos de artillería.

Dos estadounidenses especialistas en Prusia, Norton y Elaine Wise se refieren a la isla como «palimpsesto paradisíaco-exótico de sucesivas escenificaciones del poder real». En efecto, este lugar puede concebirse como teatro del reino prusiano. El Estado moderno se autorrepresenta en él con una tropical casa de las palmeras, un surtidor accionado por máquina de vapor, edificios para las fieras y toda clase de particularidades botánicas. Al zorro manso, sentado a nuestro lado, tanto le da. No sabe que vive en un museo.

El pavo real, que de pronto ha reaparecido, hace ademán de querer acompañarnos a tierra firme, a la otra orilla, al restaurante. Pero, a punto de subir al ferry, le abandona el coraje. Se queda en su isla.

TERÉZIA MORA

Sopron, Hungría, 1971

Hay actualmente pocos autores en la literatura alemana que se sumerjan con semejante insistencia en las oscuras profundidades de la existencia humana como Terézia Mora, que escribe sobre la carga que acarrean las personas emigradas, la pérdida del lenguaje y de la identidad. Sus trepidantes fábulas están pobladas de habitantes de tierras y estados fronterizos, de fugados del Este varados en Alemania, triturados entre las ruedas de molino de la historia. Mora es irónica y enrevesada como Thomas Pynchon, recóndita como David Albahari, plurirreferencial y fríamente lúcida como Robert Musil. Sin embargo, su lenguaje no permite comparaciones: es poderoso, torrencial, voluptuoso, y su musicalidad, su ritmo —ora rasante, ora parsimonioso— arrastra al lector irremisiblemente consigo.

Desde hace una década, la autora germano-húngara está considerada por la crítica como una de las más firmes y valiosas voces de la narrativa alemana. Por su novela *El monstruo* recibió el premio del Libro Alemán del año 2013. Se trata de la tercera novela de Terézia Mora, que había destacado como traductora y guionista de televisión, antes de debutar en 2001 con un sugerente libro de relatos. En *Extraña materia* (1999) ya se manifiesta de lleno este talento descomunal de crear ambientes densificados hasta el límite, de moverse siempre al filo de lo irreal o desde una realidad hipersensual, en la que las percepciones golpean fuerte y las figuras surgen con violenta nitidez del fondo grisáceo de vidas pasadas en un pueblo cerril detrás del telón de acero.

Pero ya por su ópera prima, *Todos los días* (publicada en 2006 por Roca Editorial), Terézia Mora fue considerada revelación literaria. Allí creó a un protagonista que probablemente algún día formará parte de la familia de los personajes literarios inolvidables: el prototipo del refugiado globalizado, el ser humano arrancado brutalmente de su contexto, incapaz de adaptarse a la sociedad del bienestar. Abel Nema, un joven tan carismático como taciturno, huye de las guerras balcánicas a una gran metrópoli occidental (identificable como Berlín), y deja atrás un amor imposible para caer a partir de allí en un hondo pozo de apatía. De esta negación del amor y una concatenación de atropellos creó Mora una epopeya contemporánea compleja, divertida y muy aguda.

Publicamos aquí un relato de *Extraña materia* por cortesía de la editorial Rowohlt.

EL TERCER DÍA TOCAN LAS CABEZAS
«LENTO. LUEGO RÁPIDO»

El tercer día tocan las cabezas. Las sirven en terrinas de porcelana y sobre bandejas metálicas, entre arroz y coliflor. El trío de Sasa toca una salva en honor a la cabra y se retira al descanso. Es la tercera noche que actúa, turnándose con el dúo Csicsa. El dúo Csicsa se parece a la mayoría de las bandas nupciales, su repertorio da apenas para una noche. En realidad, es todavía peor que la mayoría, porque sólo alcanza para cuatro horas. Sasa ni siquiera les habla. No habla prácticamente. Agita los blancos volantes de la camisa que caen sobre el dorso de sus manos y toca con el violín apoyado en el antebrazo. Los dos hermanos Csicsa, sintetizador y guitarra eléctrica, tocan cada pieza dos veces seguidas. Canciones melifluas y mareantes, que se alargan hasta diez minutos y menguan su ritmo hacia el final. Los comensales de la boda giran atontados sobre la pista, sosteniéndose unos a otros para no caerse, y una pareja, lo vi, lloraba.

Anoche soñé con nubes que formaban rosas. Nadaban en un rosáceo cielo. También hay rosas cosidas a mi falda, y cascabeles cosidos a mi rebeca. Bailo al son del trío de Sasa. Para que parezca más popular, Sasa tuerce el labio superior en mueca de desprecio y dice sonriéndome: Qué, criollita.[1]

---

[1] En una sesión consistorial celebrada en el condado de Nógrád (Hungría) se propuso llamar a los gitanos húngaros «criollos», por-

Sasa es un maldito artista. La primera noche el padre de la novia andaba diciendo a todo el mundo que la banda de los gitanos era nuestra y la de los otros dos, de la familia del novio. Sasa es un maldito artista, cobra por una hora lo que el dúo por tres días. Nunca ha tocado en una boda, sólo lo hace por nosotros, por su prima, la novia. Un verdadero artista. Se cambia la camisa de volantes dos veces cada noche y se lava los pies en cada descanso. Sus toallas blancas se secan detrás de la enramada, en la cuerda de tender. En el segundo rapto de la novia la comitiva salió huyendo por el fondo, embistió la colada del artista, la novia se rio, deslizó con su hombro la toalla para los pies de Sasa y la dejó caer en el patio negro; luego echó a correr. Es una novia muy bella, muy burlona, tiene la espalda de color cobrizo. Los muchachos del trío de Sasa, contrabajista y cimbalista húngaros, siguieron tocando sin inmutarse, mientras Sasa se dirigía al patio con el violín bajo el brazo. Recogió tranquilamente su toalla y volvió a colgarla en la cuerda.

Sasa llega un día antes de la boda. Estoy sentada con la abuela en su cuarto y vemos la repetición del *hit parade* en la tele. Por las cortinas negras penetran puntiagudos puntos de luz blanca, similares a partículas centelleantes en la arena. Es el sol que burbujea, me dice la abuela. Le gustan esas expresiones. También dice «ruido de migajas» o «negro de chamusquina». El dedo gordo de su pie se balancea al ritmo de la música. En el cuarto huele a abuela: un poco a orines y un poco a la pegajosa gaseosa

---

que los nombres «gitano» y «rom» eran considerados peyorativos. La propuesta no terminó de cuajar. (*N. del T., basada en el glosario del original alemán.*)

de color amarillo y naranja que vamos bebiendo. Por las vitaminas. Tú y yo, me dice la abuela, necesitamos vitaminas, y necesitamos cortinas negras. Yo, porque soy vieja; tú, porque eres joven. Así y todo, mi piel no es lo suficientemente blanca. Aunque blanca tampoco la quiero. Lo que quiero es estar fuera. Al sol que burbujea. Ruido de migajas. Negro de chamusquina. Falta un año, me dice la abuela. Como mucho. Entonces a ti también te habrá llegado el momento, y me pellizca los bultitos que me han salido bajo los pezones.

Sasa no viene hasta nuestra habitación. Se queda a pleno sol, junto al coche con los instrumentos. Una boda de tres días, dijo el padre de la novia. Para que vean que no somos gitanos. Ha invitado a medio pueblo, pero a ninguno de la calleja. Sólo al trío de artistas de Sasa, traídos de la capital por mucho dinero.

El padre de la novia no está cuando llega el trío. Está por allá en el lugar de la tala. Dijo que los vería llegar. Y tuvo razón. Apenas Sasa ha puesto la mano en el portón para echar un vistazo a nuestro patio, allá en el lugar de la tala se interrumpe el eterno chirrido de la sierra circular. Así lo oímos en la habitación, y aun antes de verle sabemos que Sasa ha llegado. La sierra vuelve a sonar haciéndonos saber que el padre de la novia, después de dar sus órdenes, ha salido al camino y baja con su jeep por entre el polvo amarillo de las serpentinas para luego subir a nuestra calleja.

Nuestra calleja está por encima del pueblo, que se encuentra tallado en la parte de la roca arenisca, de espaldas al lago. La roca sobre la que vivimos es hueca; debajo de nosotros está la vieja cantera con sus galerías, grandes y grises. Desde el pueblo y la calle mayor no se nos puede ver: la calleja se halla en la parte opuesta de la roca, con vistas al bosque, donde antes no había nada y donde ahora está el lugar de la tala, dispuesto en forma cuadrangular. Arriba del todo, en la cima, hay una casa solitaria, tan grande como la de un dentista, de color lila y con ventanas enmarcadas en blanco. Está en el punto más alto de la cresta para que más tarde sea la única casa que aún pueda espiar, a ras de nuestros tejados, el lago. Es la primera en el lugar de la tala, construida por el padre de la novia, para él, para la bella novia, que es mi prima, no recuerdo en qué grado. Es y será la única casa, dicen algunos; a quién se le ocurre una idea tan peregrina, en medio del bosque, y enfrente nada más que de la vieja roca con la calleja de los gitanos. Veremos, dice el padre de la novia. El chirriar de la sierra irrumpe en la noche, desciende hacia el pueblo. Ya sólo por la madera, dice el padre de la novia. Ya sólo por la madera. La sierra chirría.

Chiii-iiii-iii, hace el violín de Sasa.

Los hombres están sentados en el patio. Quién es la pequeña, pregunta Sasa. Tu prima en segundo grado, dice el padre de la novia. ¿Cuántos años? Once, dice el padre de la novia. Pues para tener once años eres bastante pequeña. Yo con once ya tenía barba. Soy niña, digo. No quiero tener barba. Me mira un instante, luego suelta una carcajada terrible que todos, los muchachos del trío, el padre de la novia, acompañan. No paran de reírse. Los ojos del padre de la novia brillan, le guiña el ojo a Sasa y dice, sin que se entienda claramente, algo de una barba de chivo, algo que no comprendo, y redoblan la risa. Me encojo de hombros y vuelvo a la habitación de la abuela.

Qué están haciendo, me pregunta. Y yo qué sé, digo. ¡A ver si hablas como es debido! ¿A qué viene esa risa?

¿Dónde está tu mujer?, pregunta el padre de la novia en el patio. Donde la dejé, dice Sasa. En casa. He venido a trabajar. ¿Y el chico? Soy su padre, dice Sasa, y pasa la lengua por el papel de fumar.

El chico sólo tiene ocho años y está muy blanco. No está gordo, pero sí extrañamente fofo, amuñecado, el cuerpo, los brazos, las piernas, la cabeza, parecen un manojo de morcillas; la cara, como pintada encima. Está en el umbral del cuarto de la abuela. Ven, le dice ésta. Aquí huele mal, dice él. Y está sucio. Calla la boca, le digo yo.

Durante el día, mientras espera en nuestra casa el comienzo de la boda, Sasa no ensaya una sola vez. Empieza a calentar en la primera noche de la boda. En la primera noche aún todos están borrachos. Sentados a las mesas, lo miran, miran al artista. Éste toca como le da la gana, arriba y abajo, canciones que nadie conoce, canciones que se convierten en meros sonidos atrapados al vuelo, que vienen como el viento, lentos, luego rápidos, penetrando como el filo de la sierra. Bailo sola. Los comensales beben mucho, salen atontados, apretujados, a bailar el doble vals del dúo Csicsa, a continuación vuelven a las mesas, porque vuelve a ser el turno de Sasa, el maldito artista. Siguen bebiendo. Y no poco. Los muchachos del trío, cimbalista y contrabajista, hace días que no dicen nada, que no me dicen nada a mí, ni una palabra, tocan impasibles, sólo con las manos. Profesionales, dice Sasa. El padre de la novia recibe las felicitaciones, una banda estupenda. El padre de la novia se sienta a la mesa de los músicos, junto a Sasa, y le pregunta, ¿te acuerdas que de pequeño tocabas canciones populares? Sasa dice que no sabía tocar, sólo fingía saber, y eso a la gente la conmovía. Dice: Y lo sigo haciendo, nadie se da cuenta, es moderno, si hay algo que la gente no entiende dice que es jazz. Es lo que aparece en los discos de Sasa. Jazz. *Chiiiiii*, como la sierra circular. El padre de la novia tiene los ojos de color morado, ojos que van saltando de Sasa a los muchachos. Éstos, con caras inmutables, permanecen volcados sobre sus platos y comen. Profesionales. Los comensales, borrachos como se suele estar el primer día, cantan con el dúo Csicsa «Que sera, sera». ¿Qué será esto durante tres días?, dice el padre del novio inclinándose hacia el oído de su consuegro. Lleva un pantalón malva y se ríe para sus adentros. Yo pago, dice el padre de la novia. Come, bebe. Hay suficiente.

Los pollos, los lechones y la ternera son del pueblo. Las codornices y los faisanes, del guardabosque. La cabra viene congelada en la mañana misma de la boda. El padre de la novia la lleva en persona a la cocina del mesón, pasando por debajo de la enramada a medio hacer.

Arriba en la calleja el chico me pregunta cuándo se podrá comer. Está, con su cuerpo, muy pegado a mí y huele a leche. Espera a la noche, digo. Entonces podrás manducar. Durante tres días. Doy un paso largo alejándome de él. Pero quiero comer ahora, insiste, y vuelve a alcanzarme en dos zancadas. Esa cara. Tu problema, digo.

Paseo el dedo por la pared de la olla de la manteca y lo chupo. Sabe a ahumado, y los pequeños copos de hollín, dispersos en la grasa de fritura, crujen entre los dientes. El chico olfatea mi pelo, huele a humo, dice, no, a embutido. Que a él le gusta eso, dice, las mujeres que huelen a carne ahumada. Contemplo mi dedo reluciente, con restos adheridos de saliva y saín. Lo limpio en mi falda.

Eres asqueroso, le digo. Acerca su cara pintada a la mía, ¡anda!, dice. Lo aparto de un empujón.

Fuera, en el patio, Sasa se limpia los zapatos. Lleva una hora sacándoles brillo, sin parar. Son zapatos bonitos de cuero, blandos y terminados en punta. Como el propio Sasa. Cara de zorro, dice furtivamente la bella novia. Lo tiene todo muy ceñido al cuerpo, muy preciso, la piel del cuello, la piel de las manos con las uñas muy blancas, la piel de los tendones. Me enseña los callos de sus dedos. En sus grietas hay betún, huelen a lubricante, como si hubiera desmontado una máquina. ¿Sabes hacerlo?, le pregunto. Quise saberlo, dice, pero me hice artista. Me pregunta qué quiero ser, y digo: artista. La bella novia se ríe. Los niñitos, dice la abuela, no demasiado pocos ni demasiado tarde, y alimenta al chico con pan de Viena azucarado. Sasa no les presta atención a ninguno de los tres. Me pregunta: qué sabes hacer. Digo: bailar. Que se lo muestre. Me giro. Te llevamos con nosotros, dice, eso le da más folclore a la cosa. ¿Podrás? ¿Bailar tres noches seguidas?

Delante del mesón, bajo la enramada, un trozo cuadrangular de hormigón hace de pista de baile. El suelo tiene huellas incrustadas, raíces, grietas. Las siento en las plantas de los pies. Bailo descalza. Sasa también ha dejado a un lado sus zapatos lustrosos. Tiene callosidades gruesas y grises en los pies, que marcan el compás pisando el suelo con precisión. Giro sobre mis plantas rosadas en una rugosa huella de perro.

Tocar tres noches seguidas. Canciones populares. Mantener el compás. El padre de la novia nos lo ha pedido. El violín de Sasa resopla como un toro. Lento, luego lozano. Como tiene que ser. Eso gusta. La banda de los gitanos es nuestra.

El padre y la madre del novio bailan a mi lado. La mujer lleva borlas doradas en su negro vestido. Qué pinta tienes, le susurra el hombre al oído. Mira alrededor, eres la más fea de la fiesta. Con creces. El címbalo hace *trin trin*. El violín suena rasposo. La pierna malva del hombre rodea a la mujer y los dos se apartan girando.

Tú, criollita, me dice la mujer de las borlas doradas en el descanso. Haz sonar esos cascabeles. No puedo despegar los ojos de ella. Lentamente, me giro una vez. Mis cascabeles emiten un minúsculo tintineo. La mujer de las borlas doradas come.

Qué delgada eres. Yo también era delgada. Era una chica hermosa. Él presumía de mí. Abría mi armario cuando me instalé y enseñaba mis vestidos cortos a todo el mundo. Qué sexis son. Y eso que no eran más que cuatro trapos abigarrados, ya sabes, de ésos hechos en casa. Pero me daban un aire sexi. Y eso que era virgen cuando me casé. Entonces todavía una se casaba virgen. Me mira por entre sus blancos párpados acolchados. Y pregunta mientras se sorbe los mocos de la nariz: Y tú, ¿aún eres virgen? No espera la respuesta. Arrastra hacia ella el plato siguiente. Cuando yo era una jovencita, dice, antes de casarme, iba a la ciudad. A la fábrica de alfombras. Los hombres iban a la fábrica de ladrillos. Los ladrillos eran de color verde gris, los ponían a secar en estanterías de madera. Aún puedes verlos. Ahí siguen, la última carretada. Ladrillos verdes grises. Un trabajo polvoriento. Los hombres bebían mucho. Yo iba a la fábrica de alfombras. Entonces estaban de moda los dibujos de flores. En rojo, negro, amarillo. Con los hilados tejíamos tapetes en casa. Con ganchillos de ésos largos. He oído que te gusta recamar, me dijo él riendo. Yo también me reí, porque no sabía a qué se refería. Recamar no, dije yo, tejer. Recamar con alguien, darle a la aguja, picar, dijo él, ¿comprendes ahora? Tardé mucho en comprenderlo. Aún era virgen cuando me casé. El cine estaba justo al lado. Todo eran viejas naves de fábrica, un cine, un hogar para niños. Allí, en el hogar, las niñas de once años ya no eran vírgenes. Hermosas niñas gitanas. Iban al cine, como yo. ¿Tú también eres del hogar?

Le digo que estoy emparentada con los músicos. Iba mucho al cine, dice. Era una niña, dice. Sigue comiendo. Come carne sin guarnición, luego guarnición sin carne, una tarta de limón con albaricoques. Era una niña, dice. Antes de casarme.

La melancólica canción se va apagando. Es la tercera noche. Se sirven las cabezas. Sasa acompaña hasta el final el largo canto de los hombres sentados a la mesa, él sostiene el sonido, ellos mantienen la voz: ahogo común al término de la estrofa. En la tercera noche ya todos están sobrios, no obstante cantan muy tenaces. El trío tiene que esperar. Me giro con cuidado. Esto ya no es un baile, es el tambaleo agonizante de una peonza zumbadora. Delicioso desmayo. Alivio colectivo tras el último y dilatado sonido. En las mesas las cabezas esperan sin aliento.

Cae el arco. El cimbalista y el contrabajista hacen su entrada, Sasa entona el *csárdás* de Monti. Algo conocido, ha dicho el padre de la novia. Yo me planto, estoy exhausta, estupefacta: con eso no se puede bailar. Miro a Sasa, que aprieta el violín con la barbilla y me guiña el ojo: Ahora *pa* que vean lo manitas que somos. Sus dedos fijos y firmes en las cuerdas. Y más rápido que el latido del corazón. ¡Bravo!, grita alguien de las mesas. Los oigo, se ríen. Pienso en el lubricante en las grietas de la piel callosa. Se hizo artista. El pie de Sasa marca el compás. Con precisión.

Oigo como se mueven muchas sillas detrás de mí. Abandonan las ollas humeantes. Bailar con lo que no se puede.

La bella novia, con sonrisa burlona, está sentada entre las cabezas. Baila cada noche una sola vez con su novio blanco, con porte erguido y preciosa en su caro vestido blanco de encajes que deja al descubierto la espalda color cobrizo. Baila al son de *La novia y el novio, qué hermosos son*, que Sasa toca una vez cada noche. Lento, luego rápido, como es costumbre en nuestra música.

Una boda de tres días, dijo el padre de la novia, como no es costumbre. Para que vean cuánto vale la madera. Oyen la sierra circular desde arriba, ahora van a oír nuestra música, arte de verdad.

A cada sonido un paso, más rápido de lo que se puede respirar. Dan vueltas, patalean, se golpean en piernas malva, se contorsionan, cada uno por su cuenta. Sasa eleva el ritmo. La gente brinca y lo jalea.

Tienen que soportarnos, pues ahora vamos a recompensarlos. ¿Verdad?, dice el padre de la novia, y toca con delicadeza el hombro de Sasa como si llevara rato queriendo hacerlo. Lino cálido. Asentimiento cortés con la cabeza. Crepúsculo. Humo. Miran hacia el lugar de la tala.

¡Bravo!, grita el padre del novio. Cabrillea el último sonido: Sasa termina con un latigazo de su arco. Baten las manos, le ovacionan. Él se inclina hacia la pista de baile.

Todo comprado honradamente, dice el padre de la novia mirando al frente, hacia el lugar de la tala. A esperar, dice. Hay perspectivas peores.

Con los aplausos llegan los policías.

La tercera noche, la madera de la tala está consumida por completo, salvo las cabezas. Esperan entre el arroz y la coliflor. En vano. Al poco recomenzamos. Es una canción conocida, según nos ha pedido el padre de la novia. Los comensales se disponen en círculo y al instante dan vueltas, como si lo hubieran ensayado. Yo no me muevo, tengo que verlo.

Dos de los policías van de paisano. El uniformado del pueblo los acompaña. Siendo la única que no gira, los veo parados en el borde exterior de la resquebrajada pista de baile. Estiran los cuellos para ver más allá del círculo de danzantes, donde está Sasa, con los ojos cerrados: otros dos acordes de la introducción, deslizamiento final ingrávido del arco, toma de aliento. Luego, con brío: baile rápido. El círculo responde al ritmo, se estrecha, se escinde. Pasan parejas con grandes zancadas por dentro, por fuera, Sasa se dobla hacia la tierra flexionando rodillas, codo y violín, desapareciendo de la vista de los hombres de paisano. El ojo del círculo rota, cojeando, en torno a sí mismo. El uniformado indica cómo rodear la pista. Giran vertiginosamente. Las parejas giran vertiginosamente alrededor del cuadrángulo, un enjambre sin orden, una nube con pezuñas herradas, cruzando de largo cerca de nuestros pies. El hormigón rechina y retumba, contagiando a mis pies su temblor. Me retiro al fondo del todo, hacia el contrabajista, cuyo rasgueo invariable en las mismas dos cuerdas recorre vibrante mi columna vertebral. El cimbalista mantiene un trino largo, como si ya no quisiera terminar y sin mirar siquiera, sólo me mira a mí, extrañado de que esté parada. El viento del baile me alborota el pelo, me lo aparta de los ojos. Veo lo que él no ve, ni tampoco el contrabajista porque tiene los ojos cerrados, ni tampoco Sasa, sumergido no se sabe dónde detrás de los bailarines. No ven que el padre de la novia ha salido de entre las mesas para hablar con el uniformado, mientras uno de los hombres de paisano está mirando con gesto de preocupación por encima de mí y de la pista, donde ya no se ve a Sasa.

Invisibles. Los sonidos golpean invisibles en él. Aleteo de murciélagos, aullido de pájaros, chillido de ratas. Gruñido de las galerías. El chico se sobresalta. Estamos bajo los pilares altos y grises de la cantera. Los sonidos vienen de la garganta de Sasa. Ríe. Mueve los dedos, el brazo, como si sostuviera un violín, pero los sonidos vienen de otra parte, de dentro, de abajo, de la garganta, invisibles. Está bajo los pilares, en la oscuridad; enseguida se derrumbarán, la roca es hueca, los animales la han carcomido. Cuerpo resonante. Las manos de Sasa. Su garganta.

Lo veo con precisión. Estoy sentada en su regazo. Veo como el humo ondea en su garganta. Lo retiene largo rato. Cuando por fin lo libera, su aliento huele a cereal. Sasa suelta mi cintura, da una calada al resto del cigarro. Los muchachos lo imitan. Estamos sentados en el patio. El chico está en la cama de la abuela. Sasa vuelve a enlazar mi cintura, llega con la mano, por lo delgada que soy, hasta mi vientre. Tengo la sensación de que sobresale, de que se comba. Cálidos, los dedos de Sasa. Algo tira. Por dentro. Algo palpita. Sasa mueve los dedos, pero los sonidos vienen de otra parte. La risa. El hablar apenas. Conmigo. Criollita.

Estoy sentada a la mesa de los músicos, con mis pies danzarines colgando sueltos. Los muchachos del trío de Sasa comen caldo de pollo. Yo no como, miro hacia la puerta que conduce al pasillo, a la cocina, a los lavabos. Detrás de la cual Sasa, después de sólo tres canciones, ha desaparecido con el padre de la novia y los policías. La pista de baile sigue caliente y desierta. El dúo Csicsa toca una lenta rumba con bis. El tercer día se baila poco. Duelen los pies. Duelen las gargantas. Los comensales apenas cantan ya. Están sentados a las mesas y murmuran. No sé quién lo ha dicho ni cómo ha cundido el rumor, pero sé y lo saben todos: los policías han venido por los músicos. Murmuran. Los muchachos del trío de Sasa, como siempre, callan. El contrabajista cucharea rápidamente su caldo, se mete pan en la boca, consulta el reloj, indiferente. El cimbalista, al ver que sigo pendiente de la puerta de la cocina, me echa una mirada entre dos cucharadas y dice: Come, que la noche va a ser larga.

Sasa sale con su toalla blanca sobre el hombro. Pasa sonriente entre las mesas. La bella novia lo sigue con la mirada y su blanco novio hace otro tanto, pero Sasa no les presta atención. Atrae el plato con el caldo que he dejado intacto y se lo come. El padre de la novia apunta a la mesa grande, pero los hombres de paisano se sientan a una mesa apartada y sin preparar en el rincón. El padre de la novia le hace una señal a la camarera, que viene y limpia la mesa con un trapo mojado. Cuando pasa al lado de nosotros me llega el olor del trapo.

Me giro sola. Estamos tocando de nuevo. En medio del murmullo de las mesas, en la huella del perro, sola. Estoy viendo a alguien, dice el uniformado a los hombres de paisano, y ya se ha sentado a la mesa grande. Se sienta en todas partes, estrecha manos, habla. Cuenta que los policías de la capital han venido por el violinista. El gitano. Un asunto serio. No dice más. Secreto policial. Que es mérito del padre de la novia que el trío de Sasa pueda tocar hasta el final de la boda. Habilidad negociadora. Que no se podía hacerle ese feo al hombre. Pero que no le quitarán el ojo de encima, y después, cuando todo haya terminado, se lo llevarán. Al violinista. O incluso a los tres juntos. Para ir sobre seguro. Mientras habla, le tiembla la pierna derecha, hasta que la gorra está a punto de resbalarse de su rodilla, entonces la atrapa y permanece un rato sin temblar. Luego le preguntan por otra cosa, y comienza de nuevo. A hablar. A temblar.

El turno siguiente con el dúo Csicsa no se produce. Sasa simplemente continúa tocando. Los muchachos intercambian miradas. El dúo Csicsa intercambia miradas con el padre de la novia. El padre de la novia se sienta a su mesa y les habla con ánimo sosegador. Los hermanos escuchan con cara incrédula, se encogen de hombros, miran absortos hacia nosotros. Seguimos trabajando, yo con los profesionales, impasible, no pregunto nada, no intercambio miradas, ni con el dúo Csicsa, ni con los muchachos, ni con los comensales, quienes sólo esperan eso, una mirada nuestra. Ni tampoco con Sasa.

Vuelve a tocar como el primer día. Relincho de caballo y retrueno. Luego, otra vez el viento, el viento entrando y saliendo en vagones vacíos, luego como el piar de los pájaros, como el agua. Silencio en las mesas. Comienzo. Lenta, lentamente. Balanceo las caderas. Sonido por sonido. Los ojos cerrados. No ver cómo me miran. Cómo miran mis movimientos. Viene el ritmo. Es Sasa quien lo hace venir. Desde lejos, entre aullidos de viento, vías de tren y vagones traqueteantes. *Tatatán, tatatán*, rápido, hondo, los muchachos hacen su entrada. De forma lozana. Salto, me vuelvo, los cascabeles revolotean. Sonido por sonido, lo oigo todo con la mayor precisión.

El tercer día tocan las cabezas

Vino, dice alguien de las mesas, y todos lo repiten. Vino, dice el padre de la novia. Traen vino blanco en gruesas jarras de agua.

Tocamos la canción siguiente, de nuevo una que no conozco, de nuevo una que no tiene ritmo y sí lo tiene, los arcos, los mazos, lo golpean en las cuerdas, en la madera. Mis pies lo chasquean en el hormigón rugoso. Mantener el compás. Todos nos miran, vaciando vaso tras vaso. Por fin, el ambiente se anima, dice el padre del novio cuando el ritmo invariable del trío ya no es más que un estremecimiento. Siento vértigo. Oigo que Sasa me grita algo, me vuelvo hacia su lado y lo veo por un momento, me vuelvo hacia el otro lado y lo veo pasar flotando, su blanca mano revoloteando, su pie balanceándose. Vino, le dice el padre del novio a su consuegro, golpeando con el puño el ritmo en la mesa.

El padre de la novia, con cara pálida y de pie en el umbral de la puerta que da al pasillo, se limita a agitar la mano. Traen más jarras. La bella novia mira hacia su padre, pero él no le devuelve la mirada. No mira a ninguna parte, sólo asiente con la cabeza al padre del novio cuando éste pide más vino y más ambiente, y se ríe. Desde las mesas secundan su risa. Sasa toca una canción burlona, de doce estrofas, hace saltar el arco, hace relinchos, en las mesas y en los pies se producen estremecimientos. ¡Un caballo!, grita alguien. Es la voz del padre del novio. Todos ríen. Un caballo. Alguien silba. Ha robado un caballo. ¡Ja, ja, ja! Miran hacia nosotros. El padre de la novia se aparta de la puerta de la cocina, coge dos jarras, va a las mesas. Bebed, les dice, ¿o queréis iros a casa sobrios después de una boda de tres días? Beben. Sacan de la fuente pies y patas de pollo y cabezas frías, le arrancan una oreja a un lechón, luego la otra, una mujer chupa el salado pedazo de pellejo riéndose. Sus dedos, sus labios, relucen de grasa. Y la piel de Sasa parece oropel ajustado con precisión a sus mejillas, a su mano. La mujer deja caer la oreja de entre los dientes y mira con mirada fija al artista que de pronto está delante de ella, muy cerca, arrastrando el arco. Arrastrándolo entre los volantes de la camisa, los tendones, los dedos, despacio. Despacio. Y después.

Rápido. Rápido. Tan rápido como se puede respirar. El metal de los zapatos de tacón alto de las mujeres chirría sobre el hormigón. Se cogen por los hombros, se acercan, se entrecruzan. Giran las rodillas, un, dos, girar, girar, delante del pie, detrás del pie, corren en círculo alrededor del cuadrángulo invadiendo mi órbita, sacándome de mi pista. También Sasa se encuentra ya detrás del cimbalista, toca con cara seria, precisa. Todo en él está tenso. Oropel. Observo cómo los tendones de la mano estiran la piel. Cómo se acentúan, cómo se repliegan.

Dos círculos, uno interior, otro exterior. El tercero, en su centro, soy yo. Bailan alrededor de mí. Sonidos de animales recién nacidos. Pasan bailando, un círculo hacia la derecha, el otro hacia la izquierda, como sierras circulares. Caras coloradas, sudorosas, con pelos lacios, cansinos, caídos sobre las mismas. El uniformado ocupa el vano de la puerta, meciendo la cabeza, meciendo el vino de su copa. Los hermanos Csicsa, sentados a la mesa de los músicos, miran de reojo hacia nosotros, ofendidos.

La joven pareja, en el extremo de la mesa, se levanta. Quedaos, le dice el padre de la novia a su hija. Sostiene sendas jarras. Gracias, dice la joven pareja, pasando cogidos de la mano por entre las mesas, por entre los bailarines, asintiendo con la cabeza, gracias. Nadie les presta atención, ni protesta, ni exige otro beso, sólo uno más. Se los saluda con el brazo, entre risas. El padre de la novia deposita sus jarras delante de los señores de paisano. Éstos menean la cabeza en señal negativa. La novia se va.

Empieza a clarear. Estoy girando. Extiendo los brazos, los levanto por encima de la cabeza, bailo con un pie alrededor del otro. Bajo su planta rechinan con ruido metálico granos de polvo, entre los dedos de los pies hay algo que centellea y pica. ¿Podrás? ¿Bailar tres noches seguidas? Las mujeres extienden los brazos, los levantan por encima de la cabeza, bailan con un pie alrededor del otro. Sus collares, sus borlas doradas, cascabelean. Y no paran: una vez con el pie delante, otra con el pie detrás, hacia dentro, hacia fuera, girando, girando. Siento vértigo. Cada vez que he dado dos vueltas cambio de dirección; no obstante, siento vértigo. En el centro hace calor, huelo a las mujeres, tienen un olor dulce que se me acerca lengüeteando. Resbalan chillando sobre el suelo ya húmedo. Me detengo. El sudor me resbala por ambos lados de la nariz. Alcanzo a ver el cuello del contrabajista y, entre los bailarines, a veces también a él: inmóvil de cara y cuerpo, sólo se mueve de codos para abajo, mueve el arco, los dedos. En la comisura de sus labios, un punto centelleante de saliva.

Mantengo la boca abierta, siento mis dientes y sus labios pequeños y duros, su barba. Sabe amargo, a tabaco, a resina de arco. Su lengua es lenta; sus pupilas, rápidas detrás de los párpados cerrados y de cortas pestañas. Me besó, en el patio, entre la cisterna y el retrete. Mantuve los ojos abiertos. Ojos verdes, dijo, hermosísimos, como el océano. El agua de la cisterna cabrillea: una mosca verde la ha rozado con la pata.

Nos miran. La cabeza de cabra rodeada de un resto de arroz con azafrán tiene los ojos azules. Nos miran: los tres comensales que se han quedado hasta este momento. Parpadean, desde las mesas, al sol, hacia la enramada deshecha, la superficie de hormigón llena de estrías negras en la que bailo, coja, sola. Un hombre de escasa estatura, el único que permanece sentado, ha quedado en una postura tal debajo del borde de la mesa que él mismo parece una cabeza servida. Él también mira. A Sasa, que no para de tocar, a su cara hermética, precisa. A los hombres de paisano, detenidos en el umbral de la puerta, esperando. Todos miramos.

A través del techo marchito de la enramada pica el sol. Sasa sostiene el violín sobre el antebrazo y canta. *Por la carretera, por la carretera vienen dos guardias. ¿Qué puedo hacer, Dios mío, qué puedo hacer? Si me quedo, me pegan; si corro, me matan. ¿Qué puedo hacer, Dios mío, qué puedo hacer? Si me quedo, me cogen; si corro, me matan. Me matan.*

Me paro. Mi falda de rosas da un último bamboleo antes de quedarse parada también. El padre de la novia, apoyado en la puerta de la cocina, tiene los ojos morados bañados en rojo. El hombre bajito, que hace un rato estaba a punto de quedar bajo la mesa, de repente se despierta. Grita ¡bravo!, ¡bravo!, ¡bravo! El trío ha dejado de tocar, todo está inmóvil, los muchachos sostienen los instrumentos en la mano, ya sólo se oye al hombre bajito, su ronco grito de ¡bravo!, ¡bravo!

Sasa, con cuidado, deposita el violín en el estuche. Se limpia la mano con una toalla blanca. Ten, criollita, dice, y me la tira. Me sonríe con simpatía detrás de su barba rala.

El tercer día tocan las cabezas

El padre de la novia ha hecho venir al chico. Lo acompaña la abuela, pero sin mirarlo, sin mirar tampoco a Sasa, como si no estuviera; a quien mira es a mí, de pie junto a los músicos, sosteniendo la toalla. Sasa se agacha y besa tiernamente al chico en las mejillas. Los labios avanzan y tocan la piel rosácea. Los labios duros de Sasa, la suavidad de la piel. Siento cómo duele. Pica debajo de los pezones. La mugre de mis pies produce una sensación de seca pesadez, como si los tuviera zambos. Arden. No me atrevo a mirarlos. Sasa sostiene el instrumento bajo el brazo. Ya no puedo lamer el arco para sentir la resina en la lengua. Sólo entonces me doy cuenta de que su barba tiene mechones grises.

Los hombres de paisano se llevan a Sasa. La abuela le coge la mano al chico. El cimbalista junta los mazos. El padre del novio entra y se dirige a su mujer. Qué, dice. ¿Pretendes quedarte aquí hasta el invierno? Ella quiere decir algo, pero la dentadura se le derrumba en la boca. La empuja con un sollozo tras los labios y coge el brazo del hombre.

Sasa estranguló a su mujer en silencio, con las manos. La hizo deslizar lentamente hasta el suelo y la dejó tirada en la cocina. No estaba muerta, pero no podía moverse ni gritar. La encontraron los vecinos. Estaba tumbada en las baldosas, boqueando como un pez.

ANTJE RÁVIC STRUBEL
Potsdam, Alemania oriental, 1974

La precisión de cirujano en la construcción de frases impecables y la profundidad abismal de las figuras frente a la ambigüedad de los ambientes, conforman el estilo de Antje Rávic Strubel, que en sus novelas crea una tensión narrativa eminentemente sugestiva. Parece a veces que las escenas reverberan de la extremada luz que lanza su rica aunque muy controlada prosa. En ella se traduce a la perfección el estado de inseguridad y de no pertenencia en el que se encuentran sus personajes, desorientados ex ciudadanos de la RDA, expulsados del orden circundante por su falta de compromiso político en su pasado, por su futuro próspero —formación, estatus, dinero— además de por su opción sexual. Rávic Strubel es una de las pocas voces de la literatura alemana actual que no obvia un tema prácticamente tabú: los prejuicios contra las lesbianas en la antigua RDA y en la Alemania actual, amén de los problemas de identidad que conllevó su condenación.

Desde su primera novela, *Diafragma abierto* (2001), sobre las experiencias como emigrante ilegal en Nueva York de una fugitiva de la RDA, Rávic Strubel desplegó su instrumentario narrativo: tramas que viven de los intersticios, personajes en suspensión existencial, entornos descritos a través de imágenes de belleza sobrecogedora, y frágiles, clarividentes historias de amor entre mujeres. La construcción del segundo libro, *Bajo la nieve* (2001), es ambiciosa; trece relatos con un hilo narrativo común:

trece perspectivas distintas de una historia de amor entre dos chicas, vista con los ojos de los habitantes de un pueblo checo poscomunista. Pero también los episodios concretos de la historia de la antigua RDA forman parte del repertorio narrativo de Rávic Strubel. Su cuarta novela, *Tupolev 134*, gira en torno al secuestro real de un avión de pasajeros polaco por parte de ciudadanos de la RDA y su posterior condena y excarcelación tras la caída del Muro. En *Capas boreales del aire*, de 2007, de la que reproducimos el primer capítulo, Rávic Strubel aborda el nefasto legado psicológico de la socialización en la RDA: subordinación profesional, espíritu denunciatorio y homofobia (primero disimulada y cada vez más agresiva en un campamento de verano sueco en el que una monitora de Turingia se enamora de una misteriosa mujer).

Ninguna de las siete novelas de Antje Rávic Strubel está traducida al castellano. *La caída de los días a la noche* es su obra más reciente.

EN CAPAS BOREALES DEL AIRE

De la luz lo sabían todo.
Conocían cualquiera de sus tonalidades. Habían visto cómo le daba al cielo un aspecto quebradizo y cuarteado o de cera azul azabache. Sabían cómo aparecía bajo una marea espumeante de nubes, cómo incidía oblicuamente en el *fjäll*, cómo pegaba en las rocas, el bosque en lo alto y en el tupido monte bajo, junto a la orilla del lago. Sabían lo fugaz, lo falaz, que era. Si hace un momento el lago aún resplandecía en turquesa hasta su fondo, al instante yacía opaco y hermético, como el asfalto. Habían visto cómo la luz prestaba a los pinos y a las zarzas un tono mate cuando llovía, cómo teñía las carreteras devastadas por desprendimientos de piedras a las cuatro de la madrugada o cómo bañaba el césped cortado a ras de los jardines suecos al mediodía. La conocían como amarillo vibrante por efecto del calor, como brillo verdoso al anochecer, y podían indicar el matiz que adoptaba sobre el tejado del cobertizo del equipamiento en los días encapotados.

Sabían cómo mudaban las caras alumbradas por una luz chillona. Quienes de mañana salían de las tiendas para ir a los aseos tenían que cruzar el rodal de hierba que a golpe de hacha habían arrancado al bosque. Allí las caras se estabilizaban.

Pasaban del gris lechoso, color de la noche, a un bronceado crudo, pulido. Eso lo sabían. Lo veían cada mañana.

Y más tarde, cuando quedaban pocas nubes en el cielo, ese bronceado adquiría una nitidez que las caras sólo presentaban en aquel lugar, en aquella punta de tierra. El sol brillaba brutalmente.

Ninguno de ellos hablaba de la luz.

Había otras cosas de que hablar. Tenían que ocuparse de las lonas de las tiendas, rotas por el vendaval y tiradas en el prado cual pieles desolladas, y que era preciso remendar. Tenían que hacerse cargo del abastecimiento, de los víveres que venían de Berlín cada noche de domingo, y telefoneaban a menudo. Pedían café y patatas, carbón de barbacoa y salchichas y arroz, sin olvidarse de la fruta, tan cara en Suecia durante ese verano. A los grupos de jóvenes que llegaban los mandaban, según un orden establecido, a los lagos, primero al pequeño Stora Le, luego al venteado Foxen; repartían entre los líderes de equipo copias de libros de cocina *outdoor* para que éstos supieran cuántas latas de judías tenían que echar a la olla de *chili* para la cena. En la tienda-cocina se preparaban barriles de provisiones para una semana.

Explicaban cómo cocer a fuego abierto y entregaban las canoas en el embarcadero. Se trataba de botes estrechos para dos personas, hechos de ligero metal gris claro. El radiocasete sonaba todo el día.

Vivían sin raíces. Desligados del tiempo. Habían venido a una zona desconocida, a otro país, una región extraña en la que su identidad sólo consistía en la diaria actividad que ejercían durante el verano; eran líderes *scout* de canoa, construían tipis, recolectaban bayas, freían salmón y nadaban en el lago. Se sentían como si su vida actual ya no se acoplara a la anterior, con la salvedad de algunas heridas y consideraciones abstractas. *Mierda retro*, como dijo uno junto a la fogata.

Había poca diversión. Inflaban cualquier rumor. Y cuando los rumores parecían desvanecerse, inventaban otros o trufaban los viejos con hechos nuevos, de manera que resultaba imposible saber lo que había de verdad en tanta habladuría. Se habían acostumbrado. Nadie se molestaba si Svenja, la jefa del campamento, despotricaba contra Ralf. Cuando éste solicitó licencia de caza, ella dijo que estaba convencida de que él, en el pasado, también había *encañonado a personas con la pipa*. Los demás se preguntaban bajo cuerda *cómo Ralf podía con una mujer como Svenja*.

Vivían sin raíces, y trataban de hacerlo de la mejor manera posible.

Una mañana una chica cruzó la playa sola a la carrera. Pasó entre los botes, su vestido aleteaba. Era una prenda clara, allí nadie llevaba vestidos. En el campamento llevaban sandalias *gore-tex* y pantalones funcionales de color gris o beis con cremalleras a la altura de los muslos. Cuando subía el calor se quitaban las perneras de un solo movimiento.

La chica cruzó corriendo el embarcadero, se movía ebria. Corría sin detenerse, sin desprenderse del vestido, corrió más allá del extremo del embarcadero y cayó al agua.

Los que estaban con las canoas se sobresaltaron por el chasquido del cuerpo en la superficie acuática. El lago estaba liso. Luego la chica emergió junto a una boya, con el cabello pegado a la cabeza. Volvió lentamente a nado. Los otros dejaron de interesarse por ella. Regresaron a sus planos guardados en carpetas con pinza y apuntaron los números de los botes que saldrían ese día. Meses atrás habían decidido que quedaba prohibido bañarse en el embarcadero. Ahora hacían como que el incidente no iba con ellos.

Lentamente, la chica salió a tierra y subió por la orilla. No parecía sentir el agua que se le escurría por la cara.

Se paró cerca de los pinos.

—Schmoll —dijo volviéndose hacia mí—. Es usted un chico inteligente. Ha estado muy atento todo el tiempo. —Miró hacia la derecha, donde estaba la zona de baños, casi tapada por los frambuesos y los cambrones, y vi que ya no era una niña—. Seguramente podrá decirme dónde hay toallas por aquí.

Daba la casualidad de que yo andaba cerca cuando ella se aproximaba a la orilla. No estaba con las canoas, sino a cierta distancia del embarcadero, y ahora me movía como si hubiera permanecido horas manteniendo la misma postura.

—No me llamo Schmoll —dije—. Y no soy un chico.

Ella ladeó la cabeza para examinarme.

El agua le oscurecía las cejas en medio de su cara pálida.

—Las toallas no forman parte de los accesorios —dije.

El lago estaba quieto esa mañana, aguas adentro se veían aves lacustres flotando. Garzas reales. Cisnes. Los otros entretanto debían de haber terminado con las canoas. Cuando iba a marcharme me cerró el paso.

—Sólo quiero mirar una cosa —dijo, y se me acercó. Tenía la piel blanca. De un blanco que recordaba la madera lisa, lustrosa, que uno a veces encontraba en las playas salvajes. Los dedos de sus pies rozaron brevemente la arena. Intentó tocar mi pie pero no acertó y tropezó.

Se habría caído si no la hubiera sujetado.

Me abrazó el cuello. Olí su pelo mojado.

Era por la mañana temprano, la arena aún estaba fresca, las sombras caían largas. Hacia el mediodía el calor apretaría, todas las canoas tendrían que estar volcadas y registradas, en aquella playa sin sombra nadie querría quedarse al sol reverberado doblemente por los centelleantes cascos de aluminio de los botes.

Parecíamos un panel publicitario de la estación Zoo, una de esas imágenes de papel alto brillo. Chicas mimosas, menudas, acurrucadas entre los hombros poderosos de chicos seguros de sí mismos. Chicos cuya mirada descendía sobre su chica y el Ku'damm. Estábamos insertos en esa imagen.

—¿Todo bien? —dije.

Oprimía su cuerpo contra el mío. Para los que estaban con las canoas debía de parecer como si yo quisiera despojarla de su vestido, subirle la tela lentamente por los muslos, lo que tenía que evocar imágenes de desnudez, de sus caderas, de sus nalgas, de cómo yo la sostendría en la arena, en la orilla, allí donde se hallaba la zona de baños, oculta tras los arbustos.

Su cuerpo palpitaba, la piel ardía bajo la humedad.

—¿Se da usted cuenta? —me dijo al oído—. Por fin le he encontrado. Lo sabía.

Al instante me soltó. Fue a buscar su toalla, junto a los pinos, y corrió sobre la arena en dirección a la carretera. Corría rápido, sin volver la vista, con piernas zancudas bajo el vestido, un vestido de niña, uno para chicas muy jóvenes. Yo no estaba segura. La seguí con la mirada y cuando nadie de los que estaban con las canoas se fijaba en ella, grité:

—¡Eh! ¿No prefiere cambiarse primero y luego desayunar con nosotros? ¡Hay panecillos!

No reaccionó, llegó a la carretera. A pesar de su vestido mojado dobló despreocupadamente hacia la izquierda, donde la carretera describía un recodo.

Me encaminé hacia los otros. Estaban sacando del agua varias canoas para volcarlas sobre la arena dejando el casco al aire. Poco a poco llegaba el calor.

Más tarde, en los lavabos, me miré en el espejo. Llevaba vaqueros y una camisa clara, unisex, propia de la ropa *outdoor*. Era fuerte y delgada, estaba bronceada como todos, mi pelo tenía esa textura pajiza, desvaída, que proporcionaba la natación en el lago, hacía cuatro semanas que vivía al aire libre. La cicatriz en la ceja era lo único que me diferenciaba de los demás.

Salí de nuevo al sol, donde estaban desbastando madera. Tenían el propósito de construir un tipi a partir de troncos rectos y esbeltos, y avanzaban a buen ritmo. La corteza cedía formando virutas blandas y alargadas, sabían cómo quitar las capas superficiales presionando con delicadeza para no lastimar la madera. Lo habían hecho ya muchas veces. Dos tipis de varios metros de altura, ceñidos por la lona, estaban terminados en la linde del bosque, sobre la hierba.

Les eché una mano. Comenzaba por arriba, por las puntas. Observaba de soslayo a los hombres, y encontré que no había nada en ellos que se me pareciera.

Hacia el mediodía llegaron las provisiones, una camioneta giró en redondo por el campamento entre bocinazos. El chófer, derrengado, aparcó en los relejes que conducían de la carretera al rodal de hierba. Había salido de Berlín por la noche y ahora, con ojos febriles, clamaba por una cama.

—Eh, Marco, ¿dónde están las listas? ¿Y el carbón de barbacoa? ¿Se lo han vuelto a olvidar los idiotas ésos de Berlín? Las barbacoas figuran en el programa de los chavales, ¿cómo es que no les entra en la cabeza?

—No le entra en la cabeza a nadie porque a nadie le interesa. Son chavales, ¿entiendes?, que no arman la marimorena si no les dan exactamente lo que sus padres pagaron.

—Qué cabrones.

—Mirad detrás del asiento del copiloto. Para cabrones, vosotros.

Marco se coló bajo las cuerdas de tender y se esfumó en la casa. Ésta no era más que un cobertizo de tablas finas provisto de tres ventanas. No se oía el menor ruido.

—Calma, muchachos —gritó Marco desde la ventana de abajo—. Tenemos que ser solidarios una vez que hemos venido a parar aquí.

Nadie asintió. Asentir habría significado reconocer que habían quedado embarrancados aquí, lo que hubiera equivalido a una claudicación, a confesarse a sí mismos que esa situación perduraría.

Empezaron a descargar cajas y a llevarlas a la tienda-cocina donde Svenja estaba preparando los barriles azules. Partía por la mitad pedazos de queso enormes y metía uno en cada barril, junto con los salamis, el pan y las judías en lata. En los barriles los víveres quedarían protegidos de la humedad cuando, más tarde, los grupos de jóvenes se los llevaran a sus excursiones en canoa.

Los viernes al mediodía todos se encontraban en la tienda-cocina. Quizá era la añoranza de fruta fresca la que los empujaba hasta allí. Hacia el final de la semana la comida se volvía monótona. O tal vez acudían atraídos por el aroma que se formaba en los barriles llenos, olorosos a verdura, mantequilla, beicon y un poco a plástico. El aroma era el único recuerdo del exterior, de las vivencias que proporcionaba el recorrido por los lagos, recorrido que hubieran preferido a la estancia en el campamento. Pero faltaba personal, eran demasiado pocos para hacer frente a la avalancha de autocares cargados de niños excursionistas. A menudo las luces permanecían encendidas toda la noche.

Cuando me levanté para salir y quitarme con la manguera el sudor y la suciedad de la cara, vi a la mujer al otro lado del camino de acceso. Estaba sentada de espaldas contra un pino. Tenía las piernas dobladas y la cabeza ladeada, su cara quedaba a la sombra. Se había cambiado de ropa. Ahora llevaba un vestido azul. Estaba inmóvil, con los brazos caídos. La mano derecha, levemente abierta, apuntaba en mi dirección, como si desease presentarme algo, como si me ofreciera la hierba y la tierra y las raíces del pino. Parecía tener los ojos cerrados. En cualquier caso, no reaccionaba aunque yo llevaba largo rato mirándola.

Recordé con cuánta vehemencia me había abrazado en la orilla. Su cuerpo ardiente. El blanco de su piel, que contrastaba extrañamente con ese ardor. Recordé mi respuesta idiota y pensé que seguramente se echaría atrás si me acercaba y la tocaba sin preámbulos. Se sobresaltaría en cuanto me sintiera, abriría los ojos que, en la orilla, me parecieron inquietos y trágicos. Quizá esa impresión se debió únicamente a la luz. Puntos verdes dispersos en un iris color marrón por lo demás puro.

Ralf me había seguido. Me cogió la manguera y sumergió la cara en el chorro.

—Menudo ajetreo tenemos hoy, ¿verdad? —El agua se le escurría hacia el interior de la camisa—. Escucha, te ayudo en el reparto de los chalecos salvavidas. Así podrás descansar de vez en cuando un rato.

—No te preocupes, me las apaño. De verdad.

—A medias entre tú y yo —dijo Ralf—. Al fin y al cabo somos un equipo, ¿o no? —Me rodeó con un brazo, me agarró el hombro y me atrajo hacia sí con firmeza. Después miró hacia el bosque—. ¿Quién es ésa?

—¿Quién?

—¿Está espiando o qué? Voy a decirle que esto es *privado*, que aquí no hay nada que mirar.

—¡Empieza la locura! —gritó Wilfried—. Algunos ya están viendo fantasmas, es porque llevamos semanas sin comer otra cosa que esa mierda de pan de munición.

—¡Venga, Ralle! —Svenja, con sus botines de goma, estaba a la entrada de la tienda-cocina—. Siempre hay gente tirada rondando por aquí. Cuando estuve con mi grupo en el cuarenta...

—¿El cuarenta? ¿No podemos llamar los lugares de descanso por su nombre correcto? A fin de cuentas, alguien se tomó la molestia —dijo Sabine, la medio india, o al menos llamada así después de que se supiera que había pasado varios meses con una chamán en el campo cerca de Detroit. Vestía un pantalón de pana de color indistinguible por la cantidad de manchas de musgo y hierba.

—El cuarenta está en Trollön, Sabine, eres la única que no lo aprende. Está exactamente en lo alto de aquel monstruo de roca que pirra a los chavales para tirarse de cabeza al agua. Pues el otro día aparece un tío en la orilla de enfrente, salido directamente del bosque. Sólo llevaba bañador y chaleco salvavidas y agitaba los brazos como un condenado. Pensé que a lo mejor necesitaba ayuda. Dejo pues a mi grupo y me acerco a él. ¿Y sabéis qué hace el tío? Me pregunta qué día de la semana es. Seguramente le había entrado agua en su disco duro. —Svenja se dio la vuelta—. Y seguramente tampoco recordaba ya su nombre, Sabine.

—Entonces ponle número. —Sabine tiró un salami a través de la tienda, con puntería, y el embutido terminó impactando con estruendo en uno de los barriles.

Cuando miré hacia la linde del bosque la mujer había desaparecido.

En las tardes la luz conservaba largamente su blancura, quedaba suspendida en el ramaje de los pinos hasta internarse, en el punto más alto de las copas, en el rojo crudo del atardecer; abajo, en torno a las tiendas, ya estaba oscuro.

En ninguna parte había tanta oscuridad como en el rodal de hierba del campamento. En ninguna parte hacía tanto frío por la noche. Desenrollé dos colchonetas dentro del tipi, junto al hogar, las puse una sobre la otra, las piedras crujían. De noche había demasiada oscuridad como para ir a acostarse sin linterna. Cerré el saco de dormir hasta arriba. No pude conciliar el sueño. Oía gritos de animales, alces, tal vez. Decían que por las noches a veces se veían alces incluso en el recinto del campamento. Lo sabían de los años anteriores. Se habían presentado a un anuncio que Uwe, el jefe de la empresa, ponía cada año en mayo:

Déjate de cuentos viejos y muda el pellejo.
¿Te apetece algo nuevo?
Entonces lánzate a una aventura salvaje. La naturaleza no hace preguntas.
Se busca gente comprometida para un campamento juvenil en Värmland, una de las regiones de lagos más bellas de Suecia.

Dudé antes de contestar. En el anuncio había algo que no me gustaba. Parecía llevar implícita la suposición de que quienes se presentaran lo harían para ocultar u olvidar algo. Volví a meditar sobre la frase, *la naturaleza no hace preguntas,* pero sabiendo que si seguía dándole vueltas nunca lograría dormirme, resolví quedarme con la idea de que era una mera expresión de entusiasmo motivada por los bosques suecos.

Me giré poniéndome de bruces. Me masturbé para aliviarme y después, tal vez, coger sueño.

Veía hombros recios bajo camisetas sin mangas, pantalones que se deslizaban muslo abajo, cuerpos ligeros de ropa, a veces oía frases. Nunca imaginaba a mujeres con las que había estado. Desde los dieciséis años se habían ido sucediendo unas a otras. Cada una era la consecuencia lógica de la experiencia anterior, siendo la resistencia que oponían lo único que tenían en común.

Me había criado con dos hermanos menores. Los había empujado en el cochecito, doblando esquinas o llevándolos a la venteada zona para tender la ropa, situada detrás del bloque de viviendas. Con ellos me había bañado, trepado a los árboles, construido casitas bajo los balcones, y más tarde había visto sus juegos debajo de la manta, los tres compartíamos una habitación con litera doble y un colchón estrecho. Yo me lo podía permitir todo con ellos, y ellos se lo permitían todo conmigo. Me resultaban tan familiares y previsibles como yo misma. Por su cercanía ni siquiera se me ocurrió una cosa distinta que no fuera amar a mujeres.

Se trataba de mujeres que vacilaban, que no querían nada de mí. Al principio me decían que era demasiado joven, que no podían fiarse de mí, que vivían bajo la convicción de no comprometerse, o que por principio no creían en el amor. Aprendí a ser tenaz sin humillarme. No mendigar sino provocar, ése era mi modo de proceder. Y siempre guardaba la distancia, con la distancia todo me parecía excitante y peligroso. En algún momento accedían de una manera que yo conocía, con una vehemencia que yo rehuía rápidamente. Me quedaba sola. Y me gustaba oír decir a la gente que, para los tiempos que corrían, el mío era un estado normal para mi edad.

Para los otros era ya el tercer o cuarto año de campamento. Algunos habían estudiado y después no habían encontrado trabajo, otros lo habían perdido, y todos estaban contentos de su misión en Suecia, pues les ayudaba a superar el verano aunque ganaban una cantidad irrisoria. Solían venir ya en mayo para arreglar las canoas y los cobertizos o levantar nuevas casetas para los retretes. Cada año algo mejoraba. Al comienzo se lavaban en la playa, después hicieron duchas y trajeron el agua bombeándola en largas mangueras desde el lago. Ese año habían construido para el equipo una caseta de duchas dotada de acometida de agua caliente. Se trataba de un antiguo camión de circo al que le sustituyeron las ruedas por tacos de madera y que estaba provisto de armarios metálicos, un armario de luna y una taza de ducha de plástico. Delante de su minúscula ventanita colgaba una cortina azul claro con estampado de flores.

Esa mañana Svenja entró mientras me estaba duchando. La distinguí por su paso firme y presuroso y el rechinar de sus suelas de goma. Llamó golpeando con las uñas en la cortina de la ducha.

—¿Cómo está el panorama? ¿Hay remos suficientes para todos los chavales? —Descorrió la cortina y quedó envuelta por el vapor—. ¡Vaya microclima que estás generando aquí!

—Puedes tirar la mitad de los remos. Dan la sensación de que alguien los ha estrellado contra las rocas.

—¿Tirarlos? ¡Estás loca! A Uwe le da un ataque. Aun así piensa que le estamos robando su material, *esto ya no es propiedad del pueblo, colgados*, no podemos decirle de pronto que falta la mitad de los remos.

—Los mangos están rotos, te clavas las astillas.

—¡Qué fina eres! Pues les pones cinta de embalaje alrededor. —El armazón de la cabina de la ducha se estremecía, oferta especial de los grandes almacenes Metro; volví a insertar la manguera de plástico en su soporte.

—Por cierto, *yo* no llevo cinta de embalaje alrededor.

—No te pongas así. —Svenja estaba pálida, desbordada por el trabajo. Me miró de arriba abajo con una mueca de sonrisa, observé lo mugrienta que estaba la ducha. Nadie tenía ganas de pasarle el estropajo—. Es que tengo que conocer las hechuras de mis empleados.

—Yo recuerdo a un largante con vaqueros manchados que en la oficina de Berlín me explicó muy gráficamente los derechos y las obligaciones dentro del grupo para darme la posibilidad de cumplir los requisitos de una vida fructífera en comunidad —dije—. Me aleccionó sobre los placeres de una relación armoniosa con la naturaleza, y, si comprendí bien, lo de la naturaleza se refería sobre todo a la geografía, y no a mi culo en cueros. Pero no te preocupes, yo tampoco lo entendí en el acto.

Abrió la boca y tragó saliva; luego se me acercó a un palmo de la nariz.

—Ten cuidado, mocosa, que si no ahora mismo te vas a pelar patatas para cien personas. Los autocares están por llegar, o sea que mete el turbo. —Dio una palmada sonora en la pared de la cabina—. ¿Has visto la pelota? Seguramente la ha traído Marco de Berlín. Una pelota de fútbol, esférica, chula. Como para ti. Porque eso de pegar patadas a una pelota te gusta, ¿cierto? —Me sonrió con gesto cándido—. Es algo que a las chicas os pirra. ¿No es genético?

—Tú ten cuidado, no vayas a terminar recibiendo patadas tú también —le dije.

Debido a la presencia de los jóvenes había que dejar la caseta de la ducha cerrada incluso los fines de semana. El principio de este campamento de vacaciones era *experimentar la naturaleza con cero confort*. Un lema que cada año incrementaba el volumen de negocios de Uwe.

Los autocares llegaron mientras yo aún seguía bajo la ducha. Fuera reinaba el silencio; los otros habían salido por el camino tortuoso y accidentado que habían abierto en el bosque para llegar al estacionamiento de los autocares, ubicado a cierta distancia detrás de las tiendas de los campistas fijos. Ralf pronunciaría un breve discurso de bienvenida. Después de comer, los jóvenes formarían pequeños grupos y emprenderían la ruta de las aventuras por los lagos; sólo el equipo permanecería en el campamento.

Me sequé. Oía el viento y las voces de los pájaros y el zumbido del calentador de agua en la pared. El mediodía del sábado, cuando llegaban los autocares, era el único momento en que no sonaba el radiocasete.

Por lo general, la invasión llegaba a bordo de tres vehículos de dos pisos. Venían balanceándose en fila india por la hierba alta, el camino era quebradizo, los frambuesos rozaban los tapacubos. Cruzaban el campo a velocidad de paso y con las luces largas encendidas. En aquel paisaje ordenado, aquella comarca arreglada a lo natural para canoístas, campistas y senderistas producían un efecto basto, propio de animales primarios de otra época, de mastodontes apestosos ante el bosque.

Cuando salí de la ducha el campamento estaba desierto. Sobre el rodal de hierba gravitaba una luz tenue, verdosa.

La pelota se hallaba junto a la parrilla, a la sombra de una retama. Me acerqué; estaba inflada, prieta, el cuero formaba cuadrángulos unidos por costuras sólidas, un balón nada barato, lo chuté al aire; desde que trabajaba allí, mi vida me parecía más tranquila, quizá hasta interesante.

En capas boreales del aire

Había salido de Halberstadt, de su deprimente horizonte de bares, del gótico clareado y los pocos bloques de pisos nuevos sobrepintados en colores chillones, del ambiente de casas adosadas y de una burocracia suplicatoria que siempre preguntaba quién era uno y qué hacía; había dejado atrás todo aquel mundo de derribo. Mis credenciales no daban para mucho: me había marchado de casa, abandonado una carrera a distancia, proyectado luz de candilejas sobre otros como iluminadora de un teatro venido a menos. Había escrito cuatro artículos, abierto la boca esporádicamente en la gaceta local, sin efecto alguno, porque los calvorotas, como los llamaban mis hermanos, seguían campando por las calles de la ciudad.

Mis hermanos me habían adelantado. Curraban de representantes, uno de ellos además repartía periódicos por la noche. No les tenía envidia pero sabía que interpretaban mi huida como un fracaso.

Me gustaba este lugar. Me gustaba la concentración. La calma que planeaba sobre el rodal de hierba, en la que no sentía el esfuerzo a pesar de que tuviera que trabajar y el tono fuera áspero.

Me gustaba este verano en Suecia. Este aire recargado de olores a tierra y a madera. Me gustaba el cielo plano, apuntalado por la línea dentada de los picos de los árboles del bosque. Me gustaban las sombras afiladas, abruptas, en las que uno se sumergía al coger una de las carreteras bordeadas de abetos. Desde lejos el asfalto parecía terciopelo rojizo. Me gustaba el silencio sobre los pueblos y el sosiego. Las personas parecían descansadas, como si flotaran absortas en el fluir de los días, y conservaban aquella atención que puede nacer cuando se consume generosamente algo valioso. A finales de agosto el verano terminaba aquí. Hasta mediados de mes todavía habría más claridad que en Halberstadt. Oscurecía por los bordes, con delicadeza. Pero eso no engañaba a nadie acerca de la transformación rápida e inminente de las próximas semanas, esa precipitación de las tardes en el abismo de la noche.

Sólo por momentos, cuando el silencio llegaba a un extremo que parecía inflamar la luz, daba la sensación de que un incendio latente lo chamuscaba todo. Había personas inconscientes tiradas a pleno sol. Caras rojas, acaloradas, por el exceso de cerveza. Cuerpos deslavazados en parques infantiles. Cuerpos derrumbados ante quioscos o en zonas verdes.

No se alborotaban. No había violencia. Las personas se abatían sin ruido. Tropezaban camino a casa, se tambaleaban, se daban de bruces, chocaban contra camiones o se caían de la bicicleta. Menudeaban en el verano siniestros extraños; gente atrapada en las cercas eléctricas, piernas rebanadas por la cuchilla del cortacésped, una cadena de motosierra que se soltaba y desbarataba una cara, individuos borrachos que caían en el lago y se ahogaban.

Aquí empecé a olvidarme de Halberstadt, de los cabezas rapadas, las fachadas acristaladas, la agencia de trabajo. El estado de ánimo que experimentaba tenía que ver con la ecuanimidad. Con una paz interior que, por fuera, tal vez se asemejaba al aburrimiento. Pero no lo era. Ya no soñaba con el miedo de no dar la talla. Soñaba de nuevo con volar, y deseaba que me vieran mis hermanos.

Aquí olvidé el Vienna y sus picaportes de plástico blanco, sus lámparas de fantasía y el arcaizante cuadro al óleo de la pared. Con el cuadro al óleo se desvaneció también el recuerdo del flequillo recto, de los escotes de pico y la camiseta estampada con rosas de aquella mujer que sólo se encontraba conmigo cuando acababa de abandonarla uno de sus amantes de turno. Entonces me dejaba sola en la cocina y dormía, agotada por el llanto compulsivo, sobre una cama extensible en el cuarto contiguo. Más tarde me refugiaba en los *one night stands*. Entonces viajaba a Berlín. Pero las mujeres que al principio me parecían tan excitantes mientras bailaban, apenas empezábamos a caminar hacia su casa, se convertían en fantasmas, en comodines de un programa que terminó por carecer de interés. Eran hermosas mientras danzaban, mientras se me resistían. Entretanto yo había cumplido treinta años y siempre ponía fin al asunto en la propia barra del bar.

Aquí las sombras caían largas. Aquí olvidé también el pánico que me entró cuando ya no oía decir a nadie que, para los tiempos que corrían, el mío era un estado normal para mi edad.

CLEMENS MEYER
Halle, Alemania oriental, 1977

Para saber lo que ocurre tras las restauradas fachadas de las ciudades de la Alemania oriental, nada mejor que abrir un libro de Clemens Meyer, criado y residente en un barrio degradado de la periferia de Leipzig. Sus personajes se enfrentan a los estragos del desempleo, la desestructuración social y la toma de posesión económica desde la parte occidental alemana tras la caída del Muro. En estas narraciones de ritmo trepidante y que golpean como puños quien manda es el dinero y la violencia es omnipresente; recuerdan en su minucioso realismo, en sus potentes imágenes urbanas, al Alfred Döblin de *Alexanderplatz*, pues Meyer escribe sobre el hombre pequeño, el embrutecido héroe de la supervivencia. El boxeador es su arquetipo, para quien existe un único imperativo existencial: aguantar el combate para poder cobrar.

Desde su primera novela, Meyer ha llamado la atención —y suscitado los elogios de la crítica— con su impactante realismo sucio y su capacidad de describir ambientes desconocidos para el lector burgués. *Cuando soñábamos* es un cuadro épico de gran formato acerca de un grupo de jóvenes delincuentes en un barrio bajo de Leipzig, antes y después de la reunificación. Los acontecimientos políticos permanecen ajenos a estos chicos que, tras una infancia totalmente reglamentada en la RDA, se tambalean borrachos en una desenfrenada adolescencia.

Con el libro de relatos *La noche, las luces* (Menoscuarto Ediciones, 2011) Meyer presenta todo un muestrario de perdedores de la reunificación: gente que vive al borde o ya directamente dentro de la miseria y que con cada paso que da se hunde todavía más. Construidos con perfecta mesura, los relatos de Meyer impresionan por su humanismo antisentimental y por su atrevimiento temático. Independientemente del heroísmo viril de algunas historias, sabe ahondar en la sensibilidad de personajes muy diversos, como en la del profesor que añora la amistad de una alumna de once años, o la del dueño de un perro enfermo que apuesta para poder pagar la operación del animal.

Esta amplitud de espectro es uno de los grandes valores de su novela monumental, *En chirona* (2013); aquí Meyer compone un ácido relato coral sobre el mundo de la prostitución, en el que, en distintos planos temporales, los más diversos actores de la reconstrucción del Este —desde los bajos fondos hasta cargos políticos— monologan sobre su parte en el negocio. Un retrato implacable de la otra cara de la acomodada sociedad alemana. Reproducimos por cortesía de la editorial Rowohlt el tercer capítulo.

EN CHIRONA

III

(BUM BUM)

Estás tirado en la calle. Tú que pensabas que los años noventa habían terminado.

De hecho, casi han terminado, meditas un instante qué año es exactamente, lo sabes, claro que lo sabes, has estado todo el año levantándote y acostándote, levantándote y acostándote, has hecho tus negocios, y te ha sobrado sueño…, pero no acabas de captarlo, sientes la cabeza contra el suelo como si el choque le hubiera abierto una brecha, ¿llueve?, estás tirado entre los coches y ves las ruedas y llantas; en una de aluminio, a un palmo de tus narices, se refleja y se refracta la luz, faros, farolas, noche, y tratas de reconocer tu cara, mil novecientos noventa y nueve.

Qué va, nada ha terminado. El tiempo de la violencia fue largo pero pasó hace mucho, como si no hubiera existido, los años de la paz, tu cabeza contra el suelo, la ciudad está en silencio pues es domingo, y la lluvia se ha teñido de rojo, rojo como el coche a tu lado. Viniste solo aunque todos te decían: «No vayas solo», pero tenías que ir solo, los noventa casi han terminado, sólo queremos hacer negocios, te echaste a dormir un poco y te levantaste, ya casi era de noche. Aún tuviste tiempo para tomar un café y estar un rato en el jardín oscuro, vuelve a oscurecer pronto ahora, querías bajar al lago pero sonó el teléfono. No, no sonó, lo habías puesto en silencio y lo viste parpadear a través del cristal de la veranda, el *display* no cesaba de parpadear en el cargador, como un pequeño faro. No, lo oyes sonar, nunca lo pones en silencio, debió de sonar en otra parte, tienes toda la casa llena de teléfonos, y ninguno está en silencio, el móvil en el bolsillo de la chaqueta vibra. Te giras de lado, tratas de introducir la mano en el bolsillo de la chaqueta. Te cuesta aunque tus brazos están intactos. Tu móvil vibra y vibra, y sientes el latido de tu corazón, luego la vibración cesa, y tomas aire profundamente y lo echas, tomas aire profundamente y echas el miedo, ya no viene nadie, no, ya no viene nadie, él vino solo, igual que tú, y lo viste marcharse, simplemente se dio la vuelta y se fue. ¿Aún dijo algo? ¿Y qué te dijo antes? Te es imposible recordarlo. «Esto es de...». No, nada de nombres, nombres nunca, aplícatelo desde ya, porque te preguntarán, y menos mal que aún pueden preguntarte, pero tú deja que te pregunten hasta que sus putas lenguas se les queden secas, echas el miedo con el aliento y te miras las piernas que ya no sientes. Edo, cerdo asqueroso, te voy a... No, para ya, los noventa han... Pero sabes que tienes que hacer algo, que tienes que hacer eso, hacerlo de nuevo, ahora que pensabas..., pensaste demasiado, más que demasiado y sin embargo demasiado poco, te fuiste solo. No vayas nunca solo, siempre con un hombre al lado, siempre con un hombre cerca. Cúbrete las espaldas, pero él no vino por detrás, se me acercó de frente, queremos hacer negocios, nada más, sólo queremos hacer negocios. Edo, cerdo asqueroso... ¿Dijo el nombre? ¿Transmitió saludos? Te es imposible recordarlo, pero lo descubrirás, descubrirás todavía otras cosas, ¿pero cuánto tiempo quieres quedarte tirado ahí?, ojalá deje de llover, las noches ya son frescas, pero si no llueve, ¿verdad?

Has conseguido sacar el móvil del bolsillo, te tiemblan las manos, las manos te tiemblan, es de risa, ¿tomaste algo antes para calmarte o para estar despierto?, no, cuando vas a negociar nunca, casi nunca, tomas nada. Sólo una breve charla en la ciudad sumida en un silencio de domingo, y después, al poner el móvil en modo de vibración, se te cae al suelo, te agachas y lo recoges, lo limpias, y entonces él viene directo hacia ti, qué lugar de encuentro más tonto, distingues las torres oscuras del viejo estadio a varios cientos de metros de distancia, ahora los coches aparcados te tapan la vista, la batería del móvil sale volando, y ahora sientes el dolor en la rodilla y en la otra pierna, más arriba, no, no tomaste nada, la adrenalina, tu corazón bombeando esa sustancia a través de tu cuerpo, te cansas pero tienes que permanecer despierto, no debes dormirte, estás cansado, muy cansado, no te duermas, bien lo sabes, hasta que te recojan, ojalá vengan a recogerte los indicados, pero no, él estaba solo y se fue, y expeles el miedo con el aliento y ves la tarjeta SIM de tu móvil en el suelo, junto a la batería. Ves las plaquitas doradas de la tarjeta. Y hay algo más que parpadea, algo que también es de color dorado y está en el suelo, a varios metros de distancia. Una moneda, piensas, parece un amuleto, un talismán, el ángel de la guarda de los comerciantes, san Miguel, y acercas tu mano al pecho, estás tan feliz de poder pasarte la mano por el pecho, tanto que las lágrimas asoman a tus ojos, y las manos te tiemblan, y lloras, es para…, si te vieran así, y acercas la mano a tu cadena, antes era un pequeño guante de boxeo dorado, antes, cuando aún combatías, tu especialidad era el *kick boxing*, de eso también hace unos añitos, eras todo un as, te llamaban AK 47, como la ametralladora, Arnold Kraushaar, lo de Arni Schamhaar[1] fue en la escuela, pero

---

[1] Vello púbico. (*N. del T.*)

a ésos ya entonces los ponías morados y los corrías por todo el patio, nunca más Arni Schamhaar, AK 47, el boxeo no se te daba mal, ya entonces en la escuela, hasta llegaste a hacer algunos combates de amateur, el *kick boxing* no se generalizó hasta después de la reunificación, las piernas, los pies, las patadas, eso se te daba mejor que luchar con los puños solamente, te entrenabas cada día, mandabas a la lona a los mejores muchachos, te miras las piernas, tu pantalón claro está negro.

¿Cuánto llevas tirado ahí? Sólo puede tratarse de minutos, lo sabes. El tiempo se desquicia cuando la adrenalina va suelta por el cuerpo.

Pasa un taxi, quieres hacerte ver agitando la mano pero estás tirado al lado mismo de los coches, y el taxista no puede verte. Haz un esfuerzo, venga, tratas de incorporarte, tratas de enderezarte haciendo palanca con ambos brazos en el coche, tratas de agarrar el pomo de la puerta, agárrala, muchacho, dónde están tus fuerzas, maldita sea, pero tienes los brazos fofos y blandos, de goma, piensas, sólo con gomita, chicas, cuántas veces os lo tengo que decir, ellos pueden poner toda la pasta que quieran, de qué os sirve si cogéis un sifilazo o la maldita peste, ¿os suena el sida?, ¡qué tonta eres, hija!, que sea un cliente habitual importa un carajo, ¿entendido?, chica, créeme que te lo digo por tu bien. Sabes que tienes que esperar, respirar hondo, respirar hondo en todo momento, si al menos pudieras sentir las piernas, tienes que esperar hasta que te vuelvan las fuerzas, quieres gritar... ¡Socorro! Avisad a los maderos, pero de qué te sirven los maderos, un médico es lo que necesitas, y ya. Qué imbécil debes de ser, hacer eso en plena noche, como en una sórdida peli de gángsters, te has vuelto imprudente, los años de la paz te han vuelto imprudente, por qué no le hiciste caso a Alex, «voy contigo», te decía una y otra vez al teléfono mientras estabas en el jardín, hace sólo una hora, «que no», decías tú mirando al lago detrás de los árboles, tu mejor hombre, sonríes, recuerdas cómo Alex volvió a montar su show en el ring la semana pasada, «¡arriba la guardia, Alex!», ibas a gritar pero al final no dijiste nada porque sabes cuánto le gusta montar su show en el ring, ha visto demasiados vídeos de Ali o como se llame ese boxeador al que él adora, un americano negro, le dicen «el rey», Jackson..., Jones, Jones Junior o algo similar, que deja caer los brazos para ridiculizar a sus rivales, cuenta Alex, que saca la barbilla para retirarla en el último momento, cuando llega el golpe, pero Alex el Magno no es un rey, en el mejor de los casos llega a duque o algo por el estilo, porque se lleva cada paliza cuando se tambalea sin guardia frente a su rival, y tú no tienes muy claro si eso forma parte del show o si Alex está a punto de quedar noqueado, pero luego, en el tercer o último asalto, lo tumbó, al final apretó el acelerador como hace la mayoría de las veces, «el segundo aliento», lo llama él, «*le deuxième souffle*», dice presumiendo del poco francés que sabe, el tarambana, y tú sigues sonriendo y desearías que estuviera ahí, la cara se te ha entumecido por completo, debes de tener una pinta horrible, pero nadie puede verte, por qué no hay un maldito peatón a esta hora, no hay un alma por la calle, qué desastre de ciudad, tal vez por la lluvia, prefieren quedarse a resguardo en casita, es domingo por la noche, momento de la peli de cine negro que echan en la tele... Calma, muchacho, no llueve, en toda la semana no ha llovido, y eso que hoy el cielo estaba oscuro, al mediodía ya aparecieron nubes, maldita sea, qué hiciste con tu olfato, tu sexto, séptimo, octavo sentido sin el cual no estarías donde estás hoy..., en la calle, piensas, en el lodo, y te ríes, y tus dientes castañetean, escalofríos, sabes que eso no es buena señal.

De niño siempre hacías de gánster, de indio, de pirata, estás tumbado sobre la hierba detrás de la casa y miras al cielo mientras oyes los gritos de los demás, los estampidos de las placas detonantes, ¡pum!, ¡pum!, ¡pum!, y piensas que tal vez morir es coser y cantar. Siempre te preguntabas si había personas que no mueren, semidioses de los que habías leído, leías harto en aquel entonces aunque has olvidado muchas cosas, ya en primero leías mejor que la mayoría de tus amigos, Hércules, ¿pero ése no terminó palmándola después de todas sus pruebas?, y Thor, ese nórdico del martillo mágico, ¿un dios?, ¿un semidiós?, ¿o un ser humano solamente?... ¿No tenían éstos que comerse siempre los frutos de aquel árbol para perdurar a través de los tiempos? ¿Realmente leíste aquello cuando eras niño? En una ocasión, poco antes de que cerraran por la noche, fuiste al jardín botánico a mirar las plantas y los árboles exóticos, te llevaste tu mochila, la famosa *campingbeutel*[2] de la época, ¿la tuya era roja o azul?, todos tenían una de esas mochilas, una de esas *campingbeutel*, sólo las había en estos dos colores, y en las excursiones escolares había los rojos y los azules. Seguro que la tuya era roja, piensas, un buen chiste, el destino, la predestinación, esas cosas en las que crees a ratos perdidos aunque lo de los dioses para ti ya es asunto despachado.

Llenaste la mochila hasta el tope, qué edad tendrías, ¿nueve, diez años?, arrancaste higos, higos chumbos, granadas, guayabas o como se llame aquello, te saltaste la cuerda de separación para meter el pie en los bancales,

---

[2] «Bolsa de camping». Nombre que se daba a las mochilas en la República Democrática Alemana. (*N. del T.*)

las ramas y las hojas te azotaban la cara, ¡qué buena pinta tiene esto!, ¡y también aquello!, y esos pequeños bulbos duros como una piedra cuyos nombres extraños ni siquiera supiste descifrar... Y luego el miedo.

El portero o algún vigilante te interpeló cuando ibas a marcharte, «tengo que hacer una presentación en biología, sobre plantas exóticas, bromelias», dijiste, lo habías leído en una enciclopedia, parece mentira que te acuerdes de eso ahora. Lo dijiste tartamudeando, y sentiste ese ardor y esa tirantez en el bajo vientre, hasta en los huevos, nunca lo olvidarás porque se repitió una y otra vez, incluso décadas más tarde... Qué tremendo suena, de eso hace casi treinta años, y en aquel entonces todavía no tenías la fuerza para sentirlo como placer, como estímulo... «Pues tienes que venir más temprano», dijo ese tipo, un hombre viejo, el guarda de los árboles de la vida, «tienes que venir más temprano, entonces estarán nuestros estudiantes, que pueden decirte muchas cosas útiles para que la presentación te salga bien de verdad.» El viejo no para de hablar, lo tienes enfrente, a un palmo de tus narices, y detrás de ti están las hojas y las ramas, y el viejo habla regándote con su saliva y la boca le huele a acidez, desearías apartarte, y sientes los frutos y los bulbos en la espalda, a través de la tela. El viejo te acaricia el pelo, sus dedos son tan duros y callosos como esos bulbos alargados que tocaste y arrancaste hace un rato. «Ven mañana, después de las clases, ¿para cuándo es tu presentación?, entonces estarán nuestros estudiantes...» Nunca más volviste al jardín botánico, y los dedos del viejo seguían en tu cabeza mucho tiempo después de que hubieras llegado a casa.

En tu cuarto cortaste el botín en trozos menudos con tu navaja, tardaste una eternidad, la pequeña hoja estaba demasiado roma. Fuiste a la cocina a buscar el cuchillo grande para cortar el pan, el más afilado, y luego te lo zampaste todo porque querías vivir todo el tiempo que vivieron Thor y Hércules. La cagalera y los vómitos fueron de campeonato, a la altura de los dioses, y continuaron al día siguiente, tanto que no pudiste ir a la escuela, y cuando te pusiste bien tu madre te pegó, cosa que nunca había hecho, con la pantufla, entre lágrimas y gritos: «Chico, ¡no vuelvas a darme un susto así!».

Estás tirado de espaldas oyendo los estampidos de las placas detonantes, ¡pum!, ¡pum!, ¡pum!, y mirando al cielo, a las estrellas... Si las cosas vienen mal, Alex tendrá que ir a chirona, el suelo de la calle está frío, qué bonito era tirarse en el prado, ¿los abogados le podrán ayudar? Tus abogados son los mejores de la ciudad, y no sólo de la ciudad, de bastantes apuros te han sacado ya, a ti, a tu gente, a las chicas, hace poco a Beatriz, medio muerta y hecha una uve en el armario de Lady Kira, pero Alex ha vuelto a liarla aunque tú se lo hayas advertido una y otra vez: «Si no estás al loro, tienes que abrirte, y es aquí donde yo te necesito».

Esta vez va a ser difícil sacarlo del brete, tú lo sabes aunque él todavía no quiere aceptarlo. Quizá fue por eso que no quisiste que se viniera contigo esta noche, y cuando vuelvas a estar a flote te encargarás de que el tiempo que tenga que pasar allí dentro sea lo más corto posible. En el ring no es un rey, pero se defiende bastante bien, qué va, no viste ni has visto las estrellas, las nubes siguen barriendo el cielo de la noche, y aunque no estuvieran, aquí no se ven estrellas, ni siquiera fuera de la ciudad, en tu casa junto al lago, ves las estrellas como las ves en el campo, en las montañas, adonde vas cuando esto te desborda. En el ring no es un rey, aunque se defiende bastante bien, a lo mejor llega a conde, pero en la calle... como tú antes... Cuántas veces le has dicho últimamente: «Para ganar un combate lo mejor es evitarlo». Antes nunca hubieras dicho algo semejante... AK 47. Qué tiempos aquellos. ¿Será esto la factura por toda la violencia, el destino en el que sigues creyendo a ratos perdidos? Memeces, ¡qué va! No estarías donde estás ahora sin todo aquello, sin las luchas, sin los puños, olvida la calle y el lodo en el que estás tirado, estás arriba, ¿entiendes?, ¡arriba! Y quieres llegar a más y más, por eso tienes que largarte de aquí y devolver el golpe y resolver las cosas. Gritas, y te extrañas de lo aguda y delgada que suena tu voz. ¡Olvida tu orgullo y grita! Grita auxilio. Luego tratas de recomponer las piezas de tu móvil pero la maldita batería ha ido a parar debajo del coche. ¿Por qué dejaste el otro móvil en casa? Antes nunca te hubieras adentrado en la noche con un solo móvil... pero antes los móviles tenían el tamaño de un ladrillo, eso, tendrías que haber descargado un ladrillazo en su cabeza, una y otra vez, hasta dejarlo en el suelo y el lodo, que se hubiera teñido de oscuro debajo de él, y tú habrías cogido el ladrillo y lo habrías tirado al río desde lo alto de aquel puente.

Con los berridos que pegas alguien tiene que oírte, quizá ya avisaron a los maderos en el momento en que ocurrió, porque debió de oírse por toda la zona. Y recuerdas que llevas reloj, levantas un poco el brazo de modo que la manga se corre, y la esfera de tu Breitling (alguna vez tuviste un Rolex) te indica que llevas tirado ahí diez minutos, como mucho, pero no te extrañas porque sabes que el tiempo... como si los frutos de aquel entonces siguieran surtiendo efecto en un sentido distinto al que tú pensabas... entras a bocajarro en el bar, Alex y los otros están a tu lado, ya no lleváis pistolas, y cargáis contra ellos a puñetazos, a porrazos, a patadas, hay gritos, ruidos de objetos astillándose, tipos que intentan esquivar los golpes tirándose a un lado pero que no se salvan, tipos que se esconden bajo las mesas pero que no se salvan, el bocazas que trata de huir escalera arriba pero que no se salva, y entonces vuelves a sentir las manos del viejo deslizándose muy lentamente sobre tu cabeza.

Ha muerto una criatura en aquel puente, hace unas semanas. Lo leíste en el periódico. De la asociación de remo para niños, se ve que sus barcas se acercaron demasiado a la presa y dos botes se vieron arrastrados por la corriente y se precipitaron catarata abajo, a los otros niños los pudieron sacar. Uno sigue en coma. Al chico no lo encontraron hasta días después. Río abajo, a varios kilómetros de distancia. La corriente. Ese día estabas en las cocheras del tranvía echándole un vistazo a lo de las chicas. Y te extrañabas de la presencia del helicóptero sobre el río. Estuvo dando vueltas un rato sobre el puente antes de aterrizar. Te encontrabas junto a la ventana, las chicas detrás de ti, y el chirrido estridente de los tranvías y tu sexto, séptimo, octavo sentido te decía que en el lugar donde aterrizaba estaba la muerte. Y ahora no estás muy lejos de ese lugar... A tu chico no lo dejarás remar nunca en el río.

Te alegras de que no esté en la ciudad en estos momentos. Lo enviaste a un colegio privado, en el extranjero.

Ves pasar las nubes. Sientes que del río sube un aire fresco. Ves las torres oscuras del viejo estadio. Por el carril opuesto circula lentamente un coche. Sigue hasta el semáforo, que parpadea en ámbar.

La única forma de ganar un combate es evitándolo. Te lo dijo el de Bielefeld en aquel entonces. Qué tontería, piensas tú. Ahora ves que es una tontería, dijo el de Bielefeld. Pero si Alex le hubiera hecho caso, no tendría que ir a chirona. Sientes vértigo, sientes ya sólo tu cabeza y la mueves de un lado a otro en el suelo. Oyes sirenas. Vienen, piensas, por fin vienen.

El de Bielefeld quería montar un macrochiringuito en aquel momento, a principios de los noventa, un *meublé* con cincuenta habitaciones o más; de hecho más tarde los suyos lo montaron. Os visteis a menudo. Era la época en que arrasabas. A trepar y seguir trepando, Thor con su martillo, querías hacer negocios, buenos negocios, y te lo curraste. A fuerza de puños y billetes y muchas cosas más. El de Bielefeld era un tío legal. De la vieja escuela, como entonces decían al otro lado, en occidente. Pero aquí llegó a la guerra, en esta ciudad nadie conocía la vieja escuela.

Tu amigo Hans *el marrano*, ¿no había sido matarife o carnicero o algo por el estilo?, solía decir: «Se ha sacrificado a la bestia y ahora cada uno quiere su tajada».

El de Bielefeld vino a hablar contigo porque sabía que tenía que negociar con tu escuadrón de matones. ¿No te dejó impresionado aquella vez? Un tipo alto de pelo gris dividido en una raya, y de hombros anchos, fumaba Davidoff Filtro, arrastraba una pierna, pero con dignidad, y llevaba un bastón con pomo plateado que representaba una cabeza de león, el pomo y su dueño debían de tener sesenta años por lo menos. Sabía cómo llevarte a su terreno. Te prometió una pasta gansa si no te metías en sus negocios, y que los tuyos podrían hacer de seguratas, y que si conocías a alguien que quisiera colocar a sus chicas, ya sabes, un establecimiento de primera, y que su buen nombre, que sus buenos contactos, que la gente de dinero que había detrás… La vieja escuela. Poco a poco fuiste comprendiendo lo que esto significaba.

Ahora te pasas la lengua por los labios, está tumefacta y sientes el sudor frío que humedece tu cara, o sea que ésta es la lluvia, las nubes del cielo están absolutamente pacíficas, y te preguntas por qué el tipo no acabó contigo, y oyes las sirenas muy cerca. Luego te arrastras unos metros, qué va, centímetros, y ¡pum!, ¡pum!, ¡pum!, vuelves al prado detrás de la casa, qué blandura, y te dices que la muerte simplemente es una mierda, y miras al cielo donde está el sol, donde están las estrellas y los planetas y no hay ninguna luna, en una ocasión tu abuelo te enseñó Marte, estaba al rojo vivo y se encontraba a varios palmos sobre la línea del horizonte... Y de pronto la negrura, tanta negrura que el miedo te parte los huevos.

Un tubo delgado metido en tu brazo. Dos enfermeros. Después una manta. La sirena está lejos, como si otro vehículo rodara al lado aullando. El coche hace eses. ¿Chirrido de frenos? Los enfermeros maniobran. Sigues consciente. Vuelves a estarlo. Luego otra vez la oscuridad. La sirena, a veces alta, a veces baja. Sigues consciente. No debajo de la manta, por favor. No sobre la cabeza, por favor. No quieres estar bajo la manta y tratas de sacudírtela, la manta se desliza, levantas un poco la cabeza y ves tus piernas, el pantalón tiene varios cortes, ves tu carne, roja oscura, y blanca, y destrozada, casi negra. ¿Dónde empezó? Tus párpados titilan, la luz parece la de un estroboscopio. Arriba, en la costa. Te gustaría estar junto al mar. Ese club nocturno. Cómo se llamaba... El nombre de un pájaro. Pelícano... Un cisne blanco en el letrero de la entrada. Chocho de oro. ¡Y cómo se forraba! Eso te dejó impresionado. Chocho de oro y las demás, y todo por cuenta propia, el mayor club de alterne de la RDA, marineros de todo el mundo y dólares como si fuera Los Ángeles. Vaya chiringuito, y algún día la comisión será para mí. Oyes a la Chocho de oro reírse, y se va con tres filipinitos. *Short time*, le decían a eso, tres seguidos, cien dólares, valían dos mil marcos según las cotizaciones del mercado negro, de pie, ni siquiera una cama, qué negocio, pensaste mientras te tomabas tu cerveza, Chocho de oro, asa de maleta y los otros, y tú les pondrás las camas, míster mánager, cuando llegue tu día. Estás sentado en la barra y ríes y crees en el destino. Te están hablando, te tocan el hombro y te empujan con cuidado sobre la camilla, mientras el vehículo marcha a todo trapo, y tú te agitas, necesitas comprenderlo todo, la manta, y poco a poco te vas calmando, ¿por qué iban a ponerte la manta sobre la cabeza?, sientes hasta en el abdomen cómo el coche se está lanzando a tumba abierta. Todo está mojado, y ellos maniobran, y quieres decir algo pero tienes la boca tan reseca que no aciertas a pronunciar una sílaba. Agua, quieres pedir agua. Te gustaría estar junto al mar.

La sangre, ¿por qué te hizo acordar esa cantidad de sangre? Porque sangre viste mucha, sobre todo a principios de los noventa. Te preguntas si el de Bielefeld habrá llegado a mandar al hoyo a alguien, llevaba cuarenta años en el negocio, estuvo también en Hamburgo, según contó. La violencia perjudica el negocio, solía decir, pero hay algo en sus ojos, y tu sexto, séptimo y…, tú todavía estabas montando el tuyo, y la sangre, bien lo sabes, fue necesaria…, no estarías donde estás ahora, si no. Levantas un poco las manos, las sostienes contra la luz del techo, está bien, piensas, que la luz quede encendida toda la noche. Todavía estás débil, has perdido mucho de eso en que no paras de pensar. Si llegan a venir un poco más tarde… Has hablado con Alex por teléfono un breve momento, aún no puedes recibir visitas. «¡Malditos moros de mierda!» ¿Qué ha dicho? ¿No ha llamado Claudia? ¿Ni tu hijo? Te marean las pastillas y el jugo que el gotero suministra a tu vena, has dormido más de veinte horas, sientes en los brazos los pinchazos de las transfusiones. Te han metido una buena cantidad, sustancia nueva, no gastada, y eso te dará fuerzas. ¿Alex ha mencionado nombres? ¿Saben si lo mandó Edo? Tratas de recomponerlo todo en tu mente pero sigues sin captarlo, sabes que necesitas tiempo para encontrar las respuestas. Aquel tipo, el padre de la chica de entonces, amenazó con matarte, aunque tú no tenías nada que ver con el asunto. Jamás harías una marranada así... Pero ese idiota fue adonde tú estabas. Arriba. Pero todavía no has llegado del todo, quizá vaya a ser éste el último paso, un guiño del destino en el que crees a ratos perdidos. ¿Cómo es que esperó tanto tiempo? Debió de ser en el noventa y tres. Y él vino cuatro años más tarde. No, tú no tenías nada que ver con el asunto. Pero estabas al tanto, todos lo estaban. Y entonces él se plantó ante tus narices porque pensaba que... ¿Qué pensaba ese idiota? «Si tuviste tus sucias pezuñas metidas ahí, te mato.» Lo sacaron a rastras, un hombre de baja estatura, uno sesenta, ex jockey, ex bebedor, según supiste después. «¿Me oyes, chulo? ¡Entonces te mato!» «¿Quieres que lo...?» «No. Soltadlo. Y si vuelve no lo dejéis entrar.» Le oíste gritar mientras lo arrastraban hacia fuera. «¡Te mato! ¡Te desuello vivo!»

Empezaste a averiguar, y supiste dónde andaba su hija. Tenía entonces dieciocho años, o sea que catorce en mil novecientos noventa y tres, y todos lo sabían. Lo de ella y lo de las otras.

Estás destemplado y pones las manos debajo de la manta. Habrías sido capaz de no dejar títere con cabeza en aquel chiringuito, como hiciste con otros chiringuitos. ¿Ya entonces andabas tras los papeles? Jueces, fiscales, maderos y ricachones a los que les iban las adolescentes. Recorrías aquella calle por la noche preguntando a otras chicas por ella. La mayoría no te conocía, tú no tenías nada que ver con esa bazofia. Yonquis. Niñas hechas una ruina por la droga. Chicas así conmigo no trabajan. En eso tenía razón el de Bielefeld, «las drogatas estropean el negocio», decía. Una rayita de vez en cuando no le hace mal a nadie... pero eso... Sentiste náuseas al ver toda aquella carne acabada. Roja oscura, y blanca, y destrozada, casi negra.

Y entonces la viste, estaba en una esquina, justo enfrente de una floristería que vende también periódicos y bebidas, las chicas a las que preguntabas por ella deseaban meterse en tu BMW, se frotaban contra la puerta, se inclinaban sobre el capó, te dieron ganas de vomitar, aunque si no fuera por la jeringa podrías darles una habitación en uno de tus clubes, programa de desintoxicación para putas, sería la hostia, pero sin la presión de la adicción seguramente se dedicarían a otra cosa, serían dependientas en una tienda de flores, periódicos y cerveza, vaya combinación, y la mayoría tienen la sífilis o la gonorrea o incluso el sida, follan a pelo, que si no todos esos petardos que van desfilando con los ojos como platos a bordo de sus cacharros se irían con tus chicas.

La reconociste al instante, tu séptimo, octavo sentido..., se parece un pelín a su padre, que su facha no se te olvidará nunca por cómo gritaba. Y al rato la tienes sentada a tu lado, tan pequeña y encogida como su viejo, pelo corto y estropajoso, la cara y el grano en la frente tapados por una costra de maquillaje, minifalda que parece un cinturón, camiseta que trasluce su flaco seno y los pezones, como si todavía tuviera catorce años, como entonces, pero a la sazón no la conocías ni a ella ni a las demás, no tenías nada que ver con aquello, y te cuenta todo lo que hace y por cuánto, realmente no es mucho, y te preguntas si eso también lo hacía a los catorce y si estaba limpia cuando los cerdos le pasaron por encima, te acuerdas de que en el noventa y tres aquí ya se conseguía heroína a la vuelta de la esquina, te preguntas si los papeles y los vídeos compensan el silencio que guardaste entonces, si de todas formas las cosas no hubieran venido como vinieron, pero sabes que aquello tuvo que haber acabado con ella. Te mete mano, le dices «para», le das dinero y la mandas bajar, sabes lo que va a hacer con la pasta, y piensas que debes volver pero tal vez no vuelvas. La ves cruzar la calle con pasos rápidos y cortos, pasar por delante de la tienda y continuar en dirección a la estación. Le has dado un buen pellizco, ha puesto cara de sorpresa, con los ojos grandes como..., pero rojos y apagados. Quizá es lista y toma un tren, hay trenes nocturnos a París y Copenhague, pero sabes que no, la estación, de noche.

Tienes una habitación individual, toda blanca y limpia, con un póster en la pared con flores, y recuerdas el pitido de urgencias, de la UVI, el pitido bajo y uniforme procedente de todas las camas, de vez en cuando un gemido, un ronquido, ya alto, ya bajo. El Consejo de los Nueve, piensas, los caballeros de la Tabla Redonda, piensas, medio dormido y con la mente en otra parte, una mente que va y viene, va y viene, el Consejo de los Nueve volverá a reunirse pronto, y tendrás que estar en forma y convencerles de que eres capaz de resolver la cuestión, incluso solo, tú y Alex y tu gente. Un pitido, dilatado e interminable, y te tocas el pecho, y oyes el latido uniforme, el pitido uniforme, el toque largo se convierte en un silbido, un silbido estridente en tus oídos, sólo en uno porque del otro estás sordo desde que una patada en el ring te destrozó el tímpano, y después la pipa que disparó junto a tu oreja aquel tipo que hoy anda cojo, lo mucho que de niño te gustaba leer los caballeros de la Tabla Redonda, el rey Arturo y Parsifal, buscador del santo Grial hasta enloquecer, sir Galahad y sus amigos, y oyes el traqueteo de los pasos de los médicos mientras la mitad de tu mente está en otra parte, el frufrú de las hojas al pasarlas, el fragor de las espadas al cruzarse, y tú estás sentado en la cabecera con el yelmo dorado, pero cómo va a ser eso posible en una mesa redonda, oyes toses, una sorda expulsión de aire que suena a berrido, vivir, hay alguien que está deseando vivir, y después oyes el gorgoteo de la inspiración de aire. Los médicos y los enfermeros se comunican en voz baja, ese pitido uniforme a tu alrededor, y tu buen olfato no te sabe decir si acaba de pasar la muerte o si la cosa sigue.

Tus párpados titilan, la luz parece ser la de un estroboscopio, y ves sombras vagando alrededor de tu cama. ¿Qué hora es?, buscas tu Breitling con la mano pero ha desaparecido. Tienes las piernas tiesas, como de madera, giras la cabeza y ves el póster de las flores cual manchurrón de color oscuro en la pared de enfrente. Deseas que sea de día, pero entonces el sol entraría en la habitación.

Abres los ojos y constatas que no estás solo. Hay una mujer sentada en la silla pegada a la pared, justo debajo del póster de las flores. Es de color negro, de negra piel y pelo rizado negro, y lleva un vestido rosa claro. Te quedas confuso durante un instante, porque es imposible. Hay algunas africanas que trabajan para ti, al principio eran fiyianas, ahora son africanas, pero por qué viene a verte precisamente ésta. ¿Acaso no te han dicho que no habrá visitas hasta dentro de un par de días? A lo mejor la mujer se ha colado. Abajo, a la misma entrada, siempre hay un hombre vigilando, de eso se ha encargado Alex, y los maderos también están al quite. Para ti no trabaja sino lo más granado de las chicas. Te incorporas a medias y te vuelves hacia ella. La mujer te mira aunque permanece inmóvil. Tiene la cara como de piedra negra. «Arni», dice con labios que apenas se mueven. «Mary», dices tú, y ella sigue hablando, y eso suena raro en la pequeña habitación que antes te pareció tan grande. Hay algo que no liga, piensas, ¿qué hace esta mujer aquí?, y lo que dice no es verdad. Te gustaría mirar para otro lado, ahora te serviría la manta sobre la cara, pero ella está ahí. Y cuando en algún momento, antes o ayer o hace unas horas, pensaste en esa cantidad de sangre, también estaba. «Aquella vez hicimos todo lo posible», dices. Incluso es cierto. Lo pillasteis, lo pillasteis semanas después, y si los maderos no se hubiesen metido de por medio, ahora estaría criando malvas en alguna parte a las afueras de la ciudad, donde dentro de unos años la hierba crecería con particular fuerza... (no, aquello no fue más que la rabia que sentiste en un principio, ella era una de tus chicas, una de las que trabajaban en tus dependencias, y te dolían los hombros y el cuello y el pecho como si te hubieras pasado el día y la noche levantando pesas, pero probablemente sólo le hubierais partido cuatro huesos). «Me amaba», dijo ella.

«Es posible», dices tú, y tratas de estar relajado, pero la sangre y la mujer se te meten en la cabeza, tienes un esparadrapo encima de la frente, en la parte con la que chocaste contra el suelo hace unos días, unas horas, en algún momento. Era un tipo joven, veinte años o poco más, diecinueve como supiste después. «Tendrías que haber venido antes», dice ella, y tú eso no lo entiendes ni quieres entenderlo porque es ella la que ha venido. La sábana está mojada. «No deberías estar aquí», dices tú. Y vuelven las sombras que hace un rato veías a través de los párpados, y sacudes la cabeza porque sientes una mano entre tu pelo, ella está al lado de tu cama, y te tapas con la manta hasta la nariz, y sientes tu cálido aliento sobre la cara. No soportas su manera de mirarte, son tantas las cosas que de pronto ya no soportas, y ahora la habitación está llena de personas, de su aliento, sus ruidos, sus olores, susurran y cuchichean. «Estoy criando malvas a las afueras de la ciudad», oyes que dice, y sabes dónde, en el pantano, sólo lo sabes aproximadamente, por lo demás no tienes nada que ver con el asunto. «Y en mi trabajo, en el juzgado, ¿cómo van las cosas sin mí?» Es lo que oyes que dice, y te subes la manta hasta el esparadrapo en la frente. Porque sabes que si te levantas y pasas a la pata coja por entre ellos y abres el cajón de la mesa, te encontrarás con un pequeño ser humano que te soltará una risa cacareante. Dejadme en paz, piensas, quizá incluso lo dices en voz baja, vete, Mary, ¡has traído todas esas cosas!

De pie delante de ella, miras esa herida enorme de su cuello, que parece una sonrisa negra de oreja a oreja. «Arni, hay un tío que viene mucho, y me da miedo.»

«Un cliente fijo, chica, tienes que fidelizarlo, camelártelo, y si hay problemas me llamas.»

Suena tu móvil. Buscas en tus bolsillos, no hay sonido, el aparato zumba y vibra porque lo has puesto en silencio. Se cae al suelo, la batería salta fuera, ¿dónde está la tarjeta SIM?, y te giras de lado. Hay algo que reluce y centellea junto a ti. Acercas la mano. Un cartucho. Las sirenas se van apagando. El suelo está mojado. Vuelves a girarte. Ahí delante hay un semáforo, está en ámbar. Frescor que sube del río. Estás temblando. Las torres del viejo estadio. Cuánta oscuridad.

XAVER BAYER

Viena, Austria, 1977

Desde que debutó con *Hoy podría ser una día feliz* (2001), una novela que examina lúcidamente el vacío existencial de un estudiante vienés de buena familia con problemas para encajar la realidad en su florido mundo imaginario, Xaver Bayer ha cambiado con cada libro de registro y de tema. Su sobria y precisa narrativa parte del pensamiento especulativo y cuestiona radicalmente la convención dinamitando las seguridades de la sociedad del bienestar. Cada novela, cada relato, recrea desde la primera página una inquietud indefinible que va tomando cuerpo hasta deshacer todas las certezas. Bayer estudió Filosofía, y a este bagaje intelectual se suma un sólido conocimiento de la tradición literaria austriaca, de la que toma el fértil escepticismo lingüístico proclamado por sus dioses tutelares como Stifter, Haushofer y Handke.

Bayer es un retratista especializado en ordenadas existencias burguesas en las que de repente se abren imprevisibles corredores laberínticos por los que se pierden sus personajes. En su segunda novela, *La carretera de Alaska* (2003), asistimos a la obsesiva autoexploración del protagonista que de un día para otro pierde el anclaje con su vida confortable al tomar conciencia de su repetitividad. A partir de allí, se aísla por completo del mundo y se abandona a sus fantasías (auto)destructivas.

La repentina pérdida de la noción de realidad de un hombre perfectamente acoplado a la vida moderna también es el tema en *Seguir adelante* (2006). Un testador de videojuegos cae en la absoluta ausencia de deseo como resultado de su aguda capacidad profesional de previsión. La novela trata con sutileza y humor austero sobre el fracaso a pequeña escala y el hastío, exhibiendo una insólita maestría en la descripción de los pequeños seísmos internos de su personaje.

La elegante concisión de Bayer encuentra tal vez su máxima expresión en los relatos de *Las manos traslúcidas* (2008), del que aquí presentamos por cortesía de la editorial Jung und Jung *El espacio del no obstante*. Estos cuentos parten de observaciones cotidianas o de un casual acontecimiento que pronto conducen a verdaderos arsenales de rarezas cuando no directamente al absurdo. La novela más reciente de Bayer, *Cuando los niños tiran piedras al agua* (2011), plantea la corriente de pensamientos de un hombre sentado en un bar del aeropuerto con un estilo en el que predomina la libertad absoluta para desarrollar sugerentes asociaciones.

EL ESPACIO DEL NO OBSTANTE

El espacio en el que me encuentro tiene muchas salidas. Es más, las salidas, comparadas con las paredes, incluso son mayoría. Y las propias paredes son, en cierto modo, salidas, sólo que de signo inverso. En realidad, el espacio en el que me encuentro recibe su forma únicamente de las salidas. Podría decirse que consta en exclusiva de salidas, de salideros, y sin embargo no logro salir de él. Lo peor en todo esto son los ruidos. Valga como ilustración el siguiente ejemplo: Hace poco, tumbado en mi sofá a eso del mediodía y leyendo un libro científico sobre el Romanticismo alemán, escuché unos ruidos que, en una primera asociación de ideas, relacioné con la imagen de niños jugando. Niños que juegan, se pelean, hay lágrimas; una situación cotidiana, pues, a la que, si eres ajeno, no concedes más importancia que a los ladridos de un perro. Una situación en la que no has de sentirte obligado a reaccionar. Manejar una situación de una crisis de esa leve índole les compete, por lo general, a los educadores, respetados como tales por la sociedad.

El edificio del que mi piso forma parte pertenece, a su vez, a un complejo residencial relativamente grande que, a su vez, está integrado por varios bloques conexos. La intrincada disposición de las viviendas y el hecho de que ni mis vecinos ni yo cultivamos lo que se llama el contacto social son responsables de mi ignorancia acerca de quiénes viven a mi lado, encima y debajo de mí. Mientras no ocurran accidentes de gravedad, como por ejemplo una rotura de cañería que afecte a otro piso, se ha de llegar forzosamente a la conclusión de que todos los residentes prefieren sobre todo una cosa: tener que ver lo menos posible con el resto de cohabitantes. Es cierto que de vez en cuando uno recibe un paquete para alguien o de tanto en tanto le sostiene la puerta de la entrada a una cara conocida, pero por lo demás sucede muy pocas veces en el llamado plano vecinal. En efecto, las caras a lo sumo te son familiares en el sentido de que te has acostumbrado a ellas. Quién habita detrás de esas caras es algo que queda sin explorar y no deja de ser campo de conjeturas. Pago el alquiler, abro la puerta una o dos veces al año al hombre que hace la lectura del gas y de la luz, le doy una propina al cartero por Navidad, y para de contar. Cada dos semanas un empleado de la empresa de limpieza hace la escalera. No tengo enemigos en la finca, y menos aún amigos.

Por tanto, en el caso mencionado no presté atención a los ruidos que oía, sino que seguí leyendo, en mi libro, el capítulo dedicado al entusiasmo revolucionario de los primeros románticos alemanes. Estaba reflexionando sobre esta cita de Georg Forster: «Los incendios y las inundaciones, los efectos devastadores del fuego y del agua, no son nada frente a la calamidad que originará la razón», cuando recomenzó aquel lloriqueo. Sonaba ahora como si un niño le estuviera haciendo realmente daño a otro. Pude identificar, sin lugar a dudas como perteneciente a una niña, la voz de la criatura que se quejaba de forma tan lamentosa y claramente a la defensiva. Esperaba oír en los próximos segundos el vozarrón reprobador de un elemento paterno que terminara con el jaleo de los altercadores, pero no sucedió nada semejante. Al contrario, el tono suplicante de la niña se hacía más intenso, y yo veía ante mí a un mocoso malcriado que mortificaba a su pobre hermana tirándola de las trenzas o pellizcándole el lóbulo de la oreja, cuando de súbito atravesó mi cabeza el terrible pensamiento de que podía no ser una criatura sino un adulto el que infligía dolor a la niña. Cerré el libro, lo dejé en la mesa de centro y escuché con la respiración contenida. Ya no se oía nada. Miré hacia el ángulo del techo, como si pudiera penetrarlo con la mirada. Pero los ruidos perfectamente también podían venir de abajo o de uno de los dos pisos que a mi izquierda, en la cabecera del sofá, lindaban con el salón. Permanecí sentado inmóvil durante un rato, con el oído en vilo; de pronto aquella fantasmagoría parecía haber terminado, y ya volvía a mi lectura cuando el gimoteo se reanudó. Se oía con claridad, como si se produjera a escasos metros de distancia de donde yo estaba. Me levanté y, con el corazón palpitante, me subí al sofá para estar más cerca de la fuente del ruido, imposible de ubicar con nitidez. Fue el momento en que mi interés se tornó en preocupación. Oía la voz suplicante de una niña con la que se estaba haciendo algo que le causaba dolor. En mi cabeza se encendió por un instante la idea de un parto doméstico, pero el repetido «¡no!, ¡no!» rápidamente me hizo desechar la idea. Las quejas y los gemidos dieron paso a un hipo que acabó pareciéndose tanto al gañido de un perro herido que un escalofrío me recorrió el cuerpo. Luego, de súbito, se hizo el silencio.

En el minuto siguiente pensé de forma confusa y atropellada cómo debía reaccionar. Seguía sin poder localizar el origen de los atormentados sonidos. Y aún dudaba acerca de lo que estaba ocurriendo detrás de una de mis paredes. Mi primer reflejo fue golpear con los nudillos en la pared y gritar: «¡Eh!». Aunque si realmente se daba el caso de que alguien estaba martirizando a una criatura, ¿no sería necesario más bien avisar a la policía? Eché un vistazo al teléfono, que estaba al lado del libro sobre la mesa de centro. En cuestión de segundos imaginé las escenas que se producirían si llamaba a la policía: primero las complicadas explicaciones por teléfono, luego los agentes entrando en mi casa, y yo delante de ellos señalando aquel ángulo de mi salón y explicando que los misteriosos sonidos venían de ahí. Me debatía conmigo mismo en si exponerme a esa situación que tenía un no sé qué de ridículo, pero al sospechar que después no me perdonaría el no haber hecho nada, supe que debía asumir el peligro de la ridiculez. Estaba a punto de coger el teléfono cuando resurgieron los angustiosos ruidos. Ahora era evidente que provenían de alguien que estaba sufriendo dolores. Escuché con el aliento contenido esperando percibir una segunda voz, la del torturador, pero ésta no se oía. Conocía mi tendencia a la sobrerreacción en situaciones excepcionales, aunque en este caso lo aberrante se estaba produciendo no en mi imaginación, sino en la realidad, a pocos metros de donde me encontraba.

En el recuerdo puede parecerme vergonzoso, pero sólo por el hecho de que, de pie en el sofá y con el oído arrimado a la pared, fuera consciente de la leve turgencia de mi miembro, se me ocurrió pensar que, posiblemente, esa voz no fuese la de una niña pequeña, sino la de una mujer. Fue un momento extraño. No sabía con precisión si la idea era resultado de la pereza, del recelo a llamar a la policía o de un asomo de lujuria. Si la voz atormentada sólo hubiera clamado auxilio, el asunto habría sido claro, pero no pasó de la lamentación dolorosa y del reiterado y constreñido «¡no!, ¡no!», y de repente se gestó ante mi ojo mental la nebulosa imagen de una pareja de mi vecindario que, en la práctica compartida de su sexualidad, había otorgado espacio al sadomasoquismo, lo que habría significado que el martirio que yo oía a través de las paredes sin poder precisar su origen se producía con la anuencia de la mujer. Podía ser perfectamente que, por ejemplo, estuviera atada a la cama y se dejara atormentar por su pareja a fin de colmar una fantasía. Era posible que encontrara la satisfacción de sus apetitos sexuales en la sumisión total, y que sus gimoteos de dolor provocados por pinzas en los pezones o una penetración anal intencionadamente violenta por parte de su querido a la vez que temido torturador formaran parte del juego. Hice otro esfuerzo por distinguir de algún modo si esa voz pertenecía a una joven mujer o a una criatura, y de nuevo quedé frustrado pues ambas cosas parecían plausibles. En ese momento la acción que se desarrollaba detrás de la pared culminó en un grito estridente y, sin embargo, reservado, según me dio la impresión. Luego hubo silencio.

Seguía indeciso sobre qué hacer. Incluso sobre si debía hacer algo. Esperé un minuto o dos, el silencio en el otro lado persistía. Acerqué la oreja a una pared y a otra. Nada. En el preciso instante en que bajé del sofá estalló, en el patio al que dan las ventanas de mi salón, el chirrido atronador de una sierra circular. Hacía tiempo que en la casa se estaban llevando a cabo reformas, y al parecer acababa de terminar el descanso del mediodía y los operarios retomaban su trabajo. Ahora era absolutamente imposible oír otra cosa que aquella sierra, y por la experiencia de las últimas semanas sospeché que ese ruido continuaría durante varias horas. Me senté de nuevo en el sofá y cogí el libro sobre el Romanticismo alemán, pero no lo abrí, sino que simplemente lo sostuve en las manos.

¿Qué ha fallado aquí?, pensé. Tenía la sensación de haber fracasado. Pensé que, de no haber tenido idea de la existencia de prácticas sexuales sadomasoquistas, sin duda alguna habría sacado de aquellos ruidos las consecuencias oportunas y habría llamado a la policía. Pero como sabía que existían, no podía por menos que considerar esa eventualidad. Además, podía tratarse de nada más que de un vídeo porno con el volumen muy alto, medité. Si ahora hubiera en mi salón dos agentes, todo intento de esclarecimiento carecería de sentido. ¿Qué iba a decir? Debido a la sierra circular, uno a duras penas podía entender sus propias palabras. ¿Y qué harían los policías? ¿Llamar a la puerta de todos los vecinos hipotéticamente pertinentes y preguntarles si en su piso se había abusado de alguien? Mi sensación de que en cierto modo había fracasado se hizo tanto más fuerte.

Después, tumbado inmóvil en el sofá durante un rato con el libro entre los dedos, reflexioné sobre cómo las cosas pudieron llegar a ese extremo. Se me ocurrieron algunas posibles respuestas, pero no fui capaz de detectar un motivo concreto de culpa. Entonces, de improviso, vino a mi mente un episodio ocurrido varios años atrás. Circulaba por la carretera una noche invernal cuando me llamó la atención un coche que venía en dirección contraria y que, según todos los indicios, acababa de parar en medio de la calzada cubierta de nieve para volver a ponerse en marcha al ver que yo, en mi vehículo, me acercaba. Después de cincuenta metros escasos supe por qué, pues al pasar observé que había una liebre a todas luces atropellada que estaba sentada como aturdida en el asfalto. Por el retrovisor vi que el otro coche desaparecía, y yo tampoco me detuve aunque a los pocos segundos sentí el impulso de ayudar al animal. Sin embargo, vacilé. Y es que comenzaba a imaginarme la situación. ¿Dónde iba a dar la vuelta? ¿Cómo iba a llevarme la liebre sin que me mordiera? ¿Dónde encontrar un veterinario a esas horas de la noche? ¿No pensaría éste que fui yo el que atropelló al animal? Traté de convencerme invocando las despiadadas leyes de la naturaleza que rigen la vida y la muerte, y sopesé los pros y los contras de una acción de salvamento; había más argumentos opuestos a la misma, pero en mi alma persistía un dolor del que sabía que no me iba a librar ni después de haber recorrido cientos de kilómetros. En cuanto se presentó la ocasión, viré en redondo y volví hasta el lugar donde cinco minutos antes estaba sentada la liebre herida. La sangre se apreciaba todavía en la nieve de la calzada, pero el animal había desaparecido.

La traducción de esta obra ha gozado de una beca del Goethe-Institut,
institución financiada por el Ministerio de Asuntos Exteriores alemán

Autor: Peter Handke
El limpiabotas de Split / Epopeya de las luciérnagas /
Una vez más una historia del deshielo
Título original: *Der Schuhputzer von Split / Epopöe der
Glühwürmchen / Noch einmal eine Geschichte vom Schmelzen*
Incluido en *Noch einmal für Thukydides*
© Suhrkamp Verlag, Frankfurt am Main, 2007
Todos los derechos controlados y reservados
por Suhrkamp Verlag Berlin
© de la traducción: Cecilia Dreymüller

Autor: Wilhelm Genazino
Si fuéramos animales (fragmento)
Título original: *Wenn wir Tiere wären*
© Carl Hanser Verlag, Múnich, 2011
© de la traducción: Richard Gross

Autor: Botho Strauss
Habitar
Título original: *Wohnen*
Incluido en *Sie/Er*
© Carl Hanser Verlag, Múnich, 2012
© de la traducción: Cecilia Dreymüller

Autor: Elfriede Jelinek
Los hijos de los muertos (fragmento)
Título original: *Die Kinder der Toten*
© 1995 by Rowohlt Verlag GmbH, Reinbek bei Hamburg
© de la traducción: Richard Gross

Autor: Marlene Streeruwitz
Entrecruzados
Título original: *Kreuzungen* (fragmento)
© S. Fischer Verlag GmbH, Frankfurt am Main, 2008
© de la traducción: Richard Gross

Autor: Herta Müller
Aquí en Alemania
Título original: *Bei uns in Deutschland*
Incluido en *El rey se inclina y mata*
© Siruela, 2011
© de la traducción: Cecilia Dreymüller

Autor: Reinhard Jirgl
Foto 85 / Foto 86
Título original: *Die Stille* (fragmento)
© Carl Hanser Verlag, Múnich, 2009
© de la traducción: Cecilia Dreymüller

Autor: Peter Stephan Jungk
La travesía del Hudson (fragmento)
Título original: *Die Reise über den Hudson*
© Klett-Cotta, Stuttgart, 2005
© de la traducción: Cecilia Dreymüller

Autor: Sibylle Lewitscharoff
Killmousky
Título original: *Killmousky* (fragmento)
© Suhrkamp Verlag Berlín, 2014
© de la traducción: Cecilia Dreymüller

Autor: Kathrin Schmidt
Brendel camino de Molauken
Título original: *Brendels Weg nach Molauken*
Incluido en *Finito. Schwamm drüber*
© Verlag Kiepenheuer & Witsch, Colonia, 2011
© de la traducción: Richard Gross

Autor: Ilija Trojanow
Retorno / Tepe
Título original: *Rückkehr / Tepe*
Incluido en *Wo Orpheus begraben liegt*
© Carl Hanser Verlang, Múnich, 2013
© de la traducción: Cecilia Dreymüller

Autor: Sherko Fatah
Pequeño tío (fragmento)
Título original: *Onkelchen*
© Jung und Jung, Salzburg und Wien, 2004
© de la traducción: Cecilia Dreymüller

Autor: Andreas Maier
El otro día estuve en el cementerio / El otro día en Wendland
Título original: *Neulich auf dem Friedhof / Neulich im Wendland*
Incluido en *Onkel J. Heimatkunde*
© Suhrkamp Verlag, Berlín, 2010
© de la traducción: Cecilia Dreymüller

Autor: Melinda Nadj Abonji
En el escaparate, en la primavera (fragmento)
Título original: *Im Schaufenster, im Frühling*
© de la traducción: Richard Gross

Autor: Gregor Sander
La hija de Stüwe
Título original: *Stüwes Tochter*
Incluido en *Winterfisch*
© Wallstein Verlag, Göttingen, 2011
© de la traducción: Cecilia Dreymüller

Autor: David Wagner
Zorros en la isla de los Pavos Reales
Título original: *Füchse auf der Pfaueninsel*
Incluido en *Welche Farbe hat Berlin*
© Verbrecher Verlag, Berlín, 2011
© de la traducción: Richard Gross

Autor: Terézia Mora
El tercer día tocan las cabezas
Título original: *Am dritten Tag sind die Köpfe dran*
Incluido en *Seltsame Materie*
© 1999 by Rowohlt Verlag GmbH, Reinbek bei Hamburg
© de la traducción: Richard Gross

Autor: Antje Rávic Strubel
En capas boreales del aire (fragmento)
Título original: *Kältere Schichten der Luft*
© S. Fischer Verlag GmbH, Frankfurt am Main, 2007
© de la traducción: Richard Gross

Autor: Clemens Meyer
En chirona (fragmento)
Título original: *Im Stein*
© S. Fischer Verlag GmbH, Frankfurt am Main, 2013
© de la traducción: Richard Gross

Autor: Xaver Bayer
El espacio del no obstante
Título original: *Der Nichtsdestotrotzraum*
Incluido en *Die durchsichtigen Hände*
© Jung und Jung, Salzburg und Wien, 2008
© de la traducción: Richard Gross

© del prólogo: Cecilia Dreymüller

Todos los derechos reservados, incluidos los derechos
de reproducción total o parcial en cualquier formato.

© 2014 Ediciones Alpha Decay, S.A.
Gran Via Carles III, 94 - 08028 Barcelona
www.alphadecay.org

Primera edición: mayo de 2014

Diseño de la colección: Javier Arce

Composición: Sergi Gòdia
Impresión: Imprenta Kadmos

BIC: FA
ISBN: 978-84-92837-72-4
Depósito Legal: B 8937-2014